THE WAVES

海浪

VIRGINIA WOOLF

維吉尼亞·吳爾芙 著   黃慧敏 譯

目次

導讀 噢，死亡！ 魏瑛娟 5

吳爾芙日記Ⅰ——春天的第一天 9

海浪 23

吳爾芙日記Ⅱ——像一顆成熟的梨子愈來愈重（《海浪》日記選）293

吳爾芙遺言——給雷納德‧吳爾芙 327

照片 331

導讀

噢，死亡！

文／魏瑛娟（劇場導演）

《海浪》於一九三一年出版，這大概是維吉尼亞‧吳爾芙意識流小說技巧運用最極限的一部作品，也是最能體現吳爾芙探問生命意義與死亡命題的思索。整部作品環繞海浪的各種樣態敘述前進，永恆拍打的海潮聲宛若死亡哀歌，在字裡行間，震顫洶湧。

與其說這是一部小說，不如說這是一場多聲部的內在獨白展演，不僅崩毀了小說形式的刻板想像，也拓開了獨白創作的可能邊界，看似封閉純淨，但又大開大闔波濤壯闊。全書由六個角色的輪流獨白構成，陳述的方式統一穩定，內容卻時空自由事件迤邐，全然不受拘限，彷彿看見六個角色坐在舞台上，交叉吐出詞語「說」出一個世界，湧動立體意象瑰麗，戲劇動作是靜態的甚至是單調的，但言說出的世界，這本小說是可以直接拿來演出的，我邊讀邊想。

生命與死亡的抗辯關係一直是吳爾芙創作的主題，《海浪》更是此主題的盡情揮灑。透過對「時間」的表裡描繪鏤刻，生命的勃發與死亡的召喚綿密交織出關於「永恆」的種種思辨與喟嘆，像一則法庭上往來激烈的引證與辯論，精采且完美，但永遠無法勝贏的悲觀氛圍始終縈繞，生命，終究無法與時間對抗。整部小說共分九個章節。每個章節前都有一段陳述時間運轉的小引文，引文的第一句話也都以描述太陽的運行狀態作為起始。「太陽尚未升起……太陽升得更高……太陽在下沉……現在太陽已經落下……」篇章的前進和連結以一天太陽在天空的位置緊密鋪排。對應於引文的文本時間發展卻大幅橫跨，敘事緊扣書中角色成長，從少小到青春到老去，時間從一日延展為一生，又似從一生壓縮為一日，交互映疊兩相應照。時間如鏤刻的刀，角色被凝結在單一畫像裡，維持驚跳的姿勢，對生命尖嚎；或是時間如滾動膠片，角色不斷變換線條色彩，是愈見豐富也是愈見消逝，死亡的趨近無法停止。看似吳爾芙為光影勾勒圖像，但光亮處躍動的陰影，喧賓奪主。

相對於死亡的停滯寂滅，是記憶的發生湧動，唯有流動自由的記憶活動可抵禦物質世界的死亡僵固，得以擺脫時間終結的威脅。《海浪》也是吳爾芙對文學本質的堅持和關懷的徹底實踐，全然揚棄表象故事情節的鋪陳寫實，透過角色靜態的內心獨白和自由

生命意義的探問如潮浪般由覆在吳爾芙測量世界的句子裡拍打，也是吳爾芙關於死亡議題的自問自答。「你是誰？我是誰？我們的大腦和感覺有著隨時出現的靈光一現，小說的終章，吳爾芙以伯納言己志，總結眾角色生命過往的同時，提出關於死亡的諸多大哉問，這些答問猶如泳者面對著浩瀚海洋，以為聽見了生命的答案，那不過是翻湧的海浪兀自起落，潮聲拍岸。

聯想，掙脫時間與空間的侷限，在記憶的湧動裡自在想像，直視靈魂核心的真實。我們生存的物質世界雜質遮蔽，我們只能「以心靈不受時間限制的方式思考著⋯⋯以記憶的流動存在著⋯⋯」。文學的真實或說生命的真實不在物質的外在表象，它在記憶的深層褶被裡閃爍著亮光。而對抗死亡的唯一方法是書寫是文字創作是以句子測量世界，聽見生命的筆尖沙沙作響。吳爾芙以書中角色伯納言自己的創作態度、理念及自己與世界的關係。「如果可以用指南針測量事物我會如此做，但因為我唯一測量的工具是一個句子，我創造句子⋯⋯」，透過書寫，創作者（是角色伯納也是作者吳爾芙）將記憶活動文字化，並在詞語裡探得生命的真正本質，即便「生命是不完美的，一個未完成的句子」。

這是吳爾芙最艱深也最精采的一本書。我如斯想。

（本文寫於二〇〇七年）

吳爾芙日記I

春天的第一天

〔一九四〇年〕

十一月三日星期日

昨天河水暴漲過河岸。濕地現在成了一片汪洋,有海鷗在上頭翱翔。L.[1]和我沿路走到飛機棚。河水拍打碎裂,淺綠,湍急,沿著碉堡的破洞傾盆而下。上個月有顆炸彈爆炸;老湯賽先生告訴我那時花了一個月的時間在修補。為了某個原因再度沖破(艾維斯特說河岸因碉堡的緣故而變脆弱了)。今天的雨極大,加上強風。彷彿親愛的大自然在踢掉她的高跟鞋。又回到機棚。洪水愈深愈湍急。橋被沖毀。大水使得農田旁邊的馬路無法通行。所以我所有用來散步的濕地小徑都不見了,還得等到什麼時候呢?河岸又有一處被沖破。它以瀑布的形式溢出:大海不起泡沫。是的,現在洪水緩緩朝著波頓的乾草堆慢慢移動——洪水中的乾草堆——在我們田地中的下方。如果太陽出來會很可愛。今晚的霧有中古世紀感覺。我很快樂可以不用再賺錢;回到 P.H.[2] 突然文思泉湧的寫作;我很高興的說,這是一塊小畫布。哦,那種自由——

十一月五日星期二

洪水中的乾草堆有著令人無法置信的美⋯⋯當我抬頭往上看,我看到整塊濕地一片汪洋。在太陽下,呈現深藍,海鷗銜著葛縷子種子;雪風暴;大西洋海岸;黃色島嶼;無葉之樹;紅色小木屋屋頂。哦,我希望洪水永遠持續。處女的唇;沒有平房的蹤跡;彷彿是在萬物的起始。現在前面是鉛灰中帶著紅葉。那是我們內陸的海。凱伯丘現在成了一座懸崖。我心裡想:大學充滿了來自H.A.L.F.中學和崔福楊中學的學生。那是他們的產物。而我:從未如此多產。而我:長期以來對書的渴求仍舊在:真是股幼稚傻氣的熱情。所以如同大家說的,我對於《幕與幕之間》[2] 感到非常「高興」而興奮。這個日記的速記會有用。一新風格——去拌合。

1 即雷納德・吳爾芙,維吉尼亞的丈夫。
2 《波音茲大廳》(*Poyntz hall*)的縮寫,一開始寫 Poyntzet Hall,在書寫過程中有時又稱作《露天表演》(*Pagenat*),在完成後定名為《幕與幕之間》(*Between the Acts*),吳爾芙生前並沒有完成定稿。跟《戴洛威夫人》(*Mrs. Dalloway,* 1925)一樣,故事濃縮在演出歷史劇的露天表演當天。

十一月十七日星期日

我應該會喜歡寫下如自然學家——人類自然學家的筆記,我觀察著一本書的節奏如何在我的頭腦中流動著、纏繞成一顆球,一顆令人疲累的球,我將這個觀察視為精神史上一件有趣的瑣事。《幕與幕之間》(最後一章)的節奏如此盤據我的心思,我在自己說出的每個句子裡聽到那個節奏。我藉著閱讀回憶錄的筆記打破這個節奏。筆記的節奏要求得越加自由、鬆散。我用那節奏寫了兩天,讓我重新提起精神。所以我明天要回去寫《幕與幕之間》。我認為這將會是相當深奧的。

十一月二十三日星期六

在這一刻完成了《露天表演》——還是該取名《波音茲大廳》?——(我大約是在一九三八年四月開始寫),我正文思泉湧寫著下一本書(尚未命名)的第一章,這將會被命名為《未幾》[3]。今天早上寫的故事我寧願寫露易絲被打斷,她手拿一支玻璃瓶,裡面裝著很稀的牛奶,裡面浮著一小塊奶油。然後我隨著她進廚房,把奶油撇去;我將那塊奶油拿給雷納看。這是戰勝家事的偉大時刻。

我對這本書頗為得意。我想這是採用新方法的一個有趣嘗試。我想這本書比其他的

書都要來得能夠呈現精隨。我撤去了更多的牛奶，呈現一塊更豐盛的奶油，當然比悲慘的《歲月》[4]更有新意。我幾乎是樂在其中地寫著每一頁。必須記下一點，這本書只有在寫《羅傑‧弗萊的一生》[5]的規律中、在壓力最大休息的時間寫。我會把它當成我的計畫：如果我可以每天規律地寫這本新書——只盼減少這種情況——無論如何，將會有一本關於事實的書來支撐它，然後我將醞釀壓力極高的時刻。我想把爬上山頂——那個持續出現的景象——作為一個起始點。然後看看會出現什麼。如果沒有任何東西，也不打緊。

---

3 《未幾》（Anon），在寫作《幕與幕之間》時，在她一九四〇年九月所寫的筆記中提到這本書的計畫，書名還在換來換去，或稱《隨意讀》（Reading at Random）或《嶄新的一頁》（Turning a Page）為相當龐大的閱讀書寫計畫，在她的構想裡，是《普通讀者》（The Common Reader）的第三卷。

4 《歲月》（The Years）為維吉尼亞‧吳爾芙一九三七年出版的長篇小說，因為企圖過於龐大，寫作時多次面臨精神崩離狀態，小說裡清楚呈現她小說中少見的對人類社會殘暴面的灰心和絕望。

5 《羅傑‧弗萊的一生》（Roger Fry, A Biography），為維吉尼亞‧吳爾芙為她的好友羅傑‧弗萊所寫的傳記書，於一九四〇年出版。

十二月二十二日星期日

他們是如此的美，那些老人——我是說父親和母親——多麼單純、多麼清明、波瀾不驚。我沉浸於老舊的信件和父親的回憶錄裡。他愛著她：哦，他是如此坦率、透明——有著如此敏感、纖細的心靈，飽讀詩書而澄澈。甚至是靜謐與爽朗的，生命對我開展：沒有污泥、沒有漩渦。而是如此充滿人性——他們和小孩共處，生命中有著育嬰室的兒歌和哼唱聲。但如果我以現代人的角度來閱讀，我將失去我孩童的眼光，因此我必須停止。沒什麼在騷動；什麼也不投入；不內省。

十二月二十九日星期日

船帆會有拍動的時候。然後，作為生命藝術的一個偉大業餘者，我決心將我的柳丁吸乾，我像一隻黃蜂，彷彿正在吸食的花朵正在凋萎，如同昨日——我騎馬經過下坡，往上爬升到懸崖。一圈帶刺的鐵絲箍在懸崖邊緣。我沿著紐海芬（Newhaven）路騎，心靈變得生氣勃勃。在那條有住宅的荒涼路上，在溼氣中，年老衣著襤褸的女傭正在買雜貨。騎在馬上看著紐海芬在我眼前劃開。但我身體疲累，心智沉睡。所有想寫日記的欲望都頹廢無力。要如何做才能矯正呢？我必須四處尋找。我想著塞維尼夫人6。寫作

將成為我每天的快樂。我痛恨老年的僵硬——我已經感覺到它了。我說話的聲音粗嘎。我尖酸刻薄。

腳奔馳向晨露的速度不再如此快速
心對於新情緒的跳動不再如此劇烈
而希望，一旦破碎了，不再如此快速迸出

我真的打開馬修・阿諾[7]的詩集，抄下這些詩句。在如此做的同時，我想到為什麼我自己現在不喜歡或是喜歡哪些東西，因為我逐漸遠離階級制度和父權。當代斯蒙[8]讚美《東科克》[9]時，我是嫉妒的。我沿著沼地走並自言自語，我是我：我必須跟隨著那

[6] 塞維尼夫人（Madame de Sévigné, 1626-1696），十七世紀法國書信作家。
[7] 馬修・阿諾（Matthew Arnold, 1822-1888），為英國維多利亞重要的詩人和文化批評家，其詩名與汀尼生（Alfred Tennyson, 1809-1892）及布朗寧（Robert Browning, 1812-1889）齊名。
[8] 代斯蒙（Desmond MacCarthy, 1877-1952），英國作家、藝評家，布倫茲伯利派成員。
[9] 《東科克》（East Coker），為詩人艾略特（T. S. Eliot, 1888-1965）名詩《四首四重奏》（Four Quartets）裡的一章。

張犁⋯⋯而並非抄襲另一個人。這是我寫作、活著唯一的理由。現在我可以好好享用食物：我以想像創造出來的餐點。

【一九四一年】

元月一日星期三

星期日晚上，我正讀著一本細節精密、有關倫敦大火的書時，倫敦正在燃燒。我的城市有八座教堂被毀，還有工會大樓（Guidehall）。這算是去年的事了。新年的第一天吹著一陣彷彿圓鋸的風。這本書是從三七書店搶救回來的：我從店裡帶回家，連帶幾本伊莉莎白時代的書，好作為我的寫作參考，書名現在叫《嶄新的一頁》（Turning a Page）。心理學家該看得出這些句子，是在那個房間裡，跟某個人，還有一隻狗一起寫出來的。私下附帶幾句：我想在這裡我的贅字或許會少一些——但又何妨，我都寫了那麼多頁了。無須顧慮印刷廠。無須顧慮大眾。

元月九日星期四

一片空白。全覆滿了霜。靜止的霜。燃燒的白。燃燒的藍。榆樹的火紅。我並無意再花筆墨描寫雪裡的低圓山丘;但它自然湧現。就連現在我忍不住要轉頭凝望艾許漢山丘,紅、紫、鴿藍灰,襯托著如此誇張的十字架。那個我總記得——不然就忘了——的句子是怎麼說的。你的最後一眼看什麼都可愛。昨天X太太臉朝下下葬。是個小事故。如此壯碩的女人,像露易絲說的,一時衝動就在墳頭大吃一頓。今天她下葬她的姑媽,那個姑媽的先生在西福(Seaford)目睹了靈異現象。他們的房子遭到炸彈轟炸,是我們上星期某天一大清早聽到的炸彈。L.正在邊發牢騷邊整理房間。這些事情有趣嗎?那種回想:那種說出「停止,你真美?」唉,到我這年紀,生命怎麼都美好。我是說,除了生命本身沒什麼我該追隨的。而山丘的另一邊將無粉紅藍紅的雪。我正在抄寫P.H.。

元月十五日星期三

這本書到最後也許會極為簡潔。同時我對自己的冗長感到羞愧,當我看著那二十本自己寫的書——就堆在我房裡——這樣的感覺便突然襲上心頭。我在為誰感到羞愧?我自己正在翻閱它們。然後聽到喬伊斯的死訊:喬伊斯大概比我小兩個星期。我想起威佛

小姐,戴著羊毛手套,拿著《尤里西斯》的打字稿來霍加斯出版社[10],放在茶几上的情景。我想是羅傑叫她來的。我們該盡心盡力把它印出來嗎?這淫穢的稿子跟當下的場景如此格格不入:她那如老處女般的模樣,釦子扣得緊緊的。而稿子滿是淫穢之詞。我把它放進陳列櫃的抽屜裡。一天凱薩琳‧曼斯菲德[11]來了,我把稿子拿出來。她開始讀,取笑它,然後突然說:「但裡面有料:我認為會在文學史上擁有一席地位。」他差不多就在那位置,只是我從沒正視過他。

到——那時書已經出版了——任何人——在小說最後達到那樣的終極奇蹟以後,他該如何繼續寫下去呢?那時候的他,我第一次見他如此,充滿了狂喜、熱切之情。我買了藍色的平裝本,我想某年夏天我就在這裡閱讀,帶著陣陣驚奇、陣陣新發現,然後再度因為過於乏味而數度中斷。這又回到史前世界。現在所有的男士們正在翻新他們的觀點,而這些書,我認為,在一長串的行列裡占得一席地位。

我們星期一在倫敦。我去了倫敦橋。我看著河水;非常濁;有一縷縷灰煙,大概是從著火的房子飄來的。上星期六又起了一場火災。接著我看到,在街角的一道高牆,整個被火燒過,一個好好的街角全都毀了;一家銀行;那樹立的紀念碑;我試著搭上公車;但過了一個街區我便下了車;第二輛公車建議我用走的。交通完全癱瘓;好幾條街

一月二十六日星期日

今天（我希望）能藉著清理廚房；藉著寄文章（不怎麼樣的一篇）給 N.S.；以及兩天來埋頭寫 P.H.，我想，屬於回憶錄的小說作品，來對抗沮喪、婉拒〔我的故事沒被《哈潑雜誌》和艾倫・泰瑞[13]採用〕所引發的爭戰，因而恢復正常作息。這絕望的低

---

10 霍加斯出版社（Hogarth House），一九一五年維吉尼亞和雷納德・吳爾芙搬離倫敦，遷居里奇蒙（Richmond）區天堂路的十八世紀房子霍加斯宅第，兩夫妻以小額資本買下印刷機器，自學印刷出版，他們認為這對維吉尼亞的健康會有幫助，這家小出版社就稱之為霍加斯出版社，早期只出版小書，包括凱薩琳・曼斯菲德（Katherine Mansfield, 1888-1923）的短篇、艾略特的詩、維吉尼亞的短篇集等。

11 凱薩琳・曼斯菲德，本名 Kathleen Mansfield Beauchamp，為出生紐西蘭的著名小說家。

12 教堂（Temple）是雷納德所屬的「門徒」（Apostles）團體聚會之地。

13 艾倫・泰瑞（Ellen Terry, 1847-1928），十九世紀英國知名演員。

潮，我發誓，將無法吞嚥我。獨處真棒。羅德麥的生活是一小杯啤酒。這房子潮溼。這房子凌亂。但也沒別的選擇了。同時白天將會變長。我所需要的是古老的靈感湧現。代斯蒙有次對我說「你真正的生命，就像我的，是活在意念當中」。但必須記住意念並非源源不絕。我開始不喜歡內省：睡覺和慵懶；冥想；閱讀；煮飯；騎腳踏車；哦，還有一本很好看很有分量的書──即賀伯・費雪[14]。這就是我的藥方。

戰爭稍微平息。六個晚上沒有空襲。但嘉文說最大的轟炸即將來襲──據說三個星期內──而每個男人、女人、狗、貓、甚至象鼻蟲，都得緊抱著手臂和信心──云云。是嚴寒時分，現在：還尚未放晴。花園裡雪花稀疏。沒錯，我正在想：我們毫無未來地活著。這就是詭異之處：我們的鼻子緊貼在一扇緊關的門上。現在去信，用新的鋼筆尖，寫給艾尼德・瓊斯[15]。

二月七日星期五

我為何沮喪？我想不起來了。我們去看了查理・卓別林（的電影）。就像楚楚可憐的女孩讓我們覺得乏味。我一直愉快地寫著。大概在我們去劍橋之前，書裡柴瑞爾太太的部分就會完成。河水位即將高漲的一個星期。

二月十六日星期日

在上星期的騷動之後,如今河水湍急暗灰。我最喜歡和達弟吃晚餐。一切都很輕快而私密。我喜歡紐漢淺灰的夜晚。我們在帕娜極為儀式的房間裡看到她,那房間什麼都閃閃發亮,令人嘆為觀止。她穿一身柔美的紅與黑。我們圍坐在明亮的爐火邊。奇特輕快地談話。她明年要走。然後到萊區沃斯、那些被打字機鏈住的奴隸、他們蒼白憔悴的臉,還有機器——噪音不斷——功能愈來愈強的機器,摺紙、壓平、上膠和輸送出完美的書成品。那些機器可壓製仿皮的書。我們的印刷機放在玻璃櫃裡。沒有鄉村風景可看。很長的火車旅程。寒酸的食物。沒有奶油,沒有果醬。年老的夫妻儲藏他們桌上的柑橘果醬和葡萄乾。近乎耳語的對話環繞在休息室的爐火旁。伊莉莎白・包溫[16]在我們回到家後兩個小時來訪,她昨天離開;而薇塔明天要來;接著是艾尼德[15];接著我也許應該重新進到我的「高格調生活」。但時間未到。

---

14 賀伯・費雪(Herbert Fisher, 1826-1903),英國歷史學家。
15 艾尼德・瓊斯(Enid Algerine Bagnold, Lady Jones, 1889-1981),英國作家,又稱瓊斯夫人。
16 伊莉莎白・包溫(Elizabeth Bowen, 1899-1973),愛爾蘭小說家。

二月二十六日星期三

我的「高格調生活」幾乎整個就是伊莉莎白時期的戲劇。在完成《波音茲大廳》或稱《露天表演》；這個故事——今天早上最終定名為《幕與幕之間》。

三月八日星期日

剛從雷納在布萊頓的演講回來。像個異國的小鎮：春天的第一天。女人坐在椅子上。茶店裡看到一頂漂亮帽子——時尚真可以讓眼睛為之一亮！而那位鶴髮雞皮的老婦人，在茶店裡，塗了胭脂，花枝招展，面容枯槁。女服務生在檢查棉布。不⋯我沒打算內省。我標出亨利·詹姆士的一個句子：不厭其煩地觀察。觀察暮年的來臨。觀察貪婪。觀察我自己的消沉。藉由觀察意味著這是可用的。或者我希望如此。這次我堅持將時間做最妥善的分配。我將隨著我的色彩飛逝而消亡——不過還尚未完全墜落。假設我在博物館買了一張票；每天騎腳踏車去閱讀歷史。假設我從每個時代選出一個重要人物，然後以他為主軸去寫。得專心投入。而現在，我有點高興地發現七點鐘了；得煮晚餐了。黑線鱈和香腸肉餡。我想一個人真的只要藉由寫下黑線鱈和香腸肉餡，他就能掌握這些食物的神髓。

海浪

太陽尚未升起。海與天一色，除了海面上有輕微的皺摺，好似一塊起了摺痕的布。慢慢地天空泛白，地平線出現一道暗線將海天分開來，灰布上有大筆觸的條紋晃動著，一道接一道，在海面之下，彼此追隨，彼此追逐，永不停息。

當海浪靠近海岸，每道條紋升起、堆高、破碎，然後一層白紗似地水在沙上掃過，海浪暫歇，然後再次退去，好像沉睡者的呼吸，不自覺地來去輕嘆著。地平線後，地平線的暗色條紋逐漸變得清晰，彷彿陳年酒桶裡的雜質沉澱讓酒杯轉為綠色。地平線，天空也清晰了，彷彿那裡的白色雜質也沉澱了，或像一隻蜷伏於地平線下女人的手臂，舉起了一盞燈，之後白、綠、黃的平直條紋放射於空中，一把扇子的扇骨。然後她將燈舉高些，空氣彷彿成為纖維，由綠色表面閃爍彈出燃燒的紅黃線條，就像由營火中咆哮而出帶著煙的火花。逐漸地，燃燒的營火融為薄霧，一團白熾舉起沉重的羊毛灰天空，將它轉為百萬個淡藍原子。海面緩緩轉為透明，微波蕩漾閃爍，直到暗沉線條幾乎被擦拭盡，緩慢地，持著燈的手再將燈舉高、再舉高，直到一道寬廣火焰清晰可見，一彎火弧在地平線邊緣燃燒，四周的海燃燒成金黃。

陽光照射在花園中的樹，將一片樹葉照得通透清明，接著又一片。一隻鳥高聲鳴叫後短暫停止；又一隻低聲鳴囀。太陽讓房子牆壁逐漸成形，然後在白色百葉窗頂上棲息著，宛如扇子的柄頂，在臥室窗戶邊的葉子底部留下藍色的指紋陰影。百葉窗輕輕顫動，但室內一切仍幽暗、未見成形。屋外的鳥唱著牠們的旋律。

「我看到一只指環,」伯納說:「高掛在我頭頂上方,顫動著,懸在一環光圈裡。」

「我看到一片淡黃,」蘇珊說:「緩緩暈開直至與一抹紫相遇。」

「我聽到一道聲音,」蘿達說:「唧唧;唧唧;一下子高、一下子低。」

「我看到一個圓球,」奈弗說:「背景襯著巨大的山脈由高處滴落。」

「我看到一串深紅流蘇,」吉妮說:「和金線纏繞在一塊。」

「我聽到一個東西在跺腳,」路易說:「一隻巨大野獸的腳被鍊著,在跺腳、跺腳、跺腳。」

「看那陽台角落的蜘蛛網,」伯納說:「懸掛著水珠,閃著滴滴白色光芒。」

「葉子聚在窗戶旁,好像豎起的耳朵。」蘇珊說。

「一道陰影落在小路上,」路易說:「好像彎曲的手肘。」

「光之島正游過草地,」蘿達說:「由樹林間灑落。」

「小鳥的眼睛在樹葉間隙中閃亮。」奈弗說。

「樹梗被堅硬短毛覆蓋著,」吉妮說:「水滴附著在其上。」

「一隻毛蟲蜷曲成綠色圓環,」蘇珊說:「它的鈍腳鑲嵌成V字紋路。」

「灰殼蝸牛爬越過小徑,輾平身後葉片。」蘿達說。

「一道熾熱光線從窗櫺射入，再射到草地上。」路易說。

「我的腳下是寒冷石頭，」奈弗說：「我感覺得到每一顆石頭，每顆不同的石頭，圓的、尖的。」

「我的手背燃燒著，」吉妮說：「但手心裡的露水讓手又冷又溼。」

「現在公雞啼叫，彷彿在白色浪潮中迸出一股紅色激流。」伯納說。

「鳥兒在我們周圍飛來飛去，高高低低鳴叫著。」蘇珊說。

「野獸踩著腳；那雙腳被鍊著的大象，那隻大猛獸在海灘上踩著腳。」路易說。

「看那房子，」吉妮說：「所有的窗戶都掛著白色百葉窗。」

「洗碗間裡的水龍頭開始流著冷水，」蘿達說：「漫過碗中的鯖魚。」

「牆上有著黃金色裂痕，」伯納說：「在窗戶下方有著樹葉手指形狀的藍色陰影。」

「現在康斯坦伯太太把她的厚黑襪往上拉。」蘇珊說。

「當煙升起時，睡眠像霧般從屋頂捲走。」路易說。

「群鳥先是合唱，」蘿達說：「現在洗碗間的門被打開了，群鳥飛離，彷彿灑出的種子般飛散。只剩一隻獨自在臥室窗旁唱著。」

「圓鍋底升起泡沫，」吉妮說：「升得愈來愈快，在水面形成銀色鏈子。」

「現在比娣用一把鋸齒刀把魚鱗刮到砧板上。」奈弗說。

「現在餐廳窗戶呈現深藍,」伯納說:「煙囪上的空氣在浮漾。」

「一隻燕子在避雷針上棲息,」蘇珊說:「比娣把水桶摔在廚房的石板地上。」

「那是教堂的第一聲鐘響,」路易說:「然後其他鐘聲跟隨著;一、二,一、二,一、二。」

「看那桌巾沿著桌子雪白地飛舞著,」蘿達說:「桌上有一排排潔白的瓷器,每隻盤子邊緣有著銀色條紋。」

「突然一隻蜜蜂在我耳朵嗡嗡作響,」奈弗說:「它在這;它走了。」

「我燃燒,我顫抖,」吉妮說:「在太陽之外,進入這陰影。」

「現在他們全離開了,」路易說:「我獨自一人。他們進屋子裡吃早餐,留下我站在牆邊花叢裡。現在還很早,還沒上課。朵朵小花開在深深綠蔭中。花瓣是丑角,花莖由下方黑色空洞升起。花朵像光形成的魚在暗綠的水面游著。我握著一枝花莖在手中。我是那花莖。我的根往下紮到世界深處,穿過如磚塊乾涸的泥土,穿過潮溼的泥土,穿過鉛銀的礦脈。我全身都是纖維。所有的顫動都會動搖我,土地的重量壓迫著我的肋骨。在地面上,我的眼睛是綠葉,看不見。在這裡,我是個男孩,穿著灰法蘭絨,繫著

有銅蛇裝飾的皮帶。在那裡，我是尼羅河畔沙漠中的石像，我的眼睛是那石像沒有眼皮的眼睛。我看著女人攜著紅土陶罐從我面前走過，往河邊去；我看著緩緩擺動的駱駝和戴著頭巾的男人。我聽到圍繞著我的踐踏聲、顫抖聲和爭執聲。

「在這裡伯納、奈弗、吉妮和蘇珊（除了蘿達）用網子掠過花床。他們在花朵搖曳的頂端掃掠著蝴蝶。他們掠過世界的表面。他們網中充滿了拍動的翅膀。『路易！路易！』他們大叫。但他們看不到我。我在樹籬的另一端。樹葉中只有極小的眼洞。主啊，讓他們經過吧。主，讓他們把蝴蝶放在碎石路上用手帕綁成的網裡。讓他們去數有多少蛺蝶、紅紋麗蛺蝶、菜粉蝶。但別讓我被人看見。我就像樹籬陰影中的紫杉樹般綠。我的髮是樹葉。我的根植於地球中間。我的身體是樹幹。我按壓著樹幹。一滴樹汁從嘴裡的洞緩慢滲出，愈來愈大。現在有個粉紅色物體從眼洞穿過。一道目光從縫隙間穿越。目光擊中了我。我是個穿灰法蘭絨的男孩。她找到了我。我的頸背被抱住。她吻了我。一切都粉粹了。」

「早餐之後我跑著，」吉妮說：「我看到樹籬中洞裡的葉子在動。我想『這是鳥兒在巢裡』，我撥開樹葉看，但沒看到巢裡的鳥。樹葉持續搖動著。我害怕。我奔跑著經過蘇珊、蘿達，和在工具間討論的奈弗和伯納。我邊跑邊哭，愈來愈快。是什麼讓樹葉

搖動?是什麼讓我的心臟跳動,讓我的腿移動?我衝進這裡,看到你像個矮樹一般綠,一般僵硬,你的眼睛呆望著,『他死了嗎?』我在想,並吻了你,我的心在粉紅洋裝下如樹葉般跳著,繼續跳著,雖然沒有東西驅動。現在我聞到天竺葵;我聞到土裡的黴菌。我跳舞。我輕顫。我如光網般罩著你。我顫抖著衝向你。」

「透過樹籬的縫隙中,」蘇珊說:「我看到她吻他。我從花瓶中抬起頭,從樹籬縫隙中看去。我看到她吻他。我看到他們,吉妮和路易,吻著。現在我把怒氣裹在手帕裡。怒氣將被緊捲成一個球。我會在上課前獨自前往山毛櫸林。我不要坐在桌前作算術。我不要坐在吉妮和路易旁邊。我會帶著我的憤怒,將它放在山毛櫸樹下的根上。我會檢視它,把它拿在指間。他們找不到我。我會吃著核果,在灌木叢裡尋找蛋,我的頭髮會打結,我將睡在樹籬裡,從水溝裡喝水然後死在那裡。」

「蘇珊經過我,」伯納說:「她經過工具間的門口,她的手帕捲成一團球。她沒有在哭,但她的眼睛,如此美麗的眼睛,像貓在跳躍之前般緊瞇著。我將跟隨她,奈弗。我將輕輕地跟隨在她之後,帶著我的好奇心,當她憤怒哭泣時,想著『我是獨自一人』時,我隨時準備安慰她。

「現在她輕快地走著穿越草地,不帶情緒地,好欺瞞我們。然後她來到斜坡;以為

沒有人看到她；她開始跑，兩手在胸前緊握著。她的指甲在手帕球裡相握。她往山毛櫸林中暗處走去。她來到林中張開手臂，彷彿一個游泳的人躍入樹影中。但她的視線在強光後變盲，她被絆倒，撲向樹下的根，樹根中的光似乎在呼吸著，乍明，乍暗。這裡有著激動和苦惱。有憂傷。光明明暗暗。這裡有憤怒。樹根在土裡形成骨架，枯樹的落葉在角落堆積。蘇珊發洩怒氣。她的手帕落在山毛櫸根上，她啜泣，在跌倒處崩潰。」

「我看到她吻他，」蘇珊說：「我從樹葉間看到她。她在閃爍的鑽石光塵中舞著。我蹲著，伯納，我很矮。我的眼睛貼近地上看著，看到草中的昆蟲。當我看到吉妮吻路易，我身上的黃色溫暖化為石頭。我將啃青草，死在有著落葉腐朽溝渠的深棕水裡。」

「我看見你走，」伯納說：「當你經過工具間的門，我聽到你叫著『我不快樂』。我放下小刀。我正和奈弗拿當柴火的木頭做船。我的頭髮凌亂，因為康斯坦伯太太叫我梳頭時，有隻蒼蠅在蜘蛛網裡，我問道：『我是否該把蒼蠅放了？還是讓它被吃掉？』所以我永遠遲到。我的頭髮沒梳，還有木屑黏在上頭。我聽到你哭，我跟著你，看你放下手帕，擰轉著，帶著怒氣，帶著恨意扭進手帕裡。但這將很快停止。現在我們的身體靠近了。你聽到我呼吸。你看到甲蟲也在身上背著一片樹葉。甲蟲跑向這，然後跑向那，

當你看著甲蟲時,連你都希望擁有一件搖擺不定的東西(現在是路易),像光線在山毛櫸樹葉中明暗;然後字句在你心中暗暗活動著,在你心深處手帕裡扭擰困難的結將會解開。」

「我愛,」蘇珊說:「我恨。我只希望一件事。我的眼睛很重。吉妮的眼睛閃亮著一千盞燈。蘿達的眼睛好像飛蛾在晚間造訪的蒼白花朵。你的眼睛又大又神彩盈溢。但我已經開始我的追求。我看見草中的昆蟲。雖然母親仍然幫我織襪了,將我的圍裙打褶,我是個孩子,我愛而且我恨。」

「但當我們坐在一起,靠近著,」伯納說:「我們融入彼此的字句中。我們以霧靄為邊。我們創造了非實質的領土。」

「我看到甲蟲,」蘇珊說:「黑色的甲蟲,我看到了;它是綠色,我看到了;我被幾個字眼所縛。但你漫不經心;你掠過;你高高站起,以字彙,以片語。」

「現在,」伯納說:「讓我們探險。有棟白色房子躺在樹林中。躺在那裡,在我們下面如此遙遠之處。我們將像泳者般用腳指尖碰著地。我們將沉入樹葉的綠色空氣中,山毛櫸葉在我們頭上合攏。綠浪覆蓋在我們身上,山毛櫸葉在我們頭上合攏。馬廄男孩穿著橡皮靴在廣場裡劈啪作響。那蘇珊。我們在沉入時奔跑。大房子的屋頂高高低低。馬廄裡時鐘的鍍金針閃爍。

是艾維登。

「現在我們從樹頂跌落至地面。空氣不再將長而不幸的紫色波浪覆蓋我們。我們碰觸到泥土；我們踏著地面。女士的花園裡有修剪整齊的樹籬。她們在正午走著，拿著剪刀，剪著玫瑰。現在我們在四面有牆圍繞的樹林中。這是艾維登。我看過十字路口的路標指著『往艾維登』。沒有人去過那裡。蕨類的味道濃烈，下面長著紅色蕈類。現在我們吵醒了不曾識人的沉眠穴鳥；現在我們踏著成熟紅透而滑溜腐朽的橡蟲瘻；原始林中的松面被牆圍繞著；沒有人來這裡。聽！那是一隻大蟾蜍在地裡笨拙移動著；果啪噠掉落在蕨類中等待腐朽。

「把你的腳放在這磚上。從牆上望出去。那裡是艾維登。我們發現了一塊未為人知的土地。別動。如果被園丁看見會槍殺我們。我們會像白鼬般被釘在馬廄大門上。別動。緊抓住牆頭上的蕨草。」

「跑！」伯納說：「跑！留著黑鬍子的園丁看到我們了！我們會被射殺！我們會被射殺像松鴉般被釘在牆上！我們在一個充滿敵意的國家。我們必須逃到山毛櫸林。我們必須躲藏在樹下。在來時我將一枝樹枝弄彎。那裡有個祕密小徑。儘量彎低身體。跟著

走,別回頭。他們會以為我們是孤狸。跑!

「現在我們安全了。現在我們可以再度站直。可以在這片廣大森林的天幕下伸展。山毛櫸林頂有隻斑尾林鴿飛出。鴿子拍打著空氣;鴿子用翅膀拍打著空氣。」

「現在你沿著小路消失,」蘇珊說:「造著句子。現在你像汽球的線爬升,愈來愈高穿過層層樹葉,無法接觸。現在你落後。現在你拉著我的裙子,往後看,造著句子。你逃離了我。這裡是花園。這裡是樹籬。蘿達在小路上將花瓣放在棕色盆裡前後搖晃著。」

「我所有的船都是白色,」蘿達說:「我不要蜀葵或天竺葵的紅色花瓣。我搖晃盆子,白花瓣會浮現,那是我要的。我有一個艦隊由此岸游到彼岸。我會丟下一根樹枝當作即將溺斃水手的救生艇。我會丟塊石頭,看著氣泡由海洋深處升起。奈弗走了,蘇珊走了;吉妮或許在廚房花園裡和路易摘著紅醋莓。我有短暫時間獨處,哈德遜小姐正將抄寫本發放到教室桌上。我有短暫的自由空間。我摘下所有掉落的花瓣讓它們游泳。我在一些花瓣裡放了雨滴。我會在這裡蓋個燈塔,甜美愛麗絲的頭(a head of Sweet Alice)。我現在把棕盆左右搖晃,讓船隨浪起伏。有些會翻覆。有些會撞向懸崖。一艘

孤獨航著。那是我的船。它航向有著海象咆哮，鐘乳石盪漾著綠色水環的冰穴。海浪升起；浪峰捲起；看著桅頂的燈。所有船隻散落，沉沒，除了我的船，它乘著浪，在強風前破浪而行，抵達有著鸚鵡聒噪、動物爬行的島嶼……」

「伯納在哪？」奈弗說：「他拿了我的刀。我們在工具間雕刻船，然後蘇珊經過門前。伯納丟下他的船，帶著我的刀隨著她去，那是雕刻龍骨的銳利刀子。他像下垂的電線，壞掉的接鐘繩，永遠發出刺耳的鼻音。他像垂掛在窗外的海草，一下溼一下乾。大刀是個皇帝。現在鐘響了，我們會遲到。抄寫本已經在鋪著綠毛呢的桌上擺好。」

「我不要在伯納之前說出動詞變化，」路易說：「我父親是布里斯班的銀行家，我說話帶著澳洲腔。我將等著抄伯納的。他是英國人。他們全都是英國人。蘇珊的父親是牧師。蘿達沒有父親。伯納和奈弗是貴族的兒子。吉妮和祖母住在倫敦。現在他們咬著筆。現在他們揉著寫字本，用眼角餘光看著哈德遜小姐，數著她緊身上衣的紫色鈕釦。伯納頭髮上有塊木屑。蘇珊眼中泛紅。兩個人都紅著臉。但我是蒼白的；我是整潔的，

我的燈籠短褲用一條有銅蛇的皮帶繫著。我對課本非常熟悉。我懂得比他們未來會知曉的一切還多。我知道我的情況和我的性別；如果我願意，我可以知道世上的一切。但我不希望領先，生活在這個有著黃色鐘面滴答滴答響的大鐘下。吉妮和蘇珊，伯納和奈弗將自己用皮鞭綁著，用此來鞭打我。他們嘲笑我的整潔，我的澳洲腔。現在我要試著模仿伯納軟綿不正確的拉丁發音。」

「那些是白色字眼，」蘇珊說：「像在海灘上撿起的石頭。」

「當我在說到這些字眼時，他們輕晃著尾巴，」伯納說：「他們輕彈著尾巴；他們成群由空氣中穿過，一下往這，一下往那，全部一起移動著，現在分開，現在又結合起來。」

「那些是黃色的字眼，那些是火的字眼，」吉妮說：「我應該會喜歡如火般的洋裝，一件黃色洋裝，一件在晚上穿的黃褐色衣服。」

「每個時態，」奈弗說：「有不同的意義。這個世界有一種次序；這個世界有著區別、有差異，我踏著世界的邊緣。而這只是一個開始。」

「現在哈德遜小姐，」蘿達說：「闔上了書。現在恐懼開始。她拿著粉筆在黑板上

寫著數字，6、7、8，然後劃一個十字，然後一條線。答案是什麼？其他人看著；他們帶著了解看著。路易寫著；蘇珊寫著；奈弗寫著；吉妮寫著；甚至伯納現在開始寫著。但我無法寫。我只看到數字。其他人開始交卷，一個接著一個。現在輪到我了。但我沒有答案。其他人被允許下課。他們摔著門。哈德遜小姐走了。我被留下獨自尋找答案。現在數字沒有任何意義。意義已然消失。鐘走著。兩根針是在沙漠裡行軍的護送隊中踉蹌著。它會死在沙漠裡。廚房的門摔著。遠方野狗吠著。短針痛苦地在沙漠中滾熱石頭了時間；它把世界包圍在裡面。我開始畫著數字，世界被圈在裡面。看，數字的圓圈開始充滿了。鐘面上的黑色條紋是綠洲。長針在前面行走尋找水。現在我加入──因此──關閉，讓它完整。這個世界是完整的，我在它之外，哭喊著『哦，救我，別讓我在時間圈外永遠被風吹著。』」

「蘿達在那坐著瞪著黑板，」**路易**說：「在教室裡──當我們漫步離開，這裡採一點百里香，那裡摘著青蒿葉子，而伯納正在說著故事──她的肩胛骨在背上相會好似一隻小蝴蝶的翅膀。當她瞪著粉筆數字，她的心住在那些白色圓圈裡；穿越那些白色圓圈進入空虛，獨自一人。它們對她沒有意義。她沒有它們的答案。她沒有任何人有家人。而說話帶著澳洲腔的我，父親是布里斯班的銀行家，我不怕她，不像害怕其他

「現在讓我們爬行，」伯納說：「在紅醋栗的濃密樹葉下爬行，說著故事。讓我們住在這地下世界。讓我們擁有自己的祕密領土，垂掛在紅醋栗下好似大燭臺照亮這裡，一邊閃耀著紅色，另一邊是黑色。吉妮，在這裡，如果我們爬得夠近，可以坐在紅醋栗的濃密樹葉下看著香爐搖晃著。這是我們的宇宙。其他人經過，往馬車道上走。哈德遜小姐和克里小姐的裙子搖晃著，彷彿熄滅蠟燭的拍子。那是蘇珊的白襪子。那是路易乾淨的網球鞋堅定踩在碎石路上。現在一陣腐化樹葉、腐敗植物的暖風吹來。我們現在在沼澤裡；在有癘疾氣味的叢林裡。有隻大象眼睛被箭射中而死，被蛆蟲覆蓋成白色。跳躍著的鳥類——鷹、禿鷹——明亮雙眼清晰可見。牠們把我們當成倒下的樹。牠們啄起一隻蟲——一隻被罩住的眼鏡蛇——留下潰爛的棕色傷疤等著獅子凌虐。這是我們的世界，被弦月和星光照亮著；半透明的巨大花瓣擋著出口，彷彿一扇紫色窗戶。一切非常奇異。物體既巨大又渺小。花莖厚如橡樹。樹葉如大教堂圓頂般高聳。我們是巨人，躺在這裡，能讓森林顫抖。」

「這是此處，」**吉妮**說：「這是此刻。但我們很快就要走了。柯里小姐很快就會吹她的哨子。我們將會離開。我們將會分離。你會去學校。你會有戴著十字架和白頸圈的

「熱氣由叢林中散去，」伯納說：「樹葉在我們上方拍動黑色翅膀。柯里小姐將帶我們去散步，哈德遜小姐會坐在草地上吹過哨子。我們必須從紅醋栗葉的遮蓋下爬出站直。你的髮上有樹枝，吉妮。柯里小姐在她的桌前算帳。」

「真是無聊，」吉妮說：「走在大路上沒有窗戶可看，沒有睡眼惺忪的藍玻璃領路到小徑。」

「我們必須兩兩成行，」蘇珊說：「依著順序走，不能腳步凌亂，不能落後，路易會第一個帶著隊伍走，因為路易很警覺，不是散漫的人。」

「既然我被認為，」奈弗說：「太虛弱，不能和他們一起去，既然我很容易累接著就生病，我會利用這個獨處的時間，這個對話暫停的時間，繞著房子的外圍，站在樓梯平台上同一層樓梯上，希望我能發現，我覺得我能發現，昨晚廚子在剷土熄滅爐火時，

男老師。我會在東岸的學校，有著女老師坐在亞歷山卓女皇肖像下。那是我會去的地方，還有蘇珊和蘿達。現在唯有此處；現在唯有此刻。現在我們躺在紅醋栗叢下，每當微風吹起我們全身布滿紅點。我的手像蛇皮。我的膝蓋是粉紅色的漂浮島嶼。你的臉像下方張著網的蘋果樹。」

在她的頸上有隻綠毛蟲。我們必須兩兩成隊。

我聽到的那個穿過旋轉門的死人。他被發現遭人劃破喉嚨;月亮發出刺目光芒;我無法抬起腳爬上樓梯。他在排水溝溝被發現。他的血汩汩流向排水溝。他的下顎如同死亡鱈魚般蒼白。我把這個嚴肅事件稱為永遠的『蘋果林中之死』。天上有蒼灰色的浮雲;以及一棵無法緩和面對的樹;這棵怒氣無法平息的樹有著護甲般的銀色樹幹。我生命的漣漪毫無用處。我無法穿越。有個障礙。『我無法超越這個無法辨認的障礙』我說。而其他人越過了。但我們為命運所困,我們所有的人,被這蘋果林、被這個我們無法超越、無法轉圜的樹所困住。

「現在這個嚴肅事件結束;我將繼續調查房子周圍,在傍晚、在日落,當太陽將油地氈曬出油點時,一束光跪在牆上,讓椅腿看來像斷了。」

「當我們散步回來時,我看到弗洛麗在廚房花園裡,」蘇珊說:「她周圍清洗過的衣物被吹起,睡衣、長內褲、連身睡衣被風鼓鼓吹起。恩尼斯特吻了她。他穿著綠呢圍裙,在清理銀器,他的嘴像有皺褶的皮包般被吸住,他捉住她,睡衣在他們之間被吹起。他像頭公牛般莽撞,她則因憤怒而快暈眩,只有蒼白臉頰因微小血管而熱氣正往上冒;恩現在他們雖然在午茶時間遞著麵包奶油和牛奶,我看到地上有裂縫而呈現紅色。尼斯特吼叫時茶壺也在吼叫,即使當我的牙齒咬著柔軟的麵包與奶油,舔著甜美牛奶,

我也像睡衣般被鼓鼓吹起。我不懼怕炎熱或冷冽寒冬。蘿達做著夢,吸著浸在牛奶裡的麵包皮;路易用蝸牛綠的眼睛看著對面的牆;伯納把麵包揉成小團稱之為『人』。奈弗以他乾淨俐落的方式吃完了。他把餐巾捲好放入銀環中。吉妮在桌布上轉著手指,彷彿它們在陽光下跳著雙人舞。但我不懼怕炎熱或冷冽寒冬。」

「現在,」路易說:「我們全站起;我們全起立。柯里小姐打開簧風琴上的黑本子。當我們唱歌時,當我們向上帝禱告保佑我們睡覺平安、稱自己是小孩時,要哭泣並不困難。當我們悲傷、因恐懼而顫抖時,一起唱歌是很甜美的,我微微靠向蘇珊,蘇珊靠向伯納,握著手,害怕太多事情,我害怕我的腔調,蘿達害怕她的數字;但決心要征服。」

「我們像小馬般朝樓上行進,」伯納說:「踏著步,一個接著一個吵雜地輪流進浴室。我們扭打,在白色硬床上跳上跳下。輪到我了。我現在來了。」

「康斯坦伯小姐,圍著浴巾,拿起檸檬色海綿浸在水裡;海綿變成巧克力棕色;滴著水;她把海綿高舉在我上頭,我在她下面發抖,她擠壓海綿。水從我的脊椎間流下身體兩側有明快感覺如箭般射出。我被溫熱肌肉覆蓋。我皮膚上乾燥的隙縫溼潤了;我冰冷的身體溫暖了;身體被沖洗後閃爍著光芒。水傾下,像一隻鰻魚般覆蓋我。現在毛

巾裹著我，我擦背時那粗糙的質感讓血液發出滿足的聲音。豐富深沉的感覺在我心靈的屋頂成形；這一天隨著沖洗而下——樹林、艾維登、蘇珊和鴿子。往下沖掉我心中的牆，一起沖掉的還有這豐富燦爛的一天。現在睡衣寬鬆地包圍著我，我躺在淡淡燈光中漂浮的薄床單下，彷彿一張薄水片被一波海浪吸來附著在我的眼睛上。透過它我聽到遠方遠處微弱遙遠的聲音，合唱開始了——輪子、狗、男人吼叫著；教堂的鐘——合唱開始了。」

「我摺好我的洋裝和襯衫，」蘿達說：「好讓我分心，不再無望地想著希望成為蘇珊、成為吉妮。我會伸展腳趾直到碰觸到床腳的木杆；我將確定自己碰觸到木杆或任何硬的物體。現在我不能沉沒；不能從這張薄床單掉落。現在我在這張單薄床墊上伸展身體然後撐著。現在我在土地上。我不再挺直、不再被擊倒被傷害。一切是柔軟的、彎曲的。牆和櫃子泛白，黃色方塊在一道蒼白玻璃光亮上彎曲。現在我的心靈可以傾巢而出。我可以想著我的艦隊在高聳巨浪中航行。我從船的猛烈碰觸和撞擊中存活。我獨自航行在白色懸崖下。噢！但我沉沒、我翻覆！那是兒童室的鏡子。那是櫃子的角落。我沉沒在梳理著毛的黑羊群中；沉重的翅膀靠近我的眼睛。我在它們伸展、它們變長。我黑暗中旅行，看到長形的花床，康斯坦伯太太從銀葦草的角落跑來告訴我，阿姨已經坐

著馬車來接我了。我攀爬、我逃跑、我穿著一隻有彈簧鞋跟的靴子爬到樹頂上。現在我掉落在大廳門口的馬車裡,她坐著搖曳著黃色羽毛,帶著彷彿光滑大理石般的銳利眼神。噢!從夢中醒來!看,那是五斗櫃。讓我把自己從海水中拉起。但海水裝滿了我;海水的寬大肩膀包圍著我,我被旋轉著;被絆倒;被伸展;這悠長燈光中、悠長海浪中,在這些無止盡的通道中,人們追逐著,追逐著。」

太陽升得更高。藍色海浪、綠色海浪快速以扇狀掃過海灘；圍繞著海冬青的花穗，在沙上留下處處映著光的淺坑。海浪退去，留下一道淡黑邊。那些曾經被霧氣籠罩、形體柔軟的岩石，變得堅硬顯出紅色裂縫。

草上有銳利的條狀影子，露水在花葉頂端跳舞，讓花園彷彿尚未成形的馬賽克，單格單格閃耀著。胸羽斑爛的金絲雀醒來，一起狂放地唱著一、兩小節，彷彿手牽手盡情喧鬧的溜冰者，然後突然寂靜無聲，四散飛去。

太陽在房屋留下更寬廣的光線。陽光碰觸到窗戶角落一盆綠的物體，讓它成為一盆綠寶石、一個純綠的洞穴，像無核的水果。陽光讓桌椅邊緣變得明顯，在白桌巾上縫上細緻的黃金細線。當陽光增強，花苞此起彼落四處散開，抖出有著綠色莖脈顫抖的花朵，彷彿打開花苞的力氣讓它們震動，當柔弱花蕊吐出觸及白色的花瓣時，像似微弱地打擊著鐘樂器。一切變得柔軟無所定形，磁盤似乎流動著、鋼刀好似液體。同時，劇烈震動的海浪破碎跌落帶著悶悶的重擊聲，彷若木頭掉落在沙灘上。

「現在，」伯納說：「時候到了。這一天來臨了。計程車在門口。我的大箱子把喬治的彎腿壓得更彎。可怕的儀式——給小費，走廊上的再見——結束了。現在是和母親的抑制流淚儀式，和父親的握手儀式；現在我必須一直揮著手直到轉彎。現在儀式結束了。老天保佑，一切儀式都結束了。我獨自一人；我第一次上學。

「每個人似乎都只在為這一刻做事情；彷彿永不會再如此。永不如此。它的重要性令人害怕。每個人都知道我要去上學，第一次去學校。『那個男孩第一次去學校。』女傭在清理樓梯時說。我不能哭。我必須毫不動情地看著他們。現在車站大門張開；『月亮臉的鐘凝視著我』，我必須造句子，許多句子，讓我自己和女傭的瞪視、鐘的瞪視、瞪著我的臉孔、漠不關心的臉孔之間有堅硬的東西可以介入，否則我會哭泣。路易在那，奈弗在那，穿著長外套，帶著手提包，站在售票室旁邊。他們很鎮靜。但他們看來不同。」

「伯納來了，」路易說：「他很鎮定，他很輕鬆。他走路時搖晃著皮包。我要跟著伯納，因為他不害怕。我們被帶著經過售票室到了月台，彷彿一條小溪吸引著橋墩旁的樹枝和草桿。火車有著非常強有力的酒瓶綠引擎，彷彿一隻沒有脖子的巨獸，拱著背和大腿，吞吐著蒸氣呼吸。警衛吹著哨子；旗子下降；火車毫不費力地用自己的動能前

進,彷如由一個溫柔推碰開始的雪崩,我們開始往前,伯納攤開一張毯子,玩弄著指節。奈弗看書。倫敦成為碎片。倫敦往後拖曳著然後升起。煙囪與高塔林立著。那裡有個白色教堂;尖塔之間有個船桅。現在看到開放的空間、鋪著瀝青的走道,奇怪的是現在大家應該在上面走路。那裡是一條運河。現在看到開放的空間、鋪著瀝青的橋,腳旁有隻狗。現在紅衣男孩開始射著雉雞。有個排列著紅色房子的山丘。一個人在過國最厲害的神射手。我表哥是獵狐大師。』開始吹牛。我無法吹牛,因為我父親是布里斯班的銀行家,而我說話帶有澳洲口音。」

「在這一切喧囂之後,」奈弗說:「在這一切混亂和喧囂之後,我們抵達了。這個時刻——這真是個嚴肅的時刻。我來臨,像一個貴族來到被冊封的府第。這是我們的創辦人,傑出著名的創辦人,一雙腳抬起站在庭院中。我向我們的創辦人致敬。這樸素方庭之中籠罩著高貴的羅馬氣質。教室的燈已點亮。那些也許是實驗室;那也許是圖書館,我將在那裡探討拉丁語文的精確度,從一本巨大匹開本四周有留白的書,發音準確唸出維吉爾[17]、留克利希阿斯[18]響亮的六音步詩;帶著熱情歌頌加塔拉斯[19]永不曖昧、模糊的愛情。我將躺在草皮上,感覺草的搔癢。我將和朋友們躺在高大的榆樹下。」

「看，校長。啊，他會激起我嘲笑的心情。他太光滑，整個人又黑又亮，好像公園裡的一尊雕像。在他背心的左邊，他那緊繃如鼓般的背心上，掛著一個十字架。」

「老克萊，」伯納說：「現在站起來對我們說話。老克萊校長，有著像從火車窗中看到的滿布著森林的峽谷。他微微擺動著，說出冠冕堂皇的字眼，讓遠足者放火燒了；像從火車窗中看到的滿布森林的峽谷，像滿布森林的峽谷，山的鼻子，下巴有個藍色裂縫，說出冠冕堂皇的字眼。我喜歡冠冕堂皇的字眼。但他的字眼太過真心所以不可能是真的。他在此時已經相信這些是真的。當他離開房間，強烈地左右搖擺蹣跚而行，用力擠過旋轉門。這是我們在學校的第一晚。

「這是我在學校的第一晚。」蘇珊說：「遠離我的父親、遠離我的家。我的雙眼紅腫；我的雙眼因流淚而刺痛。我痛恨根松樹和油地氈的味道。我痛恨歷經風霜的灌木叢和浴室的磁磚。我痛恨帶來快樂的玩笑和每個人目光呆滯的樣子。我把我的松鼠和鴿子留

17 維吉爾（Publius Vergilius Maro, 70-19 B.C.），為羅馬時代最偉大的詩人。英文寫成Virgil。
18 留克利希阿斯（Titus Lucretius Carus, 94-49 B.C.），為羅馬時代的詩人哲學家。
19 加塔拉斯（Gaius Valerius Catullus, 84-54 B.C.），為羅馬時代最具影響力的詩人。

給那個男孩照顧。廚房的門摔著，槍聲穿過樹葉的聲音紛亂響著，那是帕西在射擊白嘴鴉。這裡的一切都錯了，一切都浮華不實。蘿達和吉妮坐得遠遠的穿著棕色嗶嘰，看著藍伯小姐坐在亞歷山卓女皇照片下，唸著面前的書。還有一個藍色針線繡成的橫幅是以前的女孩繡的。如果我不緊抵著嘴唇，如果我不緊絞著我的手帕，我會哭出來。」

「藍伯小姐戒指的紫光，」蘿達說：「在禱告書那白書頁上的黑緞間照來照去。這光澤像葡萄酒，帶著愛意的光芒。現在我們的箱子在宿舍裡還未拆封，我們一起擠坐在世界地圖之下。書桌上有著放墨水的凹槽。我們將在這用墨水寫作業。但在這裡我是無名氏。我沒有臉孔。這一大群人，全部都穿著棕色嗶嘰外套，將我的身分從我身上偷走。我們全都冷淡，不友善。我會找出一張臉，一張鎮靜、不朽的臉，讓它無所不在，把它當幸運物戴在我洋裝裡，然後（我保證會做到）我會在森林中找到深谷，可以展示我的各種奇特珍藏。我對我自己保證會做到這點。因此我不會哭泣。」

「那個黑皮膚的女人，」吉妮說：「顴骨很高，穿著閃亮的洋裝，像一個有紋路的貝殼，那是晚上穿的洋裝。夏天穿還不錯，但在冬天我會想穿一件用紅線織成的、在火光下閃閃發亮的輕薄洋裝。然後當燈點燈，我會穿上我的紅洋裝，它像面紗一樣薄，會圍繞著我的身體，當我用單腳趾尖旋轉進入房間時，它會像巨浪翻滾。當我在房間中央

往下沉,坐在一張描金椅子上時,它會散成花朵形狀。但藍伯小姐坐在亞歷山卓女皇照片下,穿著一件暗沉洋裝,皺摺像白雪公主般似地瀑布般垂下,她用一隻蒼白手指穩穩地按在書頁上。然後我們禱告。」

「現在我們行走,兩兩成行,」路易說:「次序井然地往教堂進前。我喜歡當我們進入那神聖建築時阽臨的微弱光線。我喜歡井然有序前進著。我們成單行;我們坐下。當我們進入時放下了階級差異。我喜歡現在,克萊博士因身體的動能而輕微傾斜著,爬上佈道講壇,從銅製老鷹背後攤開的聖經中唸著日課。我歡喜;我的心在他巨大身軀、他的權威下擴大。他在我羞怯、可恥激動的心中灑下漩渦般的塵雲──當我們圍著聖誕樹跳舞、發禮物時他們忘了我,那個胖女人說:『這個小男孩沒有禮物。』她給了我樹頂上閃閃發亮的英國國旗,我因氣憤而哭泣──被人帶著憐憫地記著。現在一切都在他的權威、他的十字架之下,我感覺到腳下的土地,這讓我清醒,我的根一直往下直到包住地中心某種堅硬物體。我回過神繼續著,他朗讀著。我成為行列中一個數字,巨大旋轉中輪子的一根輻軸,至少在此刻讓我站直。我起身進入這昏暗光線中,而我才若有似無地感覺到跪著的男孩們,圓柱和紀念銅器。這裡沒有殘酷,沒有突來的親吻。」

「當這粗暴的人祈禱時,他玩弄著我的自由,」奈弗說:「他的字眼並未用想像力加以溫暖,彷彿鋪路石頭般冷硬地掉在我頭上,而鏤金十字架在他的背心上猛烈震動。權威的字眼被那些說出它們的人所腐化。我嘲笑、嘲弄這個悲哀的宗教,那些戰慄、被悲傷擊倒的人物往前走著,面如死灰、受著傷,沿著一條由無花果樹投下陰影的白色道路走著,陰影下男孩們在灰塵中攤著身體,赤裸的男孩們,羊皮囊鼓漲著酒掛在客棧門上。我在逾越節時和父親在羅馬旅行;基督的母親顫抖著,沿著街道不停的搖著頭;還有被鞭打的基督放在玻璃盒中自我們眼前經過。

「現在我要靠向一邊,彷彿在搔我的大腿。我將因此看到帕希瓦。他坐著,在其他小人物之間高挺著。他用挺直鼻子相當粗重地呼吸著。他澄藍、奇特無表情的眼睛,帶著異教徒的漠不關心,定在對面的圓柱上。他會是個令人稱羨的教會執行。他看不到;他聽不到。他遠離我們所有人,在一個異教徒世界中。但,看——他用手輕彈著頸部後方。這種手勢會讓一個人無可救藥地愛戀一輩子。達頓、瓊斯、艾加和貝特曼也這樣用手彈頸部後方。但他們並未成功。」

「終於,」伯納說:「咆哮停止。講道結束。他把在門口飛舞的白蝶切成碎末。他

粗糙瘖啞的聲音像沒刮鬍子的下巴。現在他搖擺著走回座位，像個爛醉水手。這是所有其他老師試圖模仿的動作；但他們的瘦弱和笨拙，穿著灰長褲，這只會讓他們顯得可笑。我並非輕視他們。他們的滑稽行為在我眼中覺得可憐。當我長大，我會攜帶一本筆記本，我在筆記本中寫下這個事實，還有許多其他的以供將來參考。在B下面有著『蝴蝶鱗粉』一本有著許多頁的厚厚本子，按照字母排列。我會加入我的句子。在B下面尋找，找到蝴蝶鱗粉。這將會有用。（Butterfly powder）。如果在我的小說中想要形容在窗檯上的陽光，我會在B下面尋找。那棵樹『在窗戶上投下綠手指的陰影』。這將會有用。但是啊！我這麼快就分心——被一根像蜷曲糖果的頭髮、被西莉亞的象牙封面禱告書分了心。路易可以沉思自然，眼睛眨也不眨地想一個鐘頭。我很快就失敗，除非有人跟我講話。『我心中的湖，未被槳打亂，溫和地起伏，很快沉入欲睡寧靜中。』這會有用。」

「現在我們離開這寒冷廟堂，進入黃色操場。」**路易**說：「因為今天休假半日（公爵的生日），我們會坐在高高草叢間，而他們在打著板球；我會扣上護膝大步走過操場停在打擊手位子。現在，看！大家如何跟隨帕希瓦板球；他很重。他笨拙地走過操場，走過高高草叢，來到大榆樹站立處。他有著中古世紀領袖才有的莊嚴。他身後的草叢彷彿從微光中甦醒。看著我們跟隨著他，他忠實的僕人，像

羊群等待著被射殺,因為他必然會試圖進取而戰死沙場。我的心劇烈跳動著;彷彿我的身體被刀切成兩半⋯⋯一邊,我喜歡他的莊嚴;另一邊,我鄙視他不修邊幅的口音——我在這方面遠勝於他,而我嫉妒著。」

「現在,」奈弗說:「讓伯納開始吧。當我們躺臥時,讓他喃喃不停對我們說故事。讓他描述我們大家都看到的,讓這個故事成為一個段落。伯納說故事永遠存在。我是一個故事。路易是一個故事。有關於靴子男孩的故事,有一隻眼睛看著穿護膝、雙腿僵硬的打擊手。彷彿整個世界在吹動、彎曲——地上的樹、天上的雲。我往上看,穿過樹,往天空看。這似乎有著另一場競賽。在軟軟白雲間我依稀聽到叫聲『快跑』,我聽到叫聲『怎麼樣?』微風吹亂白雲,失去幾簇雲朵。如果藍天能永遠停留;如果那個洞能永遠存在;如果這一刻能永遠停駐⋯⋯

「但是伯納繼續講。影像如氣泡升起。『一隻駱駝』⋯⋯『一隻兀鷹。』駱駝是一隻兀鷹;兀鷹是駱駝;因為伯納是根懸掛的電線,鬆弛但有魅力。是的,因為當他說話時,當他作愚笨的比喻時,我們感到一種輕盈。我們也可以漂浮,彷彿我們就是那氣泡;我們自由了;我們會感覺到我逃脫了。即使胖胖小男孩(達頓、拉彭和貝克)也感

覺到同樣的赦免。跟板球相比,他們比較喜歡這個。他們在冒泡泡時捕捉句子。他們讓羽毛般的嫩草搔著鼻子。然後我們全都感覺到帕希瓦重重地躺在我們中間。他好奇地哄笑似乎約束了我們的笑聲。但現在他自己在草叢中翻滾。我想,他在牙齒間嚼著草莖。他感到無聊;我也感到無聊。伯納立刻感覺到我們覺得無聊。我察覺某種努力,他的句子有種揮霍,彷彿他說:『看!』但帕希瓦說:『不。』因為他總是第一個察覺不誠懇;他是極度粗魯的。那個句子軟弱無力地結束。是的,可怕的時刻來臨,當伯納失去了力量,不再有任何畫面,他垮了下來,玩弄著線頭,沉默著張口凝視,彷彿即將哭泣。這就是人生的折磨和破壞之一——我們的朋友無法講完他們的故事。」

「現在我們起身前,在我們去喝茶前,」路易說:「讓我試著努力修補這一刻。這件事將會持久。我們正在分手;有些人去喝茶;有些人去看張著網的三柱門;我要把我的文章給貝克先生看。這將會持久。我那因爭吵、仇恨(我輕視戲水的隱喻——我強烈痛恨帕希瓦的力量)而破碎的心由一些突然的認知拼湊起來。我路易,將在地球上行走七十年的人,完全不受仇恨、不受爭吵所影響。我們一起坐在這草叢中,受到一些內在的極大的力量驅使而注定如此。樹木隨風起伏、雲朵飛越。當時間接近,這些獨白將會被分享。我們將永不會像一面被敲打的鑼只

發出一個聲音,而是當一個感覺敲打時,會喚醒另一個感覺。孩子們,我們的生命好似鑼響著;喧囂和吹噓;失望的吶喊;在花園中頸背上的重擊。

「移動的空氣吹入藍色空曠中,吹動草和樹,之後復原,搖著樹葉然後回歸定位,而我們這一圈人用手環繞著膝坐著,暗示著另一種次序,而更佳的是,這讓一種理性永遠持續。我今晚將試著用文字寫出這一秒鐘所看到,這形成了一種鋼環,雖然被帕希瓦破壞了,當他犯下無心之過離去,壓扁草地、帶著一群順服跟在後面的小蘿蔔頭離去,但我需要帕希瓦;因為帕希瓦啟發詩歌的靈感。」

「在陰沉冬日、在春寒料峭日子裡,有多少個月,」蘇珊說:「有多少年,我跑上這些樓梯?現在是仲夏。我們上樓去打網球的白洋裝──吉妮和我,後面跟著蘿達。我爬樓梯時數著每一階,數著每一階,只為了有事情做。因此每晚我從日曆上撕下過去的一天,緊握成一個球。當貝蒂和克萊拉跪著時,我帶著報復心態做這件事。我不禱告。我在白天對自己報復。我把忿恨發洩在它的形象上。『你現在死了』,我說,上學的日子、討厭的日子。他們把六月所有的日子──現在是二十五號──都弄得閃亮有次序,有鑼、有課程,有洗衣服、換衣服、工作、吃飯的命令。我們聽著來自中國的傳道士演講。我們在柏油路上用煞車開著車,去參加大廳的音樂會。去觀賞畫廊裡的畫。

「在家裡乾草像浪潮般遍布在草地上。我父親靠在圍欄的踏步梯上，抽著菸。屋子裡有扇門砰然響著，然後是另一扇，當夏日空氣在空曠走道上噴著氣。一些舊照片在牆上搖晃著。花瓶中一朵玫瑰的花瓣掉落。農場馬車把成團的乾草灑向樹籬。我看見這一切，我一直都看得見，當我經過樓梯平台的穿衣鏡時。吉妮在我前面，蘿達在我後面翻跟斗；她違反規定摘了一朵花，把它夾在耳朵後讓貝理小姐的黑眼睛醞釀著愛慕，對吉妮，不是對我。貝理小姐愛吉妮；我以前可能愛過她，但現在我不愛任何人，除了我父親、我的鴿子和留在家裡籠子裡讓男孩照顧的松鼠。」

「我痛恨樓梯上的小鏡子，」吉妮說：「它只能讓我們看到頭；還把頭部裁掉。我的嘴太大，眼睛距離太近；我笑的時候牙齦露出太多。蘇珊的臉有著凶狠的表情，柏納說，詩人會喜愛她草綠色的眼睛，因為它們像用白線緊密地縫在一起，讓我的眼睛相形遜色；即使蘿達無表情如月亮般的臉也很完整，像那些她放在盆中游泳的白色花朵。因此我跳上樓梯經過她們，到另一個平台，那裡有大鏡子讓我可以完整看到我的身體和頭；即使穿著這身毛嗶嘰洋裝，我的身體和頭還是一體的。看！我移動我的頭，我窄窄的身體完全隨之起伏。即使我的細腿也像風中的花莖般起伏。我在蘇珊和蘿達模糊的臉之間搖曳著；我像大地縫隙間逃竄的火焰跳動著；我移動，我跳

舞；我從未停止移動和跳舞。我像孩童時樹籬中的一片葉子搖動著，而這讓我害怕。我跳著舞經過這些條紋、毫無個性、用色膠粉刷的牆壁，那些黃裙帶像在茶壺上跳舞的火焰。我甚至從女人冷漠雙眼中捕捉火焰。當我看書時，課本的黑邊鑲著一道紫邊，無法跟隨任何字眼的變化。我無法跟上任何從現在回溯過去的想法。我無法忍受迷惘，像蘇珊，眼睛含著淚想著家；或像蘿達，擠縮著躺在羊齒科植物中，讓粉紅棉布染上綠汁，而我夢到海底的植物盛開著花，魚兒在岩石中緩緩游動。我不作夢。

「現在我們快樂。讓我第一個脫下這粗糙的衣服。這是我乾淨的白長襪。我的新鞋。我用一條白絲帶綁好頭髮，當我跳過大廳時，絲帶會瞬間飄起，在完美的位置纏繞在我脖子上。沒有一根凌亂的頭髮。」

「這是我的臉，」蘿達說：「在蘇珊肩後的鏡子中——那張臉是我的臉。但我會在她後面訊速低下頭，把臉藏起來，因為我不在這裡。其他人有臉；蘇珊和吉妮有臉；她們在這裡。她們的世界是真實的世界。她們拿的東西有重量。她們說是，她們說不；而我變換、改變，還是立刻被看穿。如果她們碰到一個女傭，她會看著她們不會嘲笑。但她會嘲笑我。如果有人對她們說話，她們知道該說什麼，她們的笑是真實的；她們的生氣是真實的；而我必須先看別人怎麼做，然後再跟著做。

「現在看著吉妮帶著萬分鎮定拉著她的白長襪,她只是要去打網球。這讓我羨慕。但我比較喜歡蘇珊的方式,因為她比吉妮少些想引人注意的心思。她們兩人都輕視我模仿她們的作為;但蘇珊有時會教我,例如怎麼打蝴蝶結,而吉妮則不願意告訴別人她知道的事情。她們可以坐在一起的朋友。她們有可以坐在角落偷偷談著事情。但我只讓自己記著名字和臉孔。如同護身符對抗災難般的守著這些名字和臉孔。我從大廳中選一張不認識的臉一起喝茶,當我不知道名字、這些衣著整潔的人從草叢後看著我。我從高處跳下激起她們的羨慕。夜晚,在床上,我激起她們的驚嘆。如果她們肯說出或讓我看到她們行李箱的貼紙顯示她們上個假期在史坎博洛,整個城變成黃金,所有人行道閃閃發亮。所以我痛恨鏡子現出我真實的臉孔。我常獨自一人跌入虛無。我必須偷偷用力踩腳,以免我從世界的邊緣跌入虛無中。我必須用手使勁拍打結實的門把自己喚回身體中。」

「我們遲到了。」蘇珊說:「我們必須等著輪到我們打球。我們會縱身躍入長草叢裡,假裝看著吉妮和克萊拉、貝蒂和瑪薇絲。但我們不會看著她們。我痛恨看別人打球。我會把所有最痛恨的事物化成影像埋在土裡。這個閃亮的圓石頭是卡洛夫人,我會

把她深深埋著，因為當我在彈音階時，她諂媚討好的態度，指關節維持平整，她給了我六便士。我埋了她的六便士。我可以埋了整個學校：體育館；教室；聞起來永遠帶著肉味的餐廳；還有小教堂。我可以埋了紅棕色磁磚以及捐贈者、學校創始人那些老先生的油畫。有些樹是我喜歡的；樹幹有著一球球透明樹脂的櫻桃樹；從閣樓一處可以眺望遠方山丘的風景。保留這些之外，我會把它整個埋葬，正如我埋葬這些永遠散布在鹹鹹海水海岸的醜陋石頭，還有海岸上的碼頭和遊客。在家裡，海浪有數哩長。一個冬日夜晚我們聽到海浪隆隆聲。去年聖誕節一個男人獨自坐在馬車裡被溺斃。」

「當藍伯小姐經過，」蘿達說：「對著牧師講話，其他人在她背後笑著，模仿她的駝背；但一切改變了，變得明亮。當藍伯小姐經過時，吉妮也跳得更高。如果她看著那朵雛菊，它也會改變。不論她到何處，萬物在她眼下改變；但是當她離開後，一切不是就回復原狀嗎？藍伯小姐帶著牧師穿過邊門來到她的私人花園；當她來到池塘，看到葉子上的青蛙，而它也會改變。當她像小樹林裡的雕像站在那，一切都莊嚴肅穆蒼白。她讓綁著流蘇披風滑落，只有她的紫戒指還閃著亮光，她那葡萄酒色澤的紫水晶戒指。當人們離開我們時，那是種神祕。當他們離開我們走到池塘，我可以陪著他們走到池塘，讓他們靜止不動。當藍伯小姐經過時，她讓雛菊改變；當她切牛肉時，一切彷彿火苗竄

動。月復一月，事物開始失去僵硬；即使我的身體現在也讓那光線穿過；我的脊椎柔軟彷彿靠近蠟燭火焰的蠟。我作著夢；我作著夢。」

「我贏了球賽，」吉妮說：「現在輪到你了。我必須把自己擲在地上喘息。我因奔跑、贏得勝利而喘不過氣。我體內的一切似乎因奔跑和勝利而變得輕盈。我的血液一定是鮮紅、快速流竄，沖擊著我的肋骨。我的腳底刺痛，彷彿打開的鐵環刺著我的腳。我可以清楚看見每一片草葉。但我的脈搏敲打著我的前額、眼睛後方，讓一切跳著舞——球網、草；你們的臉孔好像蝴蝶似地舞動著，樹木似乎上下跳動著。在這個宇宙中沒有任何東西是靜止固定的。一切都在波動，一切都在跳舞，一切快速移動，一切都是勝利。只有當我一個人躺在堅實土地上，看著你打球，我開始覺得希望自己被選出、被召喚，希望有人來找我，讓我被傳喚出去，一個被我吸引的人，一個無法讓自己離開我的人，來到我坐的描金椅子前，我的洋裝像巨浪，如一朵盛開的花圍繞著我。我們退到小亭中，單獨坐在陽台上一起說話。」

「現在潮退了。現在樹木回到地上；沖擊我肋骨的快速浪潮緩和了些，我的心騎在船錨上，彷彿一艘帆船上的帆緩緩滑落至白色甲板。球賽結束。現在我們必須去喝茶。」

「愛說大話的男孩們，」路易說：「現在一大群人去打板球。他們搭著大馬車，一起唱著歌離開了。他們所有人的頭在月桂樹叢角落同時轉向。現在他們開始吹牛。拉彭的哥哥在牛津打足球；史密斯的爸爸在羅茲擊出一百分。阿奇和休；帕克和達史密斯；然後又是阿奇和休；史密斯；帕克和達頓；拉彭和史密斯——這些名字重複出現；永遠是同樣的名字。他們是志願參加者；他們是板球選手；他們是自然歷史社的成員。他們永遠四人成形，帽上別著徽章在軍隊中齊步前進，他們在通過將軍時同時敬禮。他們的次序多麼井然，他們的服從如此美！如果我可以追隨他們，如果我可以跟他們在一起，我願意犧牲我所知道的一切。但他們也會在掐掉蝴蝶翅膀後，丟棄它發抖的身體；把包著血的骯髒手帕丟在角落裡。他們讓小男孩在黑暗走道中哭泣。他們的大紅耳朵站在帽子外。但那是我們希望成為的樣子，奈弗和我。我帶著嫉妒看著他們離開。我從窗簾後面偷看，快樂地注意到他們的動作整齊劃一。如果我的腳像他們般有力，我可以跑得多快啊！如果我和他們在一起，在競賽中跑步贏得比賽，整天奔跑著，我將在午夜大聲唱著歌！那些歌詞將如急流般從我喉嚨湧出！」

「帕西瓦現在離開了，」奈弗說：「他一心只想著比賽。當大馬車在月桂樹叢旁轉彎時，他從不揮舞著他的手。他因為我太瘦弱無法參賽而輕視我（但他總是對我的瘦弱

很仁慈。）他輕視我是因為，因為他在乎他們輸或贏之外，而我不在乎。他帶著輕視接受我的奉獻，他接受我戰慄、毫不遲疑的卑微奉獻，彷彿這是為了他的內心。因為他無法閱讀。但當我躺在草叢中讀著莎士比亞或加塔拉斯，他比路易還要了解。他了解的並非字詞——但字詞又是什麼呢？我不是已經知道如何押韻，如何模仿波普[20]、德萊敦[21]，甚至莎士比亞嗎？但我無法整日在太陽下站著，眼睛看著球；我無法用身體去感覺球的飛翔，並且一心只想著球。我一生將依附著文字的外表。但我無法和他同住，無法忍受他的愚笨。他會罵粗話會打鼾。他會結婚，早餐時會有溫柔的場面。現在他是年輕的。當他裸身、翻來覆去、渾身燥熱躺在床上時，並沒有一根線、一張紙擋在他和太陽之間、他和雨水之間、他和月亮之間。現在他們坐在馬車裡在大路上駛著，他的臉被樹影投下紅、黃斑紋。他會脫下外套，兩腿分開站立著，他的手準備好，看著球門。現在他會禱告，『主啊，讓我們贏』；他只會想著一件事，他們要贏球。

「我怎麼可以和他們搭著大馬車去玩板球？只有伯納會和他們去，但伯納太晚了無

20 波普（Alexander Pope, 1688-1744），為英國最偉大的詩人之一，兼理論家、批評家和諷刺家。
21 德萊敦（John Dryden, 1631-1700），為英國最具影響力的詩人之一。

法跟上他們。他永遠太晚到。他無可救藥的情緒讓他無法跟他們去。當他洗手時,他會停下來,說著:『蜘蛛網裡有隻蒼蠅。我該救那隻蒼蠅;還是讓蜘蛛吃了牠?』他被無數的困惑所困住,或者他會跟他們去打板球,他會躺在草叢裡,看著天空,當球被擊中時他會驚跳起來。但他們會原諒他;因為他會告訴他們一個故事。

「他們去玩板球了,」伯納說:「而我太遲了,無法跟上他們。那些討厭的小男孩們,他們是如此漂亮,讓你、路易、奈弗如此深深嫉妒著,他們的頭全都轉向同一個方向,去打板球了。但我不明白這種深沉的區分。我的手指在鍵盤上滑過,不知道哪個是白鍵哪個是黑鍵。阿奇輕易就拿到一百分,我有時僥倖可以拿十五分。但我們之間有何差異?等等,奈弗;讓我說。我必須打開天花板上的小門,讓一些連接的詞句傾洩出來,我用這些詞句串聯一切發生的事,因此它們並非不連貫,而是有一根漫遊的線,輕盈地將一件事和另一件事串起。我要告訴你博士的故事。

「當克萊博士在禱告後,看來似乎相信他的地位極其崇高,之後他搖晃著穿過旋轉門;但奈弗,實際上我們無法否認他的離去不但讓我們覺得鬆了口氣,同時也有某種東西,像一根牙齒被拔掉的感覺。現在我們跟著他用力地穿過旋轉門到他的房間。讓我們

想像也在馬廄上方自己房間裡正脫著衣服。他解開吊襪帶（讓我們說得仔細些、親密些。）然後帶著一個他特有的手勢（要避開這些現成的詞彙並不容易，而以他的案例來說，這些詞彙還算合宜。）他拿起銀扣，從長褲口袋裡拿出銅扣，把它們放在桌上，那裡，還有那裡，就在桌上。他兩隻手在椅臂上伸展，他在深思著（這是他私密的時刻，我們必須試著在這裡逮到他）：他會經過粉紅色走廊到臥室，或者他不會經過？這兩個房間被床邊一盞燈散發的粉紅光線連接著，克萊太太躺著，頭髮散在枕頭上讀著一本法文回憶錄。當她看書時，她的手以一種絕望放棄的手勢覆蓋前額，然後嘆息，『只有這樣嗎？』將自己和一些法國公爵夫人相媲美。現在，博士說，再過兩年我就要退休。我會在西部鄉村花園中剪著紫杉樹籬。我應該當個海軍上將；或是法官；而不是學校校長。他瞪著瓦斯火苗，肩膀聳得比平常來得高（記住，他現在只穿著襯衫），問著是什麼力量讓我變成如此？是什麼偉大的力量呢？他往窗外看，思考著，開始琢磨著偉大的詞句。這是個暴風雨夜晚；栗子樹枝上下搖曳。群星在其間閃爍。是什麼偉大的善與惡的力量讓我變成這樣？他問道，他帶著悲傷看著椅子在紫色地毯上磨穿了一個小洞。他坐在那，讓吊蟬帶搖晃著。但要跟隨人們進入私人房間訴說故事是很困難的。我無法繼續這個故事。我玩弄著一小段線；我把玩著褲袋裡的四、五個硬幣。

「一開始時,」奈弗說:「伯納的故事讓我覺得愉快。但他以怪異方式結尾,他打著哈欠,玩弄著一小段線,我感到自己的孤獨。他看到任何人都有著模糊的邊緣。這也會變成一個『故事』。我需要一個人有著像落在木頭上斧頭般銳利的心;;對他來說荒謬的音調是崇高的;而一條鞋帶是可愛的。我可以對誰吐露我激昂的熱情呢?路易太冷淡,太一視同仁。沒有人——在這些灰色拱門中,哀鳴鴿子、提振精神的比賽、傳統和競賽,一切如此有技巧的規畫只為了防止我們感到孤獨。但當我走路時突然預感到未來將發生的事,我被震驚得停住腳步站著。昨天,我穿過私人花園打開的門,看到芬威克拿著球棍站著。茶壺的蒸氣從草坪中央升起。那裡有數排藍色花朵。然後突然有種模糊神祕的愛慕、一種完整的感覺戰勝一切混亂,降臨到我身上。沒有人看到我站在打開的門邊,平衡專注地站著。沒有人猜到我必須向一個神獻出我自己;然後毀滅,然後消失。他放下球棒;那個幻想破滅。

「我該去找一棵樹嗎?我該拋棄我在其中讀著加塔拉斯的教室和圖書館,走入樹林和田野嗎?我該走在山毛櫸樹下,還是沿著樹木結合像似水中戀人的河岸漫步?但自然中有太多植物,太乏味。自然是至高無上、寬廣無比,有著水和樹葉。我開始希望火

光、私密,和一個人的肢體。」

「我開始希望,」路易說:「夜晚的來臨。當我站著,手放在威克漢先生的橡木紋門上時,我認為自己是黎希留[22]、或是聖西蒙公爵[23]的朋友,將鼻菸壺獻給國王本人。這是我的特權。我妙語如珠,像『野火般燒遍過整個宮廷』,公爵夫人們因為愛慕我而將耳環上的翡翠扯下——但這些火箭最好在黑暗中,在我夜晚的小室中發射。現在我只是個帶著殖民地口音的男孩,我的指節靠著威克漢先生的舊橡木門上。但當黑暗來臨,我放下這無法令人羨慕的身體——我的大鼻子、我的薄嘴唇、我的殖民地口音——遨遊於空間之中。我成為維吉爾的朋友,柏拉圖的朋友。我是法國貴族世家的最後一位子孫,但我強迫自己放棄這有著勁風、月光照耀的領地,這些午夜漫游,然後面對著橡木紋門。我的一生會有成就——上天,請別讓這一生太長——這兩種對我而言截然不同的身分將會合

---

22 黎希留(Armand Jean du Plessis de Richelieu, Cardinal-Duc de Richelieu, 1585-1642),法國政治家及紅衣主教。

23 聖西蒙公爵(Duke of Saint-Simon, 1675-1755),法國作家、政治人物。

併。我將跳脫我的折磨。我將敲門。我將進入。」

「我撕去了整個五月和六月。」蘇珊說：「以及七月的二十天。我把它們撕下並揉成一團讓它們不再存在，不再是我身體裡的一個重量。它們是跛腳的日子，像有著枯萎翅膀的蛾無法飛行。只剩下八天了。再過八天的時間，我將走下火車，在六點二十五分站在月台上。然後我的自由將獲得舒展，所有這些限制將變皺、枯萎──時間、命令和秩序，在正確的時間到這裡到那裡──將會四分五裂。那天將會跳躍，當我打開火車廂門看到父親戴著他的舊帽子和綁腿。我將顫抖。我的淚水將迸出。然後隔天早上我會黎明即起。我會從廚房的門溜出。我將走在荒地中。幽靈騎士的高大馬匹將在我身後咆哮接著突然停止。我會看到燕子低飛過草地。我將自己拋向河畔地上，看著魚兒在蘆葦間滑進滑出。我的手掌印滿著松針痕跡。我將在那裡取出我在這裡形成的東西；一種堅硬的物體，將它打開。在這裡經歷過冬天、夏日，在樓梯上、在臥室裡，我內心深處成長著某種東西。我不希望像吉妮所希望的被人所羨慕。我不要當我走進門時人們以羨慕眼神看著我。我希望給予，被給予，在獨處中顯露我所擁有的。

「然後我將回到核桃樹葉形成重重拱門顫動的長巷。我將經過一個推著裝滿樹枝嬰兒車的老婦人；還有牧羊人。但我們沒有說話。我會穿越廚房花園回家，看著高麗菜捲

「我恨黑暗和睡覺和夜晚。」吉妮說:「以及躺著渴望白天的來臨。我希望一個星期是沒有間斷的一天。當我早起時——小鳥叫醒了我——我躺著看衣櫥的黃銅把手變得清晰;然後是臉盆;然後是毛巾架。每當臥室裡的一個東西變得清楚可見,我的心就跳得更快。我感覺我的身體變硬,然後變成粉紅、黃色、棕色。我的手撫過我的腿和身體,我感覺到它的和緩起伏、它的薄弱。我喜歡聽到鑼聲咆哮穿過房子,然後騷動開始——這裡一聲砰然巨響、那裡一聲輕快拍打。門用力關上;水快速流出。這是另一天。這是另一天。我常因為閒晃、因為笑而被羞辱;但即使當馬休小姐埋怨著我腦袋空空、粗心大意時,我可以瞥見正在移動的東西——也許是在畫上的一點陽光、一隻驢子拖著割草器走過草坪;或一面帆穿過月桂樹葉——因此我從不沮喪。在馬休小姐禱告時,我從來無法停止在她身後用趾尖旋轉著,

「我恨黑暗和睡覺和夜晚的東西;我的貝殼、蛋、奇特的草。我將餵食我的鴿子和松鼠。我將到狗舍幫我的獵梳毛。因此我可以逐漸地將內心中長出的堅硬物體加以翻轉。但現在鐘響了;拖曳的腳步持續著。」

曲葉子布滿露珠,花園中的房子拉上窗簾。我會上樓到我的房間,翻弄著小心鎖在衣櫥

「現在,時間到了,我們將離開學校,將穿上長裙。明亮房間中將舉行著派對;然後有一個男人會選上我,我將在夜晚戴上項鍊穿著無袖白洋裝。他會喜歡我勝於蘇珊或蘿達。他會發現我的一些特質,告訴我一些他從未告訴別人的事。我不會讓自己只喜歡一個人。我不要被綁住、被剪掉翅膀。當我坐在床邊晃著我的腳,面臨著即將展開新的一天,我發抖、我顫動,就像樹籬裡的葉子。我有五十、六十年的時間要過。我還未打開我的寶藏。這是開始。」

「還有好幾個小時,」蘿達說:「我才能關上燈,躺在床上,躺在世界之上,我才能讓這一天結束,才能讓我的樹生長,它們在我頭頂的綠亭裡顫動著。現在我不能讓它生長。有人敲門闖入它。他們問著問題、他們打斷、他們把它擲在地下。

「現在我會去臥室脫下我的鞋,盥洗。但當我盥洗時,當我把頭俯下到臉盆時,我會讓我國女皇的面紗在我肩膀上滑過。皇冠上的鑽石在我前額閃爍著。當我步出陽台時,我聽到懷著怒意暴民的吶喊。現在我用力擦乾我的手,讓那個我忘了她姓什麼的小姐,無法懷疑我是在對憤怒暴民揮手。『俄國人民,我是你們的女皇。』我的態度是蔑視的。我無所畏懼。我征服。

「但這是個微弱的夢想。這是紙做的樹。藍柏小姐把它吹倒。甚至看到她消失在長

廊遠處也可以將它吹散成分子。它並不堅固；讓我無法滿足——這個女皇的夢想。它離開我，現在它跌倒了，在走道上顫抖著。物體看來更加蒼白。我會進入圖書館借出一些書，然後閱讀和觀看；接著又閱讀和觀看。這是一首關於樹籬的詩。我會在樹籬中漫游，摘著花；綠牽牛和有月光色澤的山楂花、野玫瑰和蜿蜒的長春藤。我會將花緊握在手裡，攤在閃亮的桌面上。我會坐在河流顫動的邊緣，看著水蓮，大又明亮，將它們的似水柔光映在高聳樹籬上的橡樹。我將摘花；將花結成一個花環，握緊它，將它獻給——噢！給誰呢？我的自我受到一些阻遏；一道深處溪流沖撞著一些阻礙；顛簸著，拖曳著、在中央有些糾結抗拒著。噢！這是痛苦、這是憤怒！我暈倒、我失敗。現在我的身體融化；我被解放了，我發出白熾光芒。現在溪流如深沉浪潮般湧出、滋養著、沖開著水門，強迫著讓緊鎖著的洪水釋放。我該將這一切衝過我溫暖多孔身體的一切獻給誰呢？我將收集好花朵將它獻給——噢！獻給誰呢？

「水手們成群結隊遊蕩著，還有戀愛中的情侶；巴士在海岸邊朝著小鎮快速前進。我將給予；我將豐富一切；我將這美景歸還給這個世界。我將花朵結成一個花環，然後伸出我的手將它獻給——噢！獻給誰呢？」

「現在我們收到了老師必須給我們的東西，不論是什麼。」路易說：「因為這是最

後一個學期的最後一天——奈弗、伯納和我的最後一天。介紹已經完畢；世界已經呈現。他們留下，我們離開。偉大的博士，我最敬仰的老師，在桌子間輕微左右搖晃著，他從那些配上合適插圖的線裝厚書教我們賀瑞斯[24]、丁尼生、濟慈[25]和馬修·阿諾的完整作品。我尊敬畫這些圖的手。他說話時帶著全然的信服。對他來說，他說的話是真的，雖然我們並不如此認為。他用粗啞充滿感情的聲音，狂野地、溫柔地告訴我們，我們即將離開。他命令我們『像男子漢般地撤退。』（從他的嘴中不論引用聖經或泰晤士報都同樣地氣勢磅礡。）有些人將如此作，其他人將以其他的方式。有些人將永不會再見面。奈弗、伯納和我將不會在此再見。生命會將我們分開。但我們已經形成某種聯繫。我們的孩童期，不需負責的日子結束了。但我們已然形成某種連結。最重要的，我們已經繼承了傳統。這些石板路已經被磨穿六百年了。但我們已經擁著軍人、政治家和一些不快樂詩人（我的名字將列入其中）的名字。祝福所有的傳統、所有的安全守則和限制。我對穿著黑袍的你們，還有死去的你們，萬分感激你們的引導和守護；但問題終究仍存在。差異並未解決。花朵在窗外點著頭。我看見野鳥，以及比最狂野的鳥還要狂野的衝動敲擊我狂野的心。我的眼睛狂野；我的唇緊閉。鳥兒飛翔；花兒跳舞；但我永遠聽到海浪陰鬱的重擊；被鎖住的野獸在海灘上頓足。頓足又頓足。』

「這是最後的典禮,」伯納說:「這是我們所有典禮的最後一次。我們被奇特的感覺所罩。守衛舉起旗子即將吹哨子;火車呼吸著蒸氣再過一刻即將開動。我希望說些什麼、有些感覺,全然適合這個時刻的感覺。我們的心充滿情緒;我們的嘴巴緊閉著。然後一隻蜜蜂飛來,在將軍夫人漢普頓太太的花束旁嗡嗡繞著,她保持著微笑以顯示她對讚賞的感激。如果那隻蜜蜂叮了她的鼻子呢?我們全都深深感動;但並不恭敬;又帶著懊悔;又急著讓一切結束。蜜蜂讓我們分心;它隨意地飛行似乎嘲弄著我們高漲的情緒。蜜蜂的嗡嗡聲顯得模糊,它四處隨意飛行,現在停在康乃馨上。我們許多人將永遠不會再見。我們將無法再度享受某些快樂,我們可以自由地上床睡覺或熬夜,當我不需要再走私短截的蠟燭頭和不道德文學。蜜蜂現在在偉大博士的頭上嗡嗡地繞著。拉朋、約翰、阿奇、帕希瓦、貝克和史密斯——我曾經非常喜愛他們。我只知道一個瘋狂的男孩。我只恨過一個壞男孩。現在我回想起,當時在校長桌上極度緊張吃著只有土司和果醬的早餐時覺得很享受。只有他沒注意到那隻蜜蜂。如果牠停在他的鼻

24 賀瑞斯(Quintus Horatius Flaccus, 65-8 B.C.,英文為 Horace),為羅馬奧古斯丁時期的抒情詩人。

25 濟慈(John Keats, 1795-1821),為英國最重要的浪漫派詩人之一,英年早逝。

上，他會用一種莊嚴的手勢把它揮走。現在他已煙說完笑話；現在他的聲音幾乎快破了，但還沒全破。現在我們解散了——路易、奈弗和我，永遠地解散了。我們拿著以細小難以辨認字體題著學校名字的精美書本。我們起立、我們解散；壓力解除了。蜜蜂成為一種渺小、被忽視的昆蟲，從打開的窗戶飛出，進入昏暗之中。明天我們離開。」

「我們即將分開，」奈弗說：「這些是箱子。計程車到了。那是戴著氈帽的帕希瓦。他將會遺忘我。他將會把我的信跟槍和狗一起放著而不回信。我將寄詩給他，他也許會回寄一張有照片的明信片。但我就是因此而愛他。我將提議見面——在某座鐘下面、在某個十字路口；我將等著，而他不會出現。但我就因此而愛他。他完全遺忘，幾乎全然無知，他將由我的生命中消失。而我將進入其他人的生命，這似乎令人無法相信；這也許只是一個大膽的行為，只是序曲。雖然我無法忍受博士誇大的低語和虛偽的情感，我已經感覺到我們模糊覺知的事物已然接近。我將可以自由進入芬威克舉起球棍的花園。那些輕視我的人將認知我至高無上的統治。但我因一些神祕法律取得的統治與擁有的權力並不足夠；我將總是推開簾幕進入私密，帶著懷疑，但情緒高昂；帶著對於無可容忍痛苦的了解；但我想我命定要冒險去征服，在經歷巨大痛苦後，我必然將發現我的慾望。在此，最後一次，我看著我們虔誠創

辦者的離像，鴿子在上頭飛繞。在教堂風琴呻吟時，它們將永遠在他的頭頂轉圈，讓他變白。於是我在我的位子坐下；當我在預定車廂的角落找到我的位子時，我將用書遮著眼睛，好隱藏一滴眼淚；我將遮著我的眼睛觀察；偷看一張臉。這是暑假的第一天。」

「這是暑假的第一天，」蘇珊說：「但這一天還未展開。我要等到傍晚下車站在月台時才會檢視它。我甚至不會讓自己聞它的味道，直到我聞到田野的涼綠空氣。但這已經不是學校的田野；這些已經不是學校的樹籬；在這些田野工作的男人做著真正的事情；他們用真正的乾草往馬車上塞；那些是真正的母牛，不是學校的母牛。但學校走廊的消毒水味和教室的粉筆味仍在我的鼻孔內。那些釉面閃亮的嵌合木板仍然在我眼中。我必須等待田野和樹籬，森林和田野，以及鐵軌的急促轉彎，點綴著金雀花叢，旁軌上的車廂、隧道和有著女人景著衣服的郊區花園，然後又是田野，孩童在木門上晃著，將我所痛恨的學校埋起來、深深埋著。

「我不會將我的孩子送去學校或一生中在倫敦停留一晚。在這龐大車站一切空洞地發出隆隆低沉迴音。光線像是遮雨蓬下的黃色光線。吉妮住在這裡。吉妮牽著她的狗在這些人行道上散步。這裡的人在街道上無聲快走著。他們什麼都不看只看櫥窗。他們的

頭全都在相同高度上下動著。街道全被電報線鑲著邊。房子全是玻璃，全都掛著花飾，閃閃發亮；現在所有的前門都有著蕾絲窗簾、門柱和白色石梯。但現在當我再次經過又離開倫敦，田野又開始出現；還有房子，女人晾著洗好的衣服，還有樹木和田野。倫敦現在被遮住，現在又粉碎了、現在又散落了。我聞到玉米和蘿蔔。我打開用白棉布綁著的紙盒子。蛋殼滑入我膝蓋的縫隙間。現在我們在一個又一個車站停著，牛奶桶滾出來。現在女人彼此親吻，幫著提行李箱。現在我讓自己探出窗外。空氣快速灌到我的鼻子和喉嚨——冷冽空氣，有著蘿蔔田味道的鹹空氣。我的父親在那，他背對著我，正在對一個農夫說話。我顫抖。我哭泣。那是我穿著綁腿的父親。那是我的父親。」

「我舒適地坐在我的角落往北方去，」吉妮說：「在這輛咆哮的特快車裡，火車極其平順地讓樹籬變得平直，山丘加長。我們快速經過信號燈；我們讓大地輕微地左右搖晃。遠方總是在一點點消逝著；總是在我們面前再次寬廣開展。那位男子拉起窗子。電報桿不間斷地持續出現；一個消失，另一個升起。現在我們咆哮進入隧道。他對著我在隧道中的倒影微笑。在他的注視下，我的身體立刻自動地呈現一種裝腔作勢的姿態。我的身體有著自己的生命。隧道排列閃亮玻璃中的倒影。我看著他放下報紙。他對著我在隧道中的倒影微笑。在他

現在黑色窗戶又再度變綠。我們出了隧道。他看著報紙。但我們已經交換了對彼此身體的贊同。其實有一個由身體組成的偉大社會,而我的身體剛被引見;;坐在玉米田的樹籬裡、頭頂戴著打結藍手帕的男人知道,如同我知道,炎熱和狂喜。當我們經過時他揮著手。這些別墅花園裡有涼亭和藤架、未穿上衣的年輕男人在梯子上剪著玫瑰。一個男人騎著馬在田野上慢跑著。當我們經過時他的馬突然跳躍。那個騎士轉頭看著我們。我們再次咆哮穿越黑暗。而我往後躺;;我鬆懈自己進入狂喜中;我想是在隧道的盡頭,我進入一個有著椅子、燈光明亮的房間,我沉入其中一張椅子,受到許多羨慕眼光注視,我的長裙如巨浪般圍繞在我四周。但一往上看,我遇到一個吃醋女人的眼睛,她懷疑我的狂喜。我的身體在她面前關閉,魯莽地,像一隻陽傘。我可以隨意打開身體、關閉身體。生命才剛開始。我現在進入屬於我生命的寶藏。」

「這是暑假的第一天,」蘿達說:「現在當火車經過這些紅色岩石,經過這藍色的海、這個過完的學期,在我身後形成一個形狀。我看到它的顏色。六月是白色。我看到有白色雛菊的田野、布滿白色衣服的田野;畫著白線的網球場。然後有著強風和劇烈的雷聲。一晚,有顆星星穿越雲層升起,我對星星說:『毀滅我吧。』那是仲夏,在花園

派對之後,在我在花園派對被羞辱之後、強風和風暴為七月著色。在庭院中央有著如死屍般、可怕的灰泥坑,當時我手裡握著信,我要送信。我來到那泥坑。我無法跳過它,我手足無措。我們什麼都不是,我說著,然後滑倒。我像根羽毛般被吹起,我漂浮著被吹向坑裡。然後我小心翼翼,跨開腳步。我把手撐在磚牆上。在那深灰如死屍般的泥坑上方,我極度痛苦地讓自己回到我的身體。這是我當時必須過的生活。

「因此我把夏天隔離。生命充滿間歇的震驚,如同老虎跳躍般突然,生命自海中起伏的黑暗巨浪湧現。這是我們所被束縛的;我們被綑綁的,如同身體被野馬所困。但我們發明了填補這些縫隙並加以偽裝的方法。驗票員來了。有兩個男人;三個女人;一隻貓在籃子裡;我的手肘在窗台上──這是此地此刻。我們靠近,我們匆匆離去,穿過黃金玉米低語的田野。田野上的女人正鋤著地,訝異地被留在後方。火車現在沉重地踩著步伐,發出沉重喘息聲,它往上攀爬又往上。最後我們在荒原的頂端。只有幾隻野羊在此生活;幾隻毛髮粗濃雜亂的小馬;而我們享有各種舒適;有桌子可以放報紙,有鐵環可以固定玻璃杯。我們帶著這些配備來到荒原之上。現在我們在頂端。靜默在我們身後閉闔。如果我回顧那光禿頂端,我可以看見靜默已在關閉中,雲影在空曠荒原上彼此追逐;靜謐在我們短暫過往後關閉。這是我說的現在此刻;這是暑假的第一天。這是即將

現身纏住我們的怪獸的部分。」

「現在我們出發了，」**路易**說：「現在我懸吊著沒有可連結之處。我們在無名之處。我們在火車中穿越英格蘭。英格蘭在窗外滑過，永遠改變著，從山丘到樹林，從河流到柳樹再到鄉鎮。我沒有堅實土地可以去。伯納和奈弗、帕希瓦、阿奇、拉朋和貝克會去牛津或劍橋，去艾丁堡、羅馬、巴黎、柏林或去一些美國大學。我的去向不定，或許是賺錢。因此一個悲哀的陰影，一個強烈的口音散落在這些金色玉米林立、罌粟紅的田野上，這些飄動的玉米從不溢出邊界；但往邊緣散著浪紋。這是新生命的第一天，上升巨輪的另一道輻線。但我的身體彷彿一隻鳥的影子飄忽不定地經過。我將如草原上的陰影一般短暫，迅速褪色、迅速變為黑暗，在與樹林相接處死去，如果我沒有強制我的頭腦在前額內成形的話；我強迫自己在這一刻說話，即使是一首未寫出的詩的其中一行；將這一刻從埃及法老王時代女人頂著紅陶水壺到尼羅河時期開始的悠長歷史中劃下記號。我似乎已經活了數千年。但在我坐著裝滿回家渡假男孩們的三等火車廂中，如果我現在閉上眼睛，我將無法覺察過去和現在的會合之處，人類歷史將被片刻的視覺所矇騙。原本可以看穿我的眼睛閉闔——如果我現在睡著，藉著不修邊幅或膽怯，將我自己埋在過去中，在黑暗中或順從，如同伯納的順從，說著故事或誇大其詞，如同帕希瓦、

阿奇、約翰、瓦特、拉松、拉朋、羅波、史密斯的誇大其詞——那些名字永遠是相同的，那些喜歡誇大其詞的男孩的名字。他們全在誇大其詞，全在說話，除了奈弗之外，他偶爾從法文小說的邊緣偷看一眼，他總是偷溜進入有椅墊、壁爐燃燒著的房間，有著許多書和一個朋友，而我會斜坐在櫃檯後的辦公室椅子。然後我會變得尖酸、嘲笑他們。我們羨慕他們在老榆樹蔭下繼續走著安全傳統的路子，而我必須和倫敦東區的人與銀行行員結交，踩在城市的人行道上。

「但現在穿越沒有住家的田野——（那裡有一條河流；一個男人在釣魚，那裡有個教堂尖塔，村莊街道上有家有著圓肚窗的旅館）——對我來說一切像夢般渺茫。這些沉重的思想、羨慕、尖酸，在我心中並未留駐。我是路易的鬼魂，一個短暫的過客，在路易心中有著權力以及花園的聲音，早晨花瓣浮在深不可測的深度之上，鳥兒在歌唱。我急奔，讓自己籠罩在童年的明亮水中。輕薄水面顫抖著。但被鏈住的野獸在海岸踩著又跺著沉重步伐。」

「路易和奈弗，」伯納說：「兩人都沉默坐著。兩人都陷入思緒中。都覺得其他人的出現是一道隔離的牆。但如果我發現自己和其他人在一起，字眼立刻成為一串的句子立刻開始從我唇中繚繞而出。彷彿是一場放火的比賽；東西燃燒著。一個年

長、看來富裕的男人、一個旅行者現在加入。而我立刻想接近他;我直覺地不喜歡他出現在我們之間形成的氣氛,冷酷,格格不入。我不相信隔離。我們並非單獨一人。我希望擴大我觀察人類生活真實本質的珍貴收藏。我必定將寫出許多書,擁抱男人與女人各種已知的差異。我將心靈裝滿各種知識——從一個房間到一節火車貨車廂的裝備——如同將自來水筆插入在墨水瓶中吸滿墨汁。我有一種永遠存在、無法遏止的飢渴。現在我感到一種難以察覺的信號,我現在還無法說出,但稍後可以解釋,他的嘴唇吐出(關於收成)的煙他的孤獨顯露破綻。他說出關於一棟鄉村房舍的評語。我的嘴唇吐出(關於收成)的煙圈並環繞著他,和他產生接觸。人類的聲音有一種解除武裝的特質——(我們並非單獨一人,我們是合而為一的。)我們交換幾個關於鄉村房舍的友善評語,我讓他精神一振,讓他回復自我。他滿足於為人夫者,但並不忠實;他是個僱用幾個員工的小建築商。在當地社會他是重要的;已經是個議員,未來也許會成為市長。他戴著一個大型裝飾,像從根拔起的兩條牙狀根,珊瑚作的,掛在錶鏈上。華特.J.楚柏應該是個適合他的名字。他去過美國,和他太太去商務旅行,一間小旅館的雙人房花掉他整個月薪水。他的門牙用金子填補。

「事實是我的反省能力很低。我需要每件事物都很明確務實。如此我才能用手觸摸

這個世界。但是一個好句子,對我而言似乎是一種獨立的存在。我認為最好的句子是在孤獨時寫成的。它們需要一種最後的沉澱,這是我無法給予的,永遠用溫暖融化人的字眼加以修飾。但是,我的方法比他們的多些優點。奈弗厭惡楚柏的粗鄙。路易在偷瞄,被忽略的楊杖所絆倒,彷彿用夾糖用的夾子在挑選字眼。他的眼睛——帶著瘋狂、笑意又絕望——表達了我們未估量過的情緒,這是真的。奈弗和路易都有種精準和準確,這是我所羨慕,但永遠無法擁有的。現在我開始認知到行動是必須的。我們接近一個鐵路交會點,我必須搭上往愛丁堡的火車。我還無法真正觸摸這個事實——它已經居住在我思維中,像一粒鈕釦,一枚小硬幣。這個快樂的老男孩在驗票。我有車票,我當然有車票。但沒關係。我可能找得到或找不到。我檢查了我的筆記匣。我找遍所有的口袋。每當我在思索尋找形容這個時刻的完美句子時,總是會有事情打斷。」

「伯納走了,」奈弗說:「沒有車票。他逃離我們,造著句子,搖晃著頭。他很容易跟養馬者或水電工聊天,如同跟我們聊天一樣。水電工全心全意地接受他。『如果我有這樣一個兒子,』他想:『我會盡力讓他進牛津。』但伯納對水電工的感覺如何呢?他應該只是希望將他從未停止告訴自己的那個故事繼續說下去嗎?他開始說故事時會把

麵包揉成小球,像個小孩子。一團麵包球是一個男人,一團麵包球是一個女人。我們全是麵包球。我們全都是伯納故事中的句子,他寫在筆記本放在A或B下面的句子。我以驚人的了解訴說我們的故事,除了我們的深刻感覺之外。因為他不需要我們。他從不受我們的控制。他在那,在月台上揮著手。火車離開了,他不在上面。他錯過了他的火車。他弄丟了他的車票。但這沒關係。他會跟酒吧女服務生談人類命運的本質。我們走了;他已經忘了我們;我們離開他的視線之外,我們繼續,充滿留戀徘徊的感覺,一半痛苦,一半甜蜜,因為他有點值得同情,用半完成的句子餵養著世界,即使遺失了車票:他也會被人愛著。

「現在我又假裝看起書。我把書抬高,直到幾乎蓋住我的眼睛。但我不能在馬商和水電工面前看書。我沒有奉承自己的能力。我不羨慕那個男人;他也不羨慕我。至少讓我誠實。讓我譴責這些胡說八道、無聊、自我滿足的世界;這些馬毛的座位;有著柱子和遊行的彩色照片。我可以對這種自鳴得意的自我滿足尖叫,對著這個平庸的世界尖叫,它生養了帶著珊瑚飾品掛在錶鏈上的馬商。我的笑聲將讓他們在座位上扭動;會讓他們在我之前哀號。不;他們是不會死亡的。他們會讓我永遠無法在一個三等車廂裡閱讀加塔拉斯。他們會驅使我在十們獲得勝利。

月進入一所大學尋找庇護，我將在那成為大學教師；然後和校長去希臘；講述帕德嫩神廟的遺跡。最好是養些馬住在紅色別墅中，而不是像蛆蟲般在沙孚克里斯[26]和尤里披蒂[27]的頭蓋骨中爬進爬出，有一個唸過大學的高傲太太。然而，那將是我的命運。我會受苦。我現在十八歲，已經有能力輕視痛恨我的馬商。那是我的勝利；我不會妥協。我不膽怯；我沒有口音。我不會像路易一般，過分害怕人們認為『我父親是布里斯班的銀行家』。

「現在我們接近文明世界的中心。有著熟悉的煤氣罐。有著交叉著瀝青步道的公園。情侶毫不羞愧躺在枯萎草地上嘴對嘴。帕希瓦現在快到蘇格蘭了；他的火車緩緩經過紅色荒原；他看到波德茲山丘和羅馬時期建的圍牆。他讀著一本偵探小說，但了解一切。

「當我們靠近倫敦，世界的中心，火車緩慢悠長開著，我的心也緩緩跳著，帶著恐懼，帶著狂喜。我將遇到——什麼呢？在這些郵務車，這些搬運工人，這群忙著叫計程車的人們之間，會有怎樣的奇特冒險在等著我？我感到渺小迷失但狂喜。在輕微震動中我們停車了。我會讓其他人在我之前下車。在我進入那混亂、那喧囂吵鬧之前，我會靜坐片刻。我不會預期即將來臨的事情。巨大喧囂進入我的耳朵。在這玻璃屋頂下，聲音

和迴聲彷彿巨浪翻騰的海。我們和手提袋被丟在月台上。我們被漩渦捲開。我對自己的感覺幾乎消失;還有我的輕蔑。我被捲入、往下丟擲、往上拋至天際高。我走下車到了月台,緊緊捉著我擁有的一切——一個袋子。」

26 沙孚克里斯(Sophocles, 495-406 B.C.),為古希臘三大悲劇作家之一,最出名的劇作有《伊迪帕斯》和《安蒂岡妮》等。

27 尤里披蒂(Euripides, 480-406 B.C.),為古希臘三大悲劇作家之一。

太陽升起。黃與綠的光柱落在海岸上,將老舊船隻的龍骨染成金色,讓海濱剌芹和它甲殼覆蓋的葉子閃耀著藍色鋼鐵般的光芒。當輕薄快速的海浪在海灘上競相形成扇狀時,光幾乎穿透它們。剛剛搖著頭的女孩跳著舞,她一切的珠寶,黃寶石、海藍寶石、透明珠寶都帶著火光,現在露出她的眉毛,睜大眼睛在海浪上劃出一條通道。顫抖鯖魚的亮光轉暗;她們聚集成群;綠色的深洞更深更暗,還有大群的游蕩魚群穿越。海浪艇翻覆,船身破裂,在海岸上留下一線黑色樹枝和樹皮,還有麥桿和木棍,彷彿一艘淺水花園裡,黎明時分在樹上、灌木叢裡,不規律斷斷續續地唱著的群鳥,現在齊聲合唱,尖銳而剌耳;彷彿知道有伴,牠們一起唱著;現在又是孤單地、像是對著淡藍天空唱著。當黑貓在灌木叢裡移動,當廚子把煤渣丟入灰燼堆裡,驚嚇到鳥群,牠們突然轉向全部一起飛離。在牠們的歌聲中有著恐懼與對痛苦的了解,就在此刻歡樂被擾去。牠們在早晨清新空氣中競相爭唱,在榆樹高處群聚著,邊唱邊彼此追逐逃離、追趕啄擊直到飛到高空。然後牠們厭倦了追逐和飛翔,可愛地下降,輕盈地下滑,然後直直下降,

海浪 84

沉默地坐在樹上、牆上,明亮眼睛不停瞥視,牠們的頭轉來轉去;機伶、警覺;強烈感知到一件事,特別是一個物體。

也許那是個蝸牛殼,在草叢裡升起彷若一棟灰色大教堂,一棟過度壅塞的建築覆蓋著燃燒過的黑色灰燼,因周圍草叢而映上深綠陰影。或者也許它們看到華麗花朵在花床上幻化成流動紫光,在花莖間有紫色陰影隧道穿越。或它們將目光定在小而翠綠的蘋果葉上,葉子舞動但又抗拒著,在花朵粉紅尖瓣中頑強地閃爍著。或著它們看到樹籬上的雨珠,懸掛著但未滴落,裡面映著一整棟房子,還有聳立榆樹彎曲的影像;或者,它們的眼睛直接注視太陽,而變成金線。

現在它們左右瞥視,看得更深,在花朵下方,深入未被照亮世界的黑暗弄道,樹葉在此腐朽、花朵墜落於此。然後其中一隻,優雅地衝下,準確地降落,刺入無抵抗力毛蟲柔軟、可怖的軀體,啄食又再次啄食,留下它自行腐爛。在這些根中,花朵在此消逝,帶著死亡氣味的陣風浮動;啄食、腫脹物體的臃腫邊緣有水珠形成。蛞蝓排泄黃色的分泌物,不時有一隻看不出形狀,前後滲出的濃液因過於厚重而凝結。長著頭的身體緩慢地左右搖晃。有著金眼的小鳥在樹葉間突然快速飛著,好奇地觀察那塊膿液、那溼氣。有時將喙尖粗野地啄進濃稠物中。

現在，升起的太陽來到窗戶，碰觸到鑲紅邊窗簾，讓線條和圓圈形狀能看的清楚。在增強的陽光中盤子的白固定了，刀子凝聚起光芒。椅子和櫃子隱在後方，雖然彼此分隔但又似乎無法避免地參與著。穿衣鏡映在牆上的光化為白色光池。窗台上的鮮花有一朵幽靈花朵加入。但那幽靈是鮮花的一部分，因為一朵花苞綻開時，鏡中顏色較淡的花朵的花苞也會綻開。

風揚起。海浪有節奏地在海岸上拍擊，像一群戴著頭巾的戰士，像戴著頭巾的男人執著塗有毒液的標槍，高高地揮舞著手臂，往吃著草的羊群前進，往那頭白羊前進。

「在大學裡，」伯納說：「複雜的事物更接近我們，生活的騷動和壓力達到極致，讓生活本身每天都愈來愈興奮、急迫。每個小時都有新事物被發掘。我問著：我是誰？是這樣嗎？不，我是那樣。特別是現在，當我離開一個房間，人們說著話，石板上響著我孤單的腳步聲，我看著月亮從古老教堂上升起，莊嚴又不關世事，接著一切變得很清楚，我並非單一而簡單，而是眾多而繁複。伯納，在大家面前說個不停；他一個人時隱藏自己。這是他們所無法理解的，因為無疑地他們現在正在討論我，說我逃離他們，說我迴避他們。他們不了解我必須歷經不同的過渡；必須掌握數個不同人的身分，隨時進出，因為他們交替著演出伯納。我異於常人地理解這個情況。我從來無法在火車車廂裡看著書時而不問：『他是建築工人嗎？她不快樂嗎？我今天敏銳地明白長著青春痘的可憐希姆斯，痛苦地感覺到他讓比利‧傑克森有好印象的機會非常渺茫。我痛苦地感覺到這件事，熱情地邀他吃晚餐。他會視之為一種愛慕，但我並無此意。這是真的。但『有著女人的纖細敏感』（我在引用我的傳記作者）『伯納擁有男人的理性沉著穩健』現在人們會有一個印象，那就是他基本上是一個好人，（因為簡單似乎是一種美德）『在中流保持平衡的人』（我立刻看到魚兒鼻子往一個方向，而溪水往另一個方向湍流而過。）坎農、李塞特、彼得斯、霍金斯、拉朋、奈弗──全都是在河水中流的魚兒。但你了

解，你，我自己，總是只要一聲呼喚就出現的人（如果呼喚而無人現身，那真是傷心的經驗；會讓午夜時分空虛，這也解釋俱樂部裡那些年老男人的表情——他們已經放棄呼喚不會出現的自己。）你明白我今晚所說的一切只是我的表面。在內心深處，當我在最不相同時，我是完整的。我可以熱情洋溢；我也可以像隻蟾蜍坐在洞裡，以全然冷漠接受降臨的一切。我們少數幾人現在討論著我有雙重能力去感覺、去思考。李塞特，你知道的，只信仰追逐野兔；霍金斯在圖書館裡用功了整個下午。彼得斯有他的圖書館小姐。你們全都忙碌著，參與著，投入著，將你們的能耐用到極致——除了奈弗，他的心更為複雜，不會被任何單一活動所引動。我也更為複雜。我的心永遠浮動，不被束縛。

「現在，為了證明我對氛圍的敏感，我舉個例子，我走進自己的房間，打開燈，看著白紙、桌子、睡衣隨便搭在椅背上，我感覺到自己是那個衝動又喜歡沉思的人，那個勇敢又危險的人物，會輕輕丟下外套，捉住筆，立刻迅速寫下以下的信給熱戀的女孩。

「是的，一切都順遂。現在我心情正對。我可以把已經起頭多次的信一口氣寫完。我剛進門，我剛丟下我的帽子和手杖。我把想到的第一件事情寫下來，甚至沒有把紙擺正。這將會是個很棒的短信，她必然如此想，寫時沒有停頓，沒有塗擦。看這封信多麼

凌亂──這裡有個不小心留下的墨水漬。一切都被速度與隨意給犧牲了。我將用一種快速、潦草的小寫書寫，加強y往下的筆劃、急速劃下t的一橫。日期只寫著星期二，十七號，然後一個問題。但我必須給她一個印象，雖然他──並非我──是以一種未加思索、魯莽的方式寫著，信中微妙暗示著一種親暱與尊敬。我必須提到一些我們一起說過的話──喚起一些記得的場景。但必須讓她看來似乎（這是非常重要的）我是以世上最從容的方式從一件事談到另一件事。我會從那個剛溺死者的葬禮（我有個句子形容）到墨法太太和她的諺語（我記在一張便條紙上），還有一些對我正在閱讀的冷門書的一些省思，看來隨意但充滿深意。（深沉的評論通常是隨意寫出的）。我要她在梳頭髮時或吹熄蠟燭時說：『我在哪讀到那句話？哦！在伯納的信裡。』我需要的是速度、炙熱令人融化的效果，句子以熔岩流動的速度接著句子。我想到了誰？當然是拜倫。在某些方面，我像拜倫。也許淺嘗一點拜倫可以讓我進入情緒。讓我讀一頁。不；這頁無趣；這頁零散。這頁過於正式。現在我掌握到了。現在我在腦袋裡感到他的節奏（節奏是寫作的重心）。現在，我不停歇立即開始，以這個筆劃的輕快節奏⋯⋯。

「但是它淪為平庸。漸漸耗盡。我無法啟動足夠的熱氣讓我通過過渡期。我真實的自我脫離了假設的自我。如果我開始重新寫過，她會感覺到『伯納在假裝成文人；伯納

在想著為他寫傳記的人」（這是真的）。不，我在明天早餐後立刻把信寫完。

「現在讓我用想像畫面來填滿心靈。讓我假設我被邀請住在瑞斯托佛，國王的拉福頓宮，離郎萊車站三哩。我在黃昏時抵達。在這家破舊但氣勢非凡的房舍有兩、三隻狗悄悄溜進來、長腿的。大廳裡有褪色的地毯；一個軍人抽著菸斗在草地上踱步。重點是關於極度貧窮與軍旅的關係。寫字桌上有一隻獵馬的蹄——一隻喜愛的馬。『你騎馬嗎？』『是的，先生，我愛騎馬。』『我女兒在客廳裡等著。』我的心持續撞擊我的肋骨。她站在一張矮桌子旁；她剛打完獵；像個男孩般用力嚼著三明治。我讓上校有相當好的印象。我不會太聰明，他想著；我不會太粗俗。還有，我會打撞球。然後那個待在這家族三十年的好心女傭進來。盤子的圖案是東方長尾鳥。火爐上掛著她母親穿薄紗衣服的肖像。我可以用極為輕鬆方式來形容周遭。但我能成功嗎？我是否聽到她的聲音，聽到當我們單獨在一起時，她說出『伯納』的正確音調嗎？然後接下來是什麼？

「事實是我需要別人的刺激。獨自一人，看著我熄滅的火，我會看到我自己故事的薄弱之處。真正的小說家，真正的簡單之人，可以持續無止盡地幻想著。他不會有這種燃燒後壁爐灰爐裡那種荒涼的感覺。我的眼睛閃著黑暗一切，像我一樣。他不會整合一切不為所動。我停止創造。

「讓我回想。那天整天天氣都不錯。在靈魂屋頂凝結的水滴到了晚上變成圓形、有著許多顏色。那個早晨,天氣很好;那個下午,走路。我喜歡看著尖塔在灰色大地上交錯著。我喜歡人們肩膀之間的瞥視。事情持續快速進入我的腦袋裡。我充滿想像力、敏銳。晚餐後,我很戲劇化。我將我們模糊觀察到共同朋友的許多事化為具體。我讓我的轉換變得容易。但當我坐在這稜角畢露黑色煤炭升起的灰色火焰旁時,讓我問自己最後的問題,我到底是哪種人?這要以那個房間來決定。當我對自己說:『伯納』,誰來了?一個忠實、嘲諷的人,幻想破滅但並不尖酸。一個沒有特定年紀或職業的人。僅僅是我自己。是他現在拿著火箝撥動著煤渣、餘燼,讓它們紛紛由壁爐柵跌落。看著它們跌落,『主,』他對自己說:『真是一場騷動!』然後他悲哀地,帶著些安慰地加上,『墨法太太會來掃乾淨……』,我幻想未來將時常對自己重複那個句子,當我在人生跌跌撞撞,一下撞到車廂這一邊,一下撞到另一邊,『哦,對了,墨法太太會來掃乾淨。』

「這個世界包含著現在這一時刻,」奈弗說:「為何要歧視?任何事物不應該被取名字,除非我們想藉此改變它。讓它存在吧,這河岸、這美景,以及我這一刻充滿的愉悅。太陽炎熱,我看著河,我看著樹在秋陽裡曝曬、現出斑點。船飄過,飄過了紅,飄然後就上床。」

過了綠。遠方一座鐘響著,但不是為死亡而響。那是為生命而響的鐘。一片樹葉落下,因為喜悅。噢,我熱愛生命!看那柳樹如何將嫩枝射向空中!看一艘船如何穿越柳樹嫩枝,上面裝滿了懶散、無所覺知、強壯的年輕人。他們在聽著留聲機;他們就著紙袋吃著水果。他們擲著香蕉皮,香蕉皮如鰻魚般下沉入河裡。他們的一切作為都是美。他們身後有著調味瓶和裝飾品;他們的房間滿是船槳和仿製油畫,但他們將一切變為美。那艘船由橋下穿過。另一艘船來了。然後又是一艘。那是帕希瓦,斜靠在墊子上,穩若磐石,正沉睡著。不,這只是他的追隨者之一,模仿著他的沉睡。他自己並不知道他們的把戲,當他捉到他們的行為後,他帶著幽默用腳掌踢著他們。他們也從橋下穿越經過『噴泉般的垂柳』,穿過黃紫色彩的稚嫩柳枝。微風吹起;柳簾輕動。他們也看到樹葉後那嚴肅但永遠令人愉悅的建築,看來千瘡百孔,但並非臃腫;而是輕盈,雖然好似自遠古以來就坐落在古老草皮上。現在我心中升起熟悉的節奏;沉睡的字眼現在升起,將它們的浪頭高擲,然後落下又升起,再次落下又升起。我是個詩人,是的。我當然是個偉大的詩人。船和年輕人經過,而遠方的樹『噴泉般的垂柳』。我全看到了。我我全感覺到了。我受到啟發。我的眼睛充滿淚水。即使我感受到此,我鞭打著狂亂的心情讓它愈升愈高。它成為泡沫。它變得做作,不真摯。字詞與字詞與字詞,它們如何奔

馳著,它們的鬃毛與尾巴如何激烈飛動,但因為我自己的錯誤,我無法騎到它們背上;我無法與它們一起飛翔,讓女人與網線袋散落一地。我內心有缺點——致命的遲疑,如果我忽略它,遲疑就會成為泡沫和虛假。但無法相信我不會是個偉大詩人。我昨晚寫的如果不是詩,那是什麼?我是否寫得太快,太容易?我不知道。有時我不了解自己,或如何測量、命名、計算成為我這個人的那些元素。

「現在有些東西離開了我;有些東西離開我去和即將到來的人物見面,在我看到是誰之前,讓我確認我認識他。人常因為一位朋友的加入就改變了,即使是在遠處,這真是奇特。當朋友想起我們時,他們的善意協助是非常有用的。然而一個人被想起,被安撫,讓自己的自我和另一個人攙雜,混合,成為另一個人的一部分,那是多麼痛苦。當他接近時,我不再是我自己,而是和別人混在一起的奈弗——和誰呢?和伯納?是的,是伯納,那我應該問伯納,我是誰?」

「真奇怪,」伯納說:「柳樹看來似曾相識。我曾是拜倫,那樹是拜倫的樹,盈滿淚水往下灑落,帶著哀傷。現在我們一起看著柳樹,看來像被耙梳過,紋理分明,在你執意要弄清楚的要求下,我將告訴你我的感覺。

「我感到你的不贊同,我感覺到你的力量。和你在一起,我成為一個不整潔、衝動

的人類,我的方巾總是有著圓餅的奶油漬。是的,我一手拿著葛雷[28]的《輓歌》;一手正撈著最下層吸滿所有奶油黏在盤底的圓餅。這讓你反感;我深刻地感覺到你的苦惱。我受此影響,急於讓你恢復好感,我走向前告訴你我剛剛如何把帕希瓦拖起床;我形容他的拖鞋、桌子、淌淚的蠟燭;當我把床單從他腳上拉掉時,他沉穩卻怨懟的語氣;;同時他像個大蠶繭自我躲藏。我用一種方式形容這一切,以你為中心,而你正專注自己的哀傷(它籠罩著我們的相遇)。我因為我而笑著、高興著。在意料之外,我以魅力和流暢語言隨意說出,這也讓我欣喜。當我觀察到藉由言語揭開事物的面紗,可以用許多、無限的方式去說時,我感到驚訝。當我說話時,更多的字詞在我心中冒出,影像接著另一幅影像。我對自己說,這正是我需要的;為什麼,我問,我無法完成正在寫的信?因為我的房間總是散落著未寫完的信。我開始懷疑,我和你在一起時,我是最有天分的人之一。我充滿了年輕的朝氣、動力,感覺到即將發生的事情。莽撞但熱情激昂。我看見自己繞著花朵嗡嗡飛舞,往深紅花萼深處飛去,讓我巨大的聲響在藍色漏斗形花朵間迴盪著。我將盡情享受我的青春(你讓我感覺如此)。享受倫敦。還有自由。但暫停。你沒有在聽。當你的手以一種無法說明的熟悉姿勢滑落到你的膝蓋時,你作出了某種抗議。我們用這種信號檢視朋友的疾病。你似乎說著『不要用你的富裕和充實而

忽略我』。「停止，」你說：「問問我在煩惱什麼。」

「那讓我來創造你（你已經為我做了許多）。你躺在這個炙熱河畔，在這可愛、正在消逝、仍然秋陽豔豔的十月天，看著一艘艘船滑行穿越柳樹紋理分明的樹枝。你希望成為一個詩人；你希望成為一個愛人。但你無比清明的智慧，不留餘地的誠實（這些拉丁字詞來自你，你的這些特質讓我些微不自在；並看到我自己衣服的褪色色塊和線頭）。這讓你暫停。你不會沉浸於神祕之中。你不會讓自己陷入玫瑰色或黃色雲霧中。

「我正確嗎？我對你左手手勢的解讀正確嗎？如果正確，把你的詩給我；把你昨晚在強烈靈感中寫下、而現在覺得有些困窘的詩給我。因為你不信任靈感，你的或我的靈感。讓我們一起回去，走過那座橋、從榆樹下經過，到我的房間，那裡有著牆圍繞著我們，拉上紅嘩嘰窗簾，我們可以將這些干擾的聲音，萊姆樹的香氣和味道和其他的生命關閉在外；這些活潑的女店員高傲地走著；那些蹣跚步履沉重的老婦人；偷偷瞥看一個模糊、消失的人物，也許是吉妮或是蘇珊還是蘿達消失在街尾？再次，我由一些輕微的

28 葛雷（Thomas Gray, 1716-1771），為英國墓園詩派（Churchyard Poets）的代表詩人，其一七五一年所寫的《輓歌》（Elegy）最為知名。

抽搐猜想你的感覺；我逃離你；我像一群蜜蜂嗡嗡作響，無止盡地漂泊，因為你的力量無法定於單一物體上而不後悔。但我將歸來。」

「每當有這種建築時，」奈弗說：「我無法忍受這些女店員。她們的傻笑，她們的閒聊讓我動怒；干擾我的寧靜，在純然狂喜的時刻，輕碰我的手肘提醒我記得我們的墮落。

「但現在，在自行車、萊姆氣味與街道上消失中人物令人分心的短暫時刻之後，我們再度取回領地。我們是寧靜與秩序的大師、驕傲傳統的繼承者。陽光開始在廣場上灑下細長黃色光影。河上的霧瀰漫在古老空間。霧氣柔緩地攀上斑白石塊。鄉間小巷的樹葉現在溼重，羊兒在潮溼草地上咳嗽；但在你的房間裡我們是乾燥的。我們私密地談著。火光跳耀下沉，讓煤塊閃亮。

「你在讀著拜倫。你在和自己性格相符的段落劃上記號。我發現一些和所有句子相反的記號，似乎表達一種帶著嘲弄但熱情的本質；一種飛蛾般的衝動把自己往厚玻璃上投擲。當你拿鉛筆畫線時，你想著『我也像那樣丟擲我的披風。我也在命運面前輕彈手指』。但拜倫永不會像你這般泡茶，你把茶壺加滿水，你蓋上蓋子時茶水溢出。桌上有著一池棕色茶水——在你的書本和紙張間流動。現在你笨拙地用手帕擦乾。然後把它塞

回口袋裡——那不是拜倫；那是純粹的你，當我想到二十年後的你，當我們兩人都成名、有著痛風、令人無法忍受時，這就是那個場景：如果你死了，我將哭泣。你是托爾斯泰的崇拜者；現在你是拜倫的追隨者；或許你還是梅樂迪斯[29]的追隨者；然後你會在復活節拜訪巴黎，回來時戴著一條黑領帶，崇拜一個沒有人聽過的可恨法國人。然後我將拋下你。

「我是一個人——我自己。我不會扮演我崇拜的加塔拉斯。我是最沒有創意的學生，拿著一本字典，一本筆記，將過去分詞的奇特用法記在裡面，將這些古老刻印雕的更為清晰。我是否該將紅嗶嘰窗簾永遠拉上，看著像大理石塊蒼白躺在檯燈下的書？那將是個輝煌的生命，讓自己耽溺於完美；跟隨著句子的起伏無論導向何處，進入沙漠，在沙丘之下無視於吸引、誘惑；永遠貧窮邋遢；在皮卡迪利街上被取笑。

「但我太緊張以至於無法將句子正確說完。我快速地說著話，一邊來回踱步，以隱藏我的激動。我痛恨你那油膩的手帕——你會把《唐璜》弄髒。你沒有在聽我說。你在

---

29 梅樂迪斯（George Meredith, 1828-1909），英國小說家、詩人。

造著關於拜倫的句子。而當你用你的披風、手杖做著手勢時,我試著說出一個尚未告訴任何人的祕密;我請求你(當我背對你站著)將我的性命握在你的手中,並告訴我是否我永遠命定會激起所愛之人的厭惡?

「我背對你站著,煩躁不安。不,我的手現在是完全沉靜的。我精準地在書架上挪出空間,把《唐璜》插入。那裡。我寧願被愛,我寧願成名而不願跟隨著完美穿越沙丘。但我是否命定要引起厭惡?我是個詩人嗎?接受吧。這個慾望在我的雙唇後方滿載著,冷如鉛,致命如子彈,我用來瞄準女店員、女人、虛偽、生命的鄙俗(因為我愛生命),我朝著你發射,接好——我的詩。」

「他像隻箭般射出了房間,」伯納說:「他把他的詩留給我。噢,友情,我也在莎士比亞十四行詩頁之間押著花!噢,友情,你的飛鏢多麼尖銳——穿刺了這裡那裡然後那裡。他看著我,轉過來面對我;他把他的詩給我。我心靈屋頂上的迷霧拂去。那種信心我將保留到我死的那日。像一個長浪,像一排厚重海水,他淹沒了我,他帶著毀滅性的出現相似被捲走。『你不是拜倫;你是你自己。』被另一個人縮小成為單一個體——所有的出現強迫我敞開,讓我靈魂赤裸躺在沙灘鵝卵石上;我變成了小石頭。這真是羞辱。真是奇怪。

「感覺著我們紡織出的細線變長,穿越這紛擾世界的迷霧空間,這真是奇怪。他走了;我站在這,握著他的詩。我們之間是這條線。但現在,感覺到那外來的存在消失,被仔細檢視的狀況不復存在;感覺到這些被他的無上力量驅往躲藏的寒酸室友、熟悉的事物,不准其他人出現;仍看顧著我的靈魂。那喜歡嘲弄、敏於觀察的靈魂,現在成群回家了。有了他們加入,即使在危機時,我就是伯納;我就是拜倫;我是這個、那個和另一個人。他們讓空氣變暗,滋養我,好像老人用滑稽動作、意見,在我情緒激動的時刻遮蔽那美好的單純。因為我的自我比奈弗所想的要來的多。朋友會要我們迎合他們的需要而維持單純,我們並非如此單純。但愛是單純的。

「現在他們回來了,我的室友、我熟悉的事物。現在被奈弗用他那驚人薄劍所刺穿的縫隙已然修復。我現在又幾乎是完整的;;當我看著窗外,撥開窗簾,我感覺著,『這不會讓他愉悅,但它讓我欣喜。』(我們用朋友來測量自己的地位。)我的活動範圍是奈弗所未能達到的。他們在路上大聲唱著獵歌。他們在慶祝著小獵犬賽跑之類的。戴帽的小男孩們總在大馬車轉彎時的同一刻轉頭,他們彼此拍著肩膀、吹著牛。但奈弗靈敏地避掉干擾,偷偷地像個密謀者快速回

到自己房間。我看到他沉坐在他的矮椅子裡,凝視著火,在那一刻火彷彿被當成建築般堅實。如果生命,他想著,可以這樣久遠,如果生命可以如此井然有序──因為他最希望的是秩序,厭惡我拜倫式的不整潔;因此拉上他的窗簾,鎖上他的門。他的眼睛(因為他正在戀愛中,愛的邪惡形狀在我們見面時盤據在此。)滿是渴望;滿是眼淚。他快速攫住火箝用一擊毀滅了燃燒中煤炭稍縱即逝的堅實外貌。一切改變了。還有青春與愛情。船已經飄過垂柳的拱門,現正在橋下。帕希瓦、東尼、阿奇或另一個人將會去印度。我們將永不再見。然後他伸出手拿他的練習本──一本簡單乾淨用雲紋紙作成的本子──然後狂熱地寫著長長詩句,用他當時最崇拜詩人的手法。

「但我要逗留;靠著窗戶探出身子;傾聽。那喧囂歡樂的合唱又來了。他們現在擊破了瓷器──那也是傳統的一部分。那合唱,像一道湍流在岩石上跳躍、殘暴地攻擊老樹,以壯觀的恣意傾倒往前沖向懸崖。他們捲動著;他們奔馳著;在獵犬之後,在足球之後;他們上下間歇移動,像麵粉袋般附在槳上。所有的分支匯集了──他們像一個人般地行動。十月的狂風將突如其來的聲音與靜默所形成的喧囂吹過了廣場。現在他們又在擊破瓷器──那是個傳統。火紅窗戶下,一個步履搖晃的年老婦人背著一個袋子快步走回家。她害怕窗戶會落下擊中她、讓她滾進排水溝。但她停下來,彷彿在火星四射、

紙屑飄浮的營火旁溫暖她指節腫脹、為風濕所苦的手。老婦在火光閃亮的窗邊暫停。一個對比。我看到了而奈弗並未看到；我感覺到了而奈弗沒有感覺到。因此他將達到完美，而我將失敗，死後並未留下任何東西，只有充滿砂礫的不完美字句。

「我現在想到路易。路易將以何種敵意但銳利的目光看待這逐漸消逝的秋日黃昏，看待這瓷器被擊碎、獵歌迴盪、看待奈弗拜倫以及我們在此的生命？他的薄唇有些嚅起；他的臉頰蒼白；他在一間辦公室裡仔細研讀晦澀的商業文件。『我的父親，布里斯班的銀行家』——因為他以他為恥，因此總是提及他——失敗了。所以他坐在一間辦公室裡，路易，學校裡最好的學者。但當我在尋找對比，常感到他的眼睛看著我們，帶著笑意的眼睛、狂野的眼睛，將我們像一個總數中無關緊要的個別數字般地加總，他在辦公室裡總是追著總數跑。在某一天，取一枝好筆在紅墨中沾取墨水，加總將完成；我們的總數將會被知道；但這並不夠。

「砰！他們現在把一張椅子丟向牆。而我們被折磨著。我的例子也是含混不清。我就沒有耽溺於毫無原由的情緒中嗎？是的，當我傾身窗外丟棄香菸時，菸蒂輕輕迅速旋轉落向地面，我感到路易甚至在看著我的香菸。而路易說『這代表著某種意義，但是什麼呢？』」

「人們持續經過，」路易說：「他們無休止地經過小餐廳窗戶。汽車、廂型車、公共汽車；然後又是公共汽車，廂型車、汽車——它們經過那面窗戶。在背景我看到商店和房舍；以及城市教堂的灰色尖塔。在前景是擺滿圓麵包與火腿三明治的玻璃櫃。一切因茶壺的蒸氣而些微模糊。一種牛羊肉、臘腸與薯泥的肉味瀰漫著，像一張溼潤的網掛在小餐廳的中間。我把書靠著一罐辣油、試圖讓自己看來像其他人。

「但我做不到。（他們持續經過，他們持續以不規律的行進經過。）我無法以令人相信的方式看書，或點牛肉。我重複，『我是個普通的英國人；我是個普通的職員。』但我看著隔桌的小個子男人以便確定我的行為和他們一樣。他們有著起皺、反應靈敏的臉孔，常因多變情緒而抽搐著，像猴子般呈現著情緒，在這特定時刻泛著油光，他們比劃著各種正確手勢討論著出售一架鋼琴。鋼琴在大廳中擋著路；所以他願意接受十英鎊的價格。人們持續經過；他們持續經過教堂尖塔和一盤盤火腿三明治。我的意識搖擺著，不斷地被撕裂。因失序而困擾。我因此無法專心用晚餐。『我出十英鎊。那鋼琴很錯；但它在大廳中擋路。』他們像帶著油亮光滑羽毛的海鳩般潛水下沉。所有正常之外多出的都是虛榮。那是小氣；那是普遍的狀況。同時那些帽子上下急動；門重複關開。我意識到那種失序；那毀滅與絕望的波動。如果這是全部，這是不值的。但我也感覺到

小餐廳的節奏。像是一首華爾茲曲調,輕快地進出著、轉著又轉著,處理著一盤盤蔬菜、杏果和布丁。女侍們平衡著盤子,輕快地進出著、轉著又轉著。那些普通人,將她的節奏納入他們的節奏(『我出十英鎊。因為它在大廳中擋著路』),接下他們的蔬菜、接下杏果和布丁。這個持續流動的切斷點在哪裡?一個人從什麼樣的裂縫中看到災難?圓圈並未斷裂;和諧完成了。這是主節奏;這是主要發條。我看著它擴張收縮;然後再次擴張。但我未被納入。如果我說話,模仿著他們的音調,他們會豎起耳朵,等著我再開口──判斷我是來自加拿大或澳洲,我是一個局外的外來者,最希望能被帶著愛意的手臂歡迎。我希望能感受到普通人善意的浪潮包圍著我,在遙遠的地平線捕捉到我的眼尾。我察覺帽子以一種無止盡的失序上下晃動著。那流浪、迷路靈魂悲嘆著(一個牙齒損壞的婦人在店前經過擺滿火腿三明治盤子的人們。」是的,我會讓你們恢復秩序。

我說『將我們帶回羊欄吧,我們這些零零散散、上下擺動、在店前經過擺滿火腿三明治盤子的人們。』是的,我會讓你們恢復秩序。

「我會讀著靠著辣醬瓶子的書。書裡有些經過鍛鍊的句子,一些完美的聲明,幾個字眼,但沒有詩。你們所有的人都忽略了詩。死去詩人所說的你們已然遺忘。而我無法將它翻譯給你們,讓它的力量籠罩綑綁你們,讓你們清楚你們是茫然無目的;那節奏低

俗，不值得，如果你們不覺得你們茫然無目的，那墮落將移動籠罩你們，讓你們甚至在年輕時老去。我將致力於翻譯那首詩，讓它易於閱讀。我反對正在進行中的敲打讓鋼鐵形成鐵杵。我不會對漫無目的、往來的低圓頂軟氈帽和洪堡氈帽[30]、婦人插著羽毛、繁複的髮型屈服。（我所尊敬的蘇珊，會在夏日戴著一頂簡單的草帽。）苦難和蒸氣從窗玻璃上不規則地滴落；公車突然地停車啟動；櫃檯前的遲疑；沉悶陰鬱地說出毫無意義的字詞；我將讓你們恢復秩序。

「我的根往下伸展穿越鉛銀礦脈，穿越散發著沼氣的潮溼沼地，來到橡樹根中央打結的地方。雙眼被矇住、雙耳被塞住的我，還未聽到戰爭的流言；還有夜鶯；感覺到成群的人焦急往這又往那尋求文明，彷彿候鳥群遷徙尋找夏日；我看到尼羅河畔女人頂著紅土水壺。我在一個花園中醒來，頸背感到一陣吹氣，一個灼熱的吻；我記得這一切，彷彿一個人記得某場夜間大火中擾人的哭喊和泛著紅光、焦黑傾倒的廊柱。我永遠睡著又醒著。現在我睡著，現在我醒著。我看到閃著亮光的茶壺；玻璃櫃裡滿滿的淡黃三明治；穿著圓滾大衣的男人們坐在櫃檯高腳椅上；在他們之後，我看著這小餐廳，想著擠滿振翅帶著帽子的人用火紅炙鐵燃燒在我顫抖肌肉上的傷痕。這是一個飛鳥的翅膀，許多羽毛、被塵封的過去。因此當我將臉轉向伯納和奈弗時帶著痛恨與苦

楚，我噘起嘴唇、病容蒼白；我帶著厭惡、不歡迎的態度，因為他們在紫杉下漫步；他們繼承有扶手的椅子；；他們將窗簾拉上，好讓檯燈光芒落在書本上。

「我尊敬蘇珊；因為她坐著縫補。她在一間房子一盞安靜檯燈下縫補，窗外近處有玉米輕嘆著，這讓我安定。因為我是他們之中最弱、最年輕的。我是個孩子，看著自己的腳還有那條在礫石中形成的小溪。那是一隻蝸牛，我說；那是一片樹葉。我因蝸牛而欣喜；我因樹葉而欣喜。我永遠是最年輕，最天真，最值得信任。你們全被保護著。我赤裸。當戴著方格髮飾的女侍迴旋而過時，她毫不遲疑地遞給你杏果和布丁，像個姊妹。你們是我的兄弟。但當我起身，刷掉背心上的麵包屑，我同時將一大筆小費，一個先令，放在盤子邊緣下方，讓她在我走後才發現，當她帶著微笑撿起小費邊罵著，我可能會穿過那旋轉門才聽到那笑聲。」

「風吹起百葉簾，」蘇珊說：「瓶子、碗、墊子和老舊有個破洞的搖椅現在清晰可見。已褪色的蝴蝶結在壁紙上閃耀著。群鳥合唱已然結束，只有一隻鳥在臥房窗戶近處

30　洪堡氈帽（Homburg hat），一種帽邊捲起帽頂有縱向凹形的軟氈帽，德國城鎮洪堡（Homburg）為此種氈帽首產地。

唱著。我將拉起長襪，安靜穿過臥室房門，往下穿過廚房，穿過花園經過溫室走進田野。這還是清晨。霧氣仍在濕地上。天氣冷冽僵硬彷彿一張麻布。但它將變得鬆軟；天氣將溫暖。在這個時刻，這仍然是清晨時分，我覺得我是田野，我是穀倉，我是群樹；我是群鳥，是這小野兔，在我幾乎踩到它的最後一刻跳起。蒼鷺慵懶地張開巨大雙翅；母牛嘰嘎作響地抬起一隻腳然後大聲咀嚼，是那狂野、猝然下降的燕子；那天際的紅暈，紅暈消退時的綠；沉靜與鐘；男人在田野中呼喚拖車的馬——一切都是我的。

「我無法被切割或分離。我在雲朵漫步的蒼白天空下，把自己拋向平坦土地。當馬車沿路靠近時逐漸變大。羊群聚在田野中央。群鳥聚在路中央——他們還不需飛翔。森林煙霧升起。破曉的冷冽消逝。現在白天騷動著。顏色回復。白日以所有農作物揮舞著金黃。大地在我腳下有分量地撐著。

「但我是誰？倚著大門，看著獵狗鼻子在劃圈？我想有時候（我還不滿二十歲）我不是個女人，而是落在這大門上、大地的光。有時候我認為我是四季，一月，五月，十一月；是泥土，是晨霧，是黎明。我無法將自己投入人們或輕柔漂浮著與其他人混合。但現在靠在這裡，直到大門印在我的手臂，我感到重量在我身體側邊形成。在瑞士學校

裡，某種堅實的東西形成了。沒有嘆氣與笑聲；沒有迴繞、機敏的句子；沒有蘿達看著我們肩膀後方的怪異溝通方式；與其他人混合。我最喜歡路上遇到牧羊人的瞪視；溝中馬車旁餵著孩奶的吉普賽女人——如同我將餵養我的孩子——的瞪視。因為很快地在炎熱正午，當蜜蜂嗡嗡圍繞著蜀葵時，我的愛人將來臨。他將站在香柏樹下。他說一個字我將回答一個字。我將給予他在我心中所形成的。我將有小孩；我將有繫著圍裙、帶著長柄叉的男工；廚房裡有著生病綿羊放在籃子裡取暖，掛著火腿、洋蔥閃亮著。我將像我的母親，沉默地繫著一條藍圍裙，鎖著櫥櫃。

「現在我餓了。我想著在陽光照耀房間裡白色餐盤上有著麵包皮、麵包和牛油。我會穿越田野回去。我會以強勁、整齊的步伐沿著這草叢步道走著，現在突然轉向避過牛糞，現在輕跳過矮木叢。水珠在我粗糙裙子上成形；我的鞋變得柔軟、暗沉。白天的僵硬光芒已然消失；現在天空由綠、灰和赭形成陰影。鳥兒不再停留在大路上。

「我回來，像一隻貓或狐狸歸來，毛是灰中帶白、腳爪因粗糙泥土而變硬。我穿越包心菜田，讓菜葉發出聲響、露水溢出。我坐著等待父親的腳步聲，他在小徑那頭經

「然後我走到櫥櫃,拿起裝著飽滿無籽葡萄的重袋;我舉起沉重麵粉袋來到廚房洗刷乾淨的桌子。我揉、我拉;我推,把手埋進麵團溫暖的內裡。我讓冷水從我的手指扇子般流下。火升起;蒼蠅嗡嗡繞著圈。我的黑醋栗和米、銀袋子和藍袋子都被鎖在櫥櫃裡。肉在爐上滾著;麵包在乾淨毛巾下升起成一個柔軟圓頂。下午我走到河邊。世界都在餵養。蒼蠅從這根草飛到那根草。花朵因花粉而沉重。天鵝在河流上依序游著。雲朵,現在是溫暖的,被太陽照射著,掃過山丘,留下水中的金色,以及天鵝脖子上的金色。母牛一腳接著一腳在田野中邊吃邊走。我在草叢間摸索著有白頂的洋菇;將洋菇從莖上摘下,並摘下長在旁邊的紫色蘭花,把根部帶土的蘭花放在洋菇旁邊,然後回家替父親煮壺開水,茶壺放在茶桌上正轉紅的玫瑰之中。

「但夜晚來臨燈被打開。當夜晚來臨燈被打開時,燈光在長春藤上點燃黃色火焰。我坐在桌旁做針線活。我想到吉妮;想到蘿達;聽到耕作的馬緩慢走回家,輪子在碎石路上響著;我聽到運貨火車在夜風中咆哮著。我看著黑暗花園中顫抖的樹葉,想著『他們在倫敦跳舞。吉妮吻著路易。』」

「人們應該睡覺這件事真是奇怪，」吉妮說：「人們應該把燈關掉然後上樓。他們已經脫下衣服，穿上白色睡衣。這些房子裡沒有燈。有一排煙囪高入天際；有一、兩盞路燈燃燒著，當沒有人需要時路燈燃燒著。這條街上沒有人來往；白天結束了。幾個警察站在街角。街上唯一的人是趕路的窮人。我感到自己在黑暗中閃亮著。絲在我的膝上。我挺直坐著以免我的頭髮碰到椅背。我進入戰鬥位置，我的腳感到鞋子的緊壓。我絲般的腿平滑地摩擦著。一條頸鏈的寶石冰冷地躺在我的喉嚨上。這是短暫的靜止；黑暗的片刻。小提琴手已經舉起他們的弓。準備就序。

「現在車子滑著，直到全然停止。一條通道被點亮。門開著又關著。人們抵達了；他們沒說話；他們急忙進入。大廳裡有外套掉落颼颼的聲音。這是序曲，這是開始。我瞥視，我偷看，我撲粉。一切都剛好，準備妥當。我的頭髮有著一個大波浪。我的唇是正紅色。現在我準備好要加入樓梯上的男男女女，我的同儕。我經過他們，暴露在他們的凝視下。正如他們在我的凝視下。我們像閃電般看著並並並不軟化或露出認同的信號。我們的身體溝通著。這是我的天職。

「在這、這裡也有，接受我的名字，我新鮮、無人知曉的名字，在我面前擲下它。我進入。

「在那些空曠、等待的房間裡有著描金的椅子，還有花，這些花比那些靠著牆生

長、展著綠葉、白花的花朵要來的安靜高貴。一張小桌上有一本線裝書。這是我所夢想的；這是我被告知的。我屬於這裡。我自在地踩著厚地毯。我自在地在光滑地板上游走，現在我開始開展，在這氣味、在這光芒之中，彷彿一枝羊齒蕨的蜷曲葉子開展。我停駐。我估量著這個世界。我看著一群群不認識的人們。在有著綠、粉紅、珍珠灰光澤的女人中，男人的身體挺直站著。他們是黑與白；他們在衣服下有深深小溪經過因此形成長長凹槽。我再次感覺到走道窗戶的倒影；移動著。當我前傾時，不知名男人的黑白影像在看著我；當我轉頭看一張圖，他們也轉頭。他們的手碰觸著領帶。我感到身體裡有一千種能力升起。我的頑皮，快樂，無精打采，悲傷輪流出現。我的根深植著，但我是流動的。所有黃金，流向那方向，我對那個人說『不。』一個人離開他的玻璃屋下的位置。他接近。他朝我靠近。這是我所知道最興奮的一刻。我揮手，我掀起漣漪。我像在河中的一棵植物隨波漂流。往這流、往那流，但根在這裡，因此他可以來找我，『來吧，』我說：『來吧。』蒼白、黑髮，來的人是悲傷的、浪漫的。而我是頑皮的，說話流利的，善變的；因為他的悲傷，他的浪漫的。他在這裡；他站在我旁邊。

「現在帶著輕微震動,就像一隻帽貝從礁石上撥開,我離開了:我和他一起下沉;我被漂走。我們臣服於這緩慢的潮水。我們隨著這遲緩的潮流,它震動,顫抖,潮來潮往,我們現在被捲入這大型的音樂漂進漂出,它讓我們在一起。礁石打斷這舞的潮流,它震動,顫抖,潮來潮往,我們現在被捲入這大型的圖案,它讓我們在一起;我們無法步出它連續的、遲疑的、突兀的、完美的迴旋牆。我們的身體,他堅實的身體,我流動的身體,在它體內擠在一起;它讓我們抱在一起;然後以流暢彎曲的摺疊持續地將我們捲起,一次又一次。突然音樂停止。我的血液狂奔,但我的身體站定著。整個房間在我眼中旋轉而過。停止。

「來,讓我們旋轉到描金椅子。那身體比我想的來的強壯。我比我想的來的暈眩。我不在乎世上任何事。我不在乎任何人,除了這個我不知道名字的男人。我們不被接受嗎?月亮?我們不夠可愛不能坐在這嗎?我穿著緞;他穿著黑白禮服。我的同伴們現在看著我。我亦直視著你們,男人女人。這是我的世界。現在我拿起這細莖玻璃杯啜著。酒有一種強烈澀味。在我肩胛骨正後方一種緩慢在這蒸發成一種火熱黃色的液體。我在喝時無法不露出痛苦。香味和鮮花,光與熱閉上,逐漸地哄它自己入睡。這是狂喜;這是解放。我喉嚨後方的乾燥的東西,睜大眼睛再緩慢句群結爭著往外湧出。無所謂是哪個。它們推擠著踩在彼此肩膀上。單字和複合字眼結

「現在遲緩和冷漠侵襲我們。其他人川流而過。我們已經失去身體在桌下相逢的感覺。我也喜歡金髮藍眼的男人。門開了。門一直持續開著。現在我想著,下一次門開時我的整個生命將會改變。誰來了?但他只是個僕人,捧著玻璃杯。那是個老人——我對他來說應該是個孩子。那是個淑女——跟她在一起我會掩飾。那些是和我同齡的女孩,我感覺到她們要取出劍的一種榮譽敬意。因為這些人是我的同伴。我對這個由頭到腳閃著金黃的人說,這是我的冒險,這是我的探險。門開了。噢!來了。門開了。」

『來!』,而他朝著我來。」

「我將在他們身後緩緩向前,」蘿達說:「彷彿我見到認識的人一般。但我不認識任何人。我將扯著窗簾看著月亮。遺忘的水流將浸熄我的焦躁。門開了;老虎跳躍。門開了;恐懼湧入;恐懼疊著恐懼追著我。讓我悄悄拜訪我放置在他處的寶藏。在世界的

另一邊有映著大理石廊柱的水池。燕子將她的翅膀輕點著幽暗水池。但在這裡門打開了，人們進來；他們朝著我來。丟出虛弱的微笑好遮蓋他們的殘忍、他們的冷漠，他們攫住我。燕子翅膀輕點著水面；月亮獨自穿越藍色海洋。我必須握著他的手；我必須回答。但我該給什麼回答呢？我被拋回到這個笨拙、臃腫的身體站著燃燒著，接受他冷漠和責備的表情，我渴望世界另一邊有著大理石廊柱和燕子輕點著翅膀的的水池。

「夜晚在煙囪上往前滑遠了點。我越過他的肩膀看著窗外有一隻不害臊的貓，沒有溺在燈光中，沒有被絲緞困住，自由的靜止伸展再度移動。我痛恨所有個人生命中的細節。但我定在這聆聽。巨大壓力籠罩著我。我必須驅逐數個世紀的重量之後才能移動。百萬隻箭穿透我。責備和嘲諷穿透我。我可以捶著胸對抗風暴，可以因歡呼聲而哽咽，我被釘在這裡，我被曝露。老虎跳躍著。舌頭帶著鞭子打在我身上。在我身上搖曳著、無止境地流動著。我必須用謊言搪塞和驅走它們。有什麼護身符可以抵擋這個災難？我可以召喚哪張臉孔讓這炙熱冷卻平息？我們；想著有著許多陡峭山丘往下降匯集的森林空地。我哭泣著，想到盒子上的名字；想到穿著及膝寬裙的母親；想著吉妮像隻海鷗騎著浪頭飛行，熟練地四處投射她的目光，說著這說著那，說著真話。但我說謊；我搪塞。

我是你們之中最年輕、裸露最多的。

「獨自一人,我搖晃著我的盆子;我是艦隊的女主人。但在這裡,我扭轉著我的女主人窗戶上錦緞窗簾的流蘇,我被打破成碎片;我不再是一個個體。當吉妮在跳舞時她知道什麼知識呢?當蘇珊安靜地在檯燈下屈著身用針頭縫著白棉布時,什麼事是她確信的呢?他們說,是的;他們說,不是;他們把拳頭放在桌上時發出響聲。但我懷疑;我顫抖;我看到野荊棘樹在沙漠中搖曳著暗影。

「現在我走著,彷彿終點在視線中,穿過房間來到在遮陽篷下的陽台。我看見天空,因月光突然出現而有輕柔的羽狀雲。我也看到廣場上的欄杆,兩個看不到臉孔的人相倚著,彷彿以天空為背景的雕像。這是一個對於改變免疫的世界。當我穿過這充滿擺動著舌頭、像刀子割傷我的客廳時,這讓我結巴。我發現穿著華美失去五官的臉。情侶蹲在法國梧桐下。警察在街角站崗。一個男人經過。這是一個對改變免疫的世界。但我不夠冷靜,踮著腳站在火旁,仍然被熱氣灼傷,害怕門將打開與老虎的跳躍,甚至害怕造一個句子。我說的話永遠彼此矛盾。每次門打開我就被打斷。我一生都會被嘲笑。我還不滿二十一歲。我即將碎裂。我一生都會被嘲笑。我將被這些掙獰面孔的男男女女用他們說謊的舌頭上下拋擲著,用白色填滿礁石深處的縫隙;我也是個女孩,在這裡在這個房間裡。」

太陽，升起，不再躺臥於綠墊，驀然透過水的珠寶急速一瞥，露出臉直視著海浪。海浪以規律的拍打落下。以馬蹄落在賽馬場地的激烈震盪落下。浪潮以鋼藍色、鑽石般閃耀的海水橫掃過海灘。浪潮升起，像將長矛與標槍拋擲過騎師頭上。陽光落在玉米田和樹林。河水變成藍色，有著許多狹長皮帶拖曳著，彷彿一隻手臂由肌肉圍繞而成；樹林高傲地聳立於山坡上，有如馬頸上雄性，將力量橫掃釋出又收回。陽光在鳥兒輕輕弄亂的羽毛，草坪緩降於水邊轉為綠色，似乎由狹短簇修剪過的鬃毛。

在花園裡，樹木群立於花床、池塘和溫室之上，鳥兒各自單獨在炙熱陽光中歌唱。每隻鳥都尖聲高唱，帶著熱情，帶著熱切情緒，彷彿讓歌曲迸出，不管是否以刺耳不和諧的聲音擊碎另一隻鳥的歌聲。牠們的圓眼鼓漲著聰穎；爪子緊抓著樹枝或欄杆。牠們歌唱；暴露在外沒有遮蔽；暴露在空氣和陽光中，它們有著美麗的新羽，帶著貝殼紋或色彩明亮的胸羽，淡藍條紋或灑著金黃或由一根亮麗羽毛形成紋路。牠們歌唱，彷彿因早晨的壓力而

將歌曲推擠出。它們歌唱,彷彿其生存的邊緣被磨得銳利而必須切掉,必須隔離藍綠光線的柔和、土地的溼潤;廚房蒸氣和氣味的油膩;羊肉和牛肉的熱氣;糕點和水果的豐饒;廚房水桶的潮溼碎屑和果皮,和垃圾堆上一道緩慢升起的蒸氣。在一切黏稠、溼潤斑點、因溼氣而捲曲之物上方,牠們毫不眷戀地驟然下降,鳥喙乾枯。牠們由紫丁香樹枝或籬笆上猝然飛下。看到一隻蝸牛,把殼往一個石頭上敲。牠們猛力敲擊,規律地,直到外殼破碎,裂縫中緩緩流出某種黏液。牠們急速飛行,升空,叫著短促、尖銳的音符,停駐在樹上高枝,看著下方的樹葉與教堂尖頂,鋪滿白色花朵、綠草蕩漾的鄉村。現在牠們的歌聲再次以快速音階一起升起,就像一條山間小溪的水交流,匯集,形成泡沫然後再度混合,愈來愈快地急促下降到相同的河道,沖刷著同樣的闊葉林。但因一塊岩石;它們分裂。

太陽落在房內形成銳利的楔形。光線碰觸之處帶來一種瘋狂的存在。一個盤子就像一座白色的湖泊。一把刀看起來像一柄冰刀。玻璃杯突然因光束而現身。桌椅浮出表面,彷彿它們一直沉在水底而現在浮起,映著紅、橘和紫,如熟透水果皮上的霜粉。瓷器上的釉,木頭上的木屑,草墊上的纖維,這些紋路刻印得愈來愈細緻。一切不再有陰影。一個花瓶是如此的綠,眼睛彷彿被濃郁色彩的漏斗強力吸入,像一隻帽貝黏在花瓶上。

然後形狀成了色塊有了邊線。這是椅子的雕飾；這是巨大的櫥櫃。當陽光增強，成群陰影在它來到之前被逐出，在背景中形成許多皺褶而凝聚、高掛著。

「多麼美麗,多麼奇異,」伯納說:「閃爍著亮光,有著許多高樓、圓頂的倫敦在霧中橫在我眼前。她被煤氣槽、工廠煙囪守護著,當我們接近時她正沉睡。她將蟻窩攬入胸中。所有的哭泣、所有的喧囂都溫柔地籠罩在沉默當中。即使羅馬也遠不及她莊嚴。但我們以她為目標。而她如母親般地沉睡並不安穩。由屋舍排成的山脊自霧中升起。工廠、大教堂、玻璃圓頂、機構和劇院聳立著。清早來自北方的火車像一枚飛彈朝她拋擲。我們通過時拉起一扇窗簾。而當我們快速掠過車站時,茫然而期待的臉龐瞪視著我們。我們如風般橫掃而過時,男人將報紙抓得緊些,想像著死亡。但我們呼嘯前進。我們即將在城市的側翼爆炸,彷彿是龐大、沉思母體身旁的一顆蛋。她輕哼、低語著;她等待著我們。」

「當我站著從火車窗往外看時,我居然感覺並且相信我將成為這速度,這擲向城市飛彈的一部分,因為我極為快樂(現在訂了婚即將結婚)。我對容忍和默許感到麻木。我親愛的先生,我可以如此說,你為何坐立不安,為何取下行李箱,把你整晚戴著的軟帽壓入其中?我們做任何事都是無效的。我們全體無異議地想著一件事。我們擴大為整體,態度嚴肅、想法一致,像是被一隻大鵝的灰色翅膀覆蓋(這是個美好但黯淡的早晨)。因為我們只有一個慾望──抵達車站。我不要火車戛然停止。我不要讓我們整晚

坐在彼此對面而建立的關係中斷。我不要感覺到仇恨和敵對以及不同的慾望恢復控制。我們在疾駛火車中的團體廣受歡迎,我們一起坐著,唯一的希望是抵達優士敦。急忙混亂地希望是抵達優士敦的負擔。但看吧!結束了。我們的慾望達成了。我起身到月台上。

我,自從星期一她接受我之後,我不希望是第一個穿過大門進入電梯,好表現自己。但我不希望是第一個通過大門,好表現自己。我的每根神經都有一種身分,看到鏡中的牙刷就會說『我的牙刷』,現在我希望鬆開我的手,放下我的所有物,只是站在街上,不參與,看著巴士、沒有慾望;沒有嫉妒;有著對人類命運無限的好奇,好似我的心中不再有界線。但我的心沒有界線。我已抵達;我被接受。我無所求。

「像個小孩放下乳房那般滿足,我下車,現在我自由地下沉,深深進入經過我身邊的、這無所不在的大眾生活。(讓我下個注解,有多深入要看長褲;聰明的頭腦完全被寒酸的長褲所阻礙。)我在電梯門觀察到奇特的遲疑。然後個性呈現。他們走了。他們全都被某種可悲的事情所驅使,被某種需求驅使著,趕赴約會。而我自己,我沒有目標。我沒有野心。我讓自己被大眾的脈動帶著走。我心靈的表面隨之流動,似一道灰白小溪倒映著購買帽子,讓這二度如此緊密結合的美麗人類分離。我的鼻子,眼睛的顏色或對自己的意見。只有在所經過的一切。我無法記得我的過去,

緊急時刻，在十字路口、在人行道邊緣，想要保存我身體的願望跳躍而出，在巴士前面攔住我、制止我。看來我們似乎堅持活著。然後再次，冷漠降臨。交通的怒吼，無法分辨的臉龐持續穿越，讓我如服藥般進入夢境；將那些臉孔五官揉去。人們可以穿越我。而我在此時發現自己被困住，但這是哪一天，哪個時刻？交通的咆哮可以是任何鼓譟——森林樹叢或野獸的咆哮。時間在它的輪上颼颼地往回倒退了一、兩英吋；我們短暫的進展被撤銷。我也認為我們身體是真的赤裸著。我們只是輕輕覆蓋著有鈕釦的布料；而在這些人行道之下是貝殼、骨頭和沉默。

「無論如何，我的夢境，短暫的前進，像一個在河水表面下的人被沖著往前，夢境被隨興而起，毫不相干的感覺——好奇、貪婪、慾望所打斷，夢境被撕裂、刺穿、摘除，就如在睡眠中一般不負責任（我垂涎那個袋子，還有其他種種慾望），這是真的，但我希望往地下走；察訪那深沉之處；偶爾行使我的特權，但並非總是採取行動，而是去探險；去聆聽樹枝嘎吱作響和長毛象那些模糊、古老的聲音；耽溺於以諒解的雙臂擁抱整個世界這不可能達成的慾望——這對行動的人來說是不可能的。當我走路時，因奇異的搖擺和同情的顫動而顫抖著，這讓我從個人的存在中解開，讓我擁抱這些全神貫注的人群；這些凝視者和輕快走路的人；這些忽視自己的命運、正看著櫥窗的跑腿男

孩和鬼鬼祟祟的逃家女孩。但我覺知我們的旅程短促。

「但我不能否認一種感覺，現在生命對我而言是被神祕地拉長了，這是真的。是因為我可能會有小孩？可能會將一把種子灑得更廣，超越這個世代，這個被命運困繞的人口，沿著街道在無止盡競爭中彼此雜亂地換著位置？我的女兒們將在其他的夏日來到此處；我的兒子們將開闢新的田野。因此我們不再是被風迅速吹乾的雨滴；我們讓花園飛舞、讓森林怒吼；我們將以不同的方式出現，永遠不斷。這可以解釋我的信心，我主要的穩定力量，否則這將會極其怪異，當我穿越這擁擠大道的人潮，總是在人群的身體之間為我自己開一條路，利用安全時刻穿越。這並非虛榮；因為我並無野心；我不記得我的特殊才能或癖好或我個人的特殊記號，或我的眼睛、鼻子、嘴巴。在這一刻我不是我自己。

「但看著，它回來了。一個人不能消除那持久存在的味道。它偷偷地由結構中的某個裂縫——一個人的身分，進入。我不是這條大街的一部分——不，我觀察這條街。因此，我與這條大街隔離。例如，在後街一個女孩站著等人；等誰呢？一個浪漫的故事。那家店牆上裝著一個小型起重機，我問，為什麼小型起重機要裝在那裡呢？我發想著在一八六〇年代，一個全身發紫的臃腫女士，被眾人圍繞著，她冒著汗的丈夫用起重機將

她從摺疊式頂蓬的馬車吊下來。一個古怪的故事。我天生是個創造文字的人，吹泡泡的人，藉著一件事想到另一件事。藉著這些觀察隨興聯想，讓自己與他人不同，並在我漫步經過時，聽到一個聲音說：『看！記下那個！』我想像自己在某個冬日夜晚，被喚來提供我所有觀察的意義——一句話接著一句話，在一個總結後完成。但後街的獨白很快就讓人覺得乏味。我需要觀眾。這是我的毀滅。結局總是被擾亂、無法成形。我無法讓自己坐在髒亂的餐廳裡，日復一日點著同樣飲料，讓我自己完全浸在一種液體——這個生命中。我創造我的句子，帶著它到一個裝飾優雅、點著幾十根蠟燭的房間。我需要有眼睛看著，才能引出這些精巧而不必要的修飾。我需要他人眼中的光芒才能成為我自己，因此我無法完全確信我的自我是什麼。真實的人，像路易，像蘿達，大部分時間完全獨處。他們厭惡眼光和重複。他們將自己的照片丟擲在田野上，讓被塗畫過的臉朝下。路易的用字精簡、濃縮、不朽。

「那麼，在這令人欲睡的重複之後，我希望朋友的臉部投射著光芒，讓我變為閃亮、有著許多切面。我曾經橫越失去自我的不見天日之域。一片奇異的土地。我曾經在平靜時刻，在毀滅性滿足時刻，在這明亮光圈之外、這無法有所感覺的憤怒鼓聲之外，聽見那浪潮的嘆息聲，出現、消失。我曾擁有一個極其寧靜的時刻。這也許是快樂。現

在我被刺痛的感覺拉回來；被好奇、貪婪（我餓了）以及無法抗拒成為自己的慾望拉回。我想到我可以說話的人：路易、奈弗、蘇珊、吉妮和蘿達。和他們在一起我有多個面向。他們將我從黑暗尋回。我們今晚將見面，感謝上天。和他們在一起我將對將去印度的帕希瓦道別。時候還很久，但我已感覺到一人。我們將一起用餐。我看到路易，如石頭雕刻般不動如山；奈弗，如剪刀裁剪般精準；蘇珊有著水晶般的眼睛；吉妮像在乾涸土地上的火焰般跳著舞，好似發燒、狂熱；而蘿達那山泉仙女永遠溼潤。這些是幻想的圖像——這些是想像，對不在場朋友的看法，不在場朋友的樣子。我看到一些前兆、先遣的影像，粗俗、浮腫，在腳趾首次碰到一隻真實的靴子時便消失了。

但它們讓我警醒著。它們刷去那些氣味。我開始對獨處感到不耐煩——感覺它的布幕炙熱、不健康地懸掛在我上方。噢！拋棄它們、主動點！任何人都可以。掃街的人也可以；郵差、這家法國餐廳的服務生；最好是那親切的老闆，而他的親切似乎保留給自己。他親自用手為一位貴客拌沙拉。我問，是哪位貴客呢？為什麼？他對著戴耳環的女士說什麼？她是朋友還是客人？當我在一張桌子旁坐下，我立刻感覺到那混著困惑、不確定、各種可能性和猜測足以令人玩味。影像立即產生。我對自己的多

產感到尷尬。我可以重複、自由地描寫每一張椅子、桌子、每個月餐的人。我的心四處

忙碌為一切戴上文字的面紗。談論酒或對服務生說話將引來爆炸。火箭發射了。金黃火屑落在我想像力的豐饒土壤上滋養著。這個爆炸完全在預期之外——這是對話的喜悅之處。我，和一個不認識的義大利服務生相處——我是什麼人？這個世界沒有穩定。誰能說任何事物中有什麼意義？誰能預言一個字的飛行航程？它是顆飛過樹梢的汽球。論及知識是無用的。一切都是實驗和冒險。我們永遠將自己與未知數混合。未來將發生什麼事？我不知道。但當我放下玻璃杯時我記得：我訂婚了即將結婚。今晚我將和朋友們用餐。我是伯納，是我自己。」

「現在差五分鐘八點，」奈弗說：「我來早了。我在約定時間十分鐘前就坐在位子上，好仔細品嘗期待的每一刻；看著門打開然後說『那是帕希瓦嗎？不；那不是帕希瓦。』在說『不，那不是帕希瓦』時有一種病態的愉悅。我看著門打開關上已經二十次了；每一次開關都讓懸疑更加尖銳。這是他即將到來的地方。這是他即將坐下的桌子。他真實的軀體即將在此出現，這似乎令人無法置信。這張桌子、這些椅子、這個有著三朵紅花的金屬花瓶即將經歷特殊的轉變。這個有著旋轉門，桌上堆飾著水果、大片肉冷盤的房間，有著那種等待著某件事發生地方的那種搖晃和不真實的外表。東西顫抖著彷彿還未成形。白桌布的空白發出刺眼光芒。其他用餐者的敵意、冷漠令人備感壓迫。我們

看著彼此；明白我們不認識彼此，凝視，然後失去興趣。這種凝視是鞭打。我在凝視中感受到這個世界所有的殘忍和冷漠。他一定在某部計程車裡；他一定正經過某間店鋪。每一刻他都似乎將跳進這個房間，這刺亮燈光，這個強烈的存在，而在其中物體失去其正常用途——這柄刀鋒只是一道光芒，不是用來切割的東西。常態被廢除了。

「門開了，但他沒有出現。那是路易在那裡猶豫著。那是他奇特的自信和膽怯的混合體。當他進來時在穿衣鏡看著自己；他觸摸著頭髮；對外表不滿意。他說：『我是個公爵——一個古老種族的最後一人。』他尖酸、多疑、喜愛掌控、難以相處（我將他與帕希瓦相比）。同時他也是令人畏懼的，因為他眼中有著笑意。他看見我了。他來了。」

「那是蘇珊，」路易說：「她沒有看見我們。她沒有盛裝，因為她輕視倫敦的輕浮。她站在旋轉門旁一下子，看著她像一頭動物因燈光而暈眩。現在她移動著。她有著野生動物的那種潛行但有自信的動作（即使是在桌子和椅子之間）。她似乎憑著本能在小桌子間找到路，不會碰觸到任何人，不理會服務生，而朝角落裡我們的桌子直走過來。當她看見我們（奈弗和我）她的臉出現一種確定，那是個警告，彷彿她已經得到她想要的。被蘇珊愛著應該像是被一隻鳥的尖喙啄到，被釘在一扇農場倉庫大門上。但有

時我希望被鳥喙所啄,被釘在農場大門上,這是真的,就僅只一次。

「蘿達現在來了,從不知名處,當我們沒在看時她溜了進來。她一定走了一條曲折的路徑,一下子躲在服務生身後,一下子躲在裝飾用的柱子之後,好讓認出她的震驚盡可能延遲,好讓她有更多一點時間去搖晃她木盆裡的花瓣。我們喚醒她。我們折磨她。她懼怕我們,她輕視我們,但還是畏縮地來到我們身邊,因為除了我們的殘忍之外,還是永遠有一個名字,一張臉能發出亮光照亮她的路,讓她可以再度充滿夢想。」

「門開了,門不停開著,」奈弗說:「但他還沒來。」

「那是吉妮,」蘇珊說:「她站在門裡面。一切都似乎停止了。服務生停住。門邊的那桌客人看著。她似乎是一切的中心;在她周圍是桌子、門的線條、窗戶、天花板、它們發著亮光,像是一個被砸壞窗戶中間有星星周圍亮著光。她讓事物有重點、有秩序。現在她看到我們,然後移動著,所有的光芒起了漣漪,浮動著,如海浪淹過我們,帶來新升起的感覺浪潮。我們改變著。路易將手放在領帶上。奈弗坐著且極度焦躁等待著,緊張地將面前的叉子擺正。蘿達驚訝地看著她,彷彿在遙遠的地平線一團火燃燒了。而我,雖然我在我的心中鋪滿潮溼的草、溼潤田野、落在屋頂的雨聲和冬天拍打屋子的陣風,好保護我的靈魂以防禦她,我感覺到她的嘲笑偷偷圍繞著我,感覺到她的笑

「他還沒來，」奈弗說：「門開了而他沒有來。那是伯納。當他拉下外套露出腋窩下的藍色襯衫。並且不像我們其他人，他進來時並沒有推開門，不知道將進入充滿陌生人的房間。他沒有看著玻璃。他的頭髮不整齊，但他並不知道。他沒有感受到我們是不同的，或者這張桌子是他的目標。他在往這裡的路上猶豫著。那是誰？他問自己，彷彿他似乎認識一個穿歌劇斗篷的女人。他似乎認識所有的人；他不認識任何人（我將他與帕希瓦做比較）。但現在，他感覺到我們，和善地揮著手；他帶著如此的善意，對人類的愛（以幽默嘲笑『愛人類』是無效的），如果不是為了將這一切變成蒸氣的帕希瓦，我會感覺，如同其他人已經感覺；現在是我們的節慶；現在我們在一起。但沒有帕希瓦就不成形。我們是剪影，空心的鬼魂在沒有背景的霧中移動著。」

「旋轉門不停開著，」蘿達說：「陌生人不斷出現著，我們將不會再見到的陌生人，帶著他們的熟悉、冷漠、沒有我們世界仍將繼續著的感覺，令人不快地掠過我們。我們不能往下沉，我們不能忘記我們的臉孔。即使我是個沒有臉孔的人，即使我進來時沒有變得不同（蘇珊和吉妮的身體和臉孔改變了），我沒有牽絆，振翅飛翔，不在任何

地方下錨,不與人合併,無法形成任何空白或持續或一座牆來抵抗這些身體的移動。這是因為奈弗和他的哀傷。他哀傷的尖銳氣息讓我的存在碎裂。沒有任何東西可以讓他安定;沒有任何東西可以讓這歸於平靜。每次門打開他都定定地注視著桌子——他不敢抬起眼睛——尋找一秒鐘然後說:『他還沒來。』但他來了。」

「現在,」奈弗說:「我的樹開花了。我的心升起。所有的壓迫都釋放了。所有的障礙物都被移除。混沌之域結束了。他來發號命令。刀又能切了。」

「帕希瓦來了,」吉妮說:「他沒有盛裝。」

「帕希瓦來了,」伯納說:「正在撫平他的頭髮,並非因為虛榮(他並未看著玻璃),而是為了安撫端正之神。他是傳統的;他是英雄。一群小男孩跟隨著他穿越球場。他擤鼻涕時他們也擤鼻涕,但並未成功,因為他是帕希瓦。現在,當他即將離開我們到印度去之時,所有的細節一起出現。他是個英雄。噢,是的,那是無法否認的,當他坐在他所愛的蘇珊旁邊時,這一刻他被加冕。像胡狼短促嗥叫著撕咬彼此腳跟的我們,如同面對上尉出現的士兵,現在恢復了自制和信心。我們這些在年輕時就分離的人(最年長的還未滿二十五歲),像心急的小鳥們唱著自己的歌,以年輕人無情、野蠻的自我主義敲著自己的蝸牛殼直到裂開(我訂婚了),或獨自停歇在某個臥室窗戶外,唱

著愛情、名聲和其他經驗，這對於鳥喙還帶著黃毛、羽毛尚未長齊的幼鳥是如此親切，我們現在愈來愈靠近；在這餐廳中每個人的興趣皆不同，那扇門一直開關著，那玻璃籠以極多無數誘惑懇求引誘我們，對我們的信心——坐在這裡我們彼此相愛並相信我們將永遠如此——發出嘲諷和加以傷害。」

「現在讓我們跳出孤獨的黑暗。」路易說。

「現在讓我們殘忍而直率地說出心中的話，」奈弗說：「我們的孤立、我們的準備現在結束了。那些藏著祕密和躲躲藏藏的日子、在樓梯間的發現、恐懼與狂喜的時刻。」

「唐士坦伯老太太舉起海綿和溫暖傾倒在我們身上。」伯納說：「我們穿上了這時時改變、有感覺的肉體外衣。」

「負責管理靴子的男孩對著洗碗女傭在廚房花園裡做愛，」蘇珊說：「在狂吹著的晾乾衣物之間。」

「風的呼吸像一隻老虎的喘息。」蘿達說。

「那個男人喉嚨被割斷、臉色藍灰地躺在陰溝裡，」奈弗說：「我上樓，無法舉起腳跨上那有著堅硬銀葉且無法靜止的蘋果樹。」

「那片樹葉在樹籬裡跳舞，沒有人吹動它。」吉妮說。

「在太陽烘烤的角落，」路易說：「花瓣在綠蔭深處游著。」

「在艾維敦，園丁拿著大掃把掃著、掃著，那個女人坐在桌旁寫著。」路易說：「當我們相遇時會想起。」伯納說。

「現在我們從這些緊捲著的線圈抽出細線，」路易說：

「那時，」伯納說：「計程車來到門前，我們將剛買的皮球帽壓緊，藏起有失男性尊嚴的眼淚，我們經過街道時，甚至連女傭都看著我們，而我們的名字以白色的字寫在箱子上，向全世界宣布我們要去上學了，箱子裡有著規定數量，母親將我們名字縮寫縫在上面的襪子和睡衣。那是我們第二次與母親分離。」

「藍伯特小姐、卡丁小姐和巴德小姐，」吉妮說：「那些神祕如謎、戴著白色皺領、膚色如大理石般不朽的女士，戴著紫水晶戒指，像尚未燃燒的纖細長蠟燭、閃著幽微光芒的螢火蟲，在法文、地理和數學書頁上移動著，她們主導一切；還有地圖、綠毛呢桌子和架上一排排的鞋子。」

「鐘聲準時響起，」蘇珊說：「女傭拖著腳走路發出響聲和笑聲。在油地毯上將椅子拉進、將椅子拉出的聲音。但閣樓上有著一片藍色風景，可以眺望遠方那片不被這嚴格控管和不真實存在隳落所污染的田野。」

「我們頭上的面紗落下,」蘿達說:「我們緊握著花環上搖動著的花朵和綠葉。」

「我們改變了,我們變得無法辨認,」路易說:「曝露在這不同的燈光下,我們內心的一切(因為我們所有人都是如此的不同),彷彿某種酸不平均地滴在盤子上。我是這個顏色,奈弗那個顏色,蘿達又是不同顏色,伯納也一樣。」

「獨木舟滑過嫩綠的柳枝,」奈弗說:「而伯納,以他悠閒的方式往前跑過大片綠地、滑過古老房舍,在我身旁地上的一個隆起處絆倒。在比風更加狂暴、比閃電更為急驟的高漲情緒下──我拿著我的詩,我猛擲我的詩,我摔上身後的門。」

「不過,」路易說:「我看不到你們,我坐在辦公室裡,將日子從日曆撕去,對著貨船掮客、玉米貨商和理賠員的世界宣布,十日星期五或十八日星期二,已經降臨倫敦這個城市。」

「然後,」吉妮說:「蘿達和我,穿著亮麗洋裝,幾顆寶石躺在冰冷鐵環上圍繞著我們的喉嚨,鞠躬、握手,然後微笑地從一個盤子裡拿起一個三明治。」

「在世界的另一邊,老虎跳躍,燕子在黑暗池塘裡輕點浸溼她的翅膀。」蘿達說。

「但此時此地我們在一起,」伯納說:「我們聚在一起,在特定的時間,在這個特

定地點。我們被某種深沉、共通的情緒所牽引，形成這個共同體。我們是否該稱之為『愛』？我們應該說「對帕希瓦的愛」嗎？因為是帕希瓦要去印度。

「不，那是個太狹隘、太特定的一個名字。我們不能將我們感情的寬度和廣度貼上如此小的標記。我們聚集於此（從北方、從南方、從蘇珊的農場、從路易的辦公大樓）是為了創造一個東西，並非長久存在的東西。那個花瓶裡有朵紅色康乃馨——因為有什麼會長久存在的呢？——而是為了創造被許多隻眼睛同時看到的東西。有著許多花瓣、鮮紅、紫褐、帶著紫色陰影、有著泛銀堅硬葉子——一朵每隻眼睛都目不轉睛看著、都參與的花。」

「在年輕歲月反覆無常的火焰、無聊至極的深淵之後，」奈弗說：「現在光線落在真實物體上。這是刀和叉。世界被呈現，而我們也是，好讓我們能說話。」

「我們的差異或許看來太過深奧，」路易說：「難以解釋。但讓我們試試看。當我進門時，我順了順我的頭髮，希望看來像你們其他人。但我做不到，因為我並非如你們一般單獨而完整。我已經活過了一千個生命。每一天我挖掘，又挖掘。我在數千年前那些女人埋葬我的沙堆裡找到我的遺骸，那時我聽到尼羅河畔的歌聲和被綑綁野獸在踩著腳。你們現在看到身邊的這個男人，這個路易，只是那一度輝煌人物的餘燼和廢棄物。

我曾是阿拉伯王子;看我自由恣意的手勢。我曾是伊莉莎白女皇時代的偉大詩人。我曾是路易十四宮廷中的公爵。我極為虛榮,極為自信;我有著無法度量、會讓女人惋惜嘆氣的慾望。我今天沒吃午餐是為了讓蘇珊以為我臉色蒼白、讓吉妮施予我她優雅溫暖的同情。雖然我欽佩蘇珊和帕希瓦,但我痛恨其他人,因為他們我才會做滑稽動作、撫平頭髮、隱藏口音。我是個小猿人嚙咬著核果,而你們是帶著紅熱鐵棒、摟著裝有乾硬麵包的閃亮紙袋的婦人;我也是被困在籠裡的老虎,你們是處於恐懼中,以防你們為有力、強壯,但長久以來以非實體出現在地面上的鬼魂,將會處於恐懼中,以防你們嘲笑我,會以讓風改變方向以對抗煤煙風暴,會努力寫出如鋼環般相扣的清晰詩句,連結著我午餐時看到的海鷗、有著齙牙的女人、教堂尖塔和轉動的圓頂軟氈帽,我的詩人突然出現——是路克里休斯[31]嗎?——對抗著調味罐和濺滿湯汁的帳單。」

「但你們永遠不會恨我,」吉妮說:「你們也不會穿越房間來到我這裡尋求我的同情。當我剛剛進來時,椅子和大使的房間,一切都以一種模式暫停。服務生停止,用餐者舉起刀叉然後停在空中。我有著那種準備

---

31 路克里休斯(Titus Lucretius Carus, c. 99-55 BC),羅馬共和國詩人、哲學家。

「當你站在門旁,」奈弗說:「你讓一切靜止、你要求他人羨慕,而那是自由交談的極大阻礙。你站在門邊讓我們注意你。但沒有人看到我靠近了。我早到了;我快速而直接地來到,這裡,坐在我所愛的人旁邊。我的人生有一種他們所缺乏的速度。我像隻追逐氣味的獵犬。我從黎明狩獵直至黃昏。沒有任何東西——即使在沙裡尋求完美、名聲、金錢——對我有任何意義。我將會有財富;我將會成名。我將不會得到我想要的,因為我缺乏軀體的優雅和與之俱存的勇氣。我心靈的速度對軀體而言太過強烈。我在抵達終點前失敗,跌倒在一個潮溼或許噁心的土堆上。我不像路易,受苦於將自己弄成一個奇觀。我太過於清楚事實,以致於無法允許自己耍著把戲,在假裝。我以全然的透澈看穿一切——除了一件事。那是我的救贖。那為我的苦難帶來一種無止盡的興奮。那讓我獨裁,即使在我沉默

好迎接即將發生的事的樣子。當我坐下,你將手放在領帶上,你將手藏到桌子底下。但我沒有隱藏任何東西。我有備而來。每次門一打開我叫著『再來!』但我的想像是那些身體。除了我的身體投射的光環之外,我無法想像任何東西。我的身體走在我之前,像暗巷中的一盞燈,將一個又一個物體由黑暗中帶到一圈光亮下。我讓你目眩神移;我讓你們相信這即是一切。」

時。既然我在某個方面被欺騙，既然人永遠在改變，而慾望是不變的，我在早晨時無法知道夜晚時我旁坐的是何人，我永遠不停滯；我從最惡劣的災難站起，我轉變、我改變。石頭從我強壯、修長身體上的鎧甲彈開。我將在這種追求中老去。」

「如果我能相信，」蘿達說：「我將在追求和改變中老去，我將甩掉恐懼；沒有什麼是恆常不變的。這一刻不會導致下一刻。門開了老虎躍出。你們沒有看到我進來。我繞著椅子轉圈以避免跳躍的恐懼。我害怕你們所有人。我害怕震驚的感覺突然降臨在我身上，因為我無法像你們一樣去面對——我無法將這一刻和下一刻融合起來。對我而言，這些時刻都是殘暴的，都是獨立的；如果我被那一刻的跳躍所震驚而跌倒，你們將會撲上來；將我撕成碎片。我看不到盡頭。我不知如何由這分鐘過到下一分鐘，這一小時到下一小時，也不知如何以一種自然的力量化解這些時間，直到它們成為整體，無法分割、巨大的你們稱為生命的整體。因為你們看得到盡頭——是一個坐在旁邊的人嗎？是一個想法？是你的美貌嗎？我不知道——你們的日子和時間就像一隻循著氣味的獵犬在森林樹枝中和平滑綠草上奔跑。我像湧向海灘的泡沫，或是如箭般落在錫罐、落在鎧甲似海冬青的尖頂、落在一根骨頭或一艘半侵蝕船上的月光。我被捲入洞穴中，像一張紙在無盡長廊中被風拍

動著,我必須將手撐著牆才能讓自己回過神。

「但因為我最希望的是有個立足點,當我躲在吉妮和蘇珊身後上樓時,我假裝著,好讓自己看到一個盡頭。當我看到她們把絲襪往上拉時,我就把我的絲襪往上拉。我等著你們說話,然後像你們一般說話。我被吸引穿越整個倫敦來到這一個特定地點,一個特定的地方,並非是要見你或你或你,而是讓完整活著、無法分開、毫不關心的你們全體的火焰來點燃我的火。」

「當我今晚走進房間時,」蘇珊說:「我停止,我瞪著眼睛像隻動物船眼睛貼近地面。地毯和家具有著味道,而那種氣味令我厭惡。我喜歡獨自走過潮溼的田野,或停在大門看著我的長毛獵狗用鼻子繞著圈,然後問它:『那隻野兔在哪裡?』我喜歡和擰著香草、對著火堆吐口水、像我父親穿著拖鞋拖著腳走過長走道的人在一起。我唯一了解的諺語是對愛、恨、怒、苦的吶喊。這場談話脫下一個老婦人的表面,她的衣服剛剛還看來像是她的一部分,但現在,當我們說話時,她在衣服下變成粉紅、大腿和下垂胸部。當你們沉默時你們再度變美。我除了自然的快樂之外將不會擁有其他東西。這幾乎可以滿足我。我將疲累地上床。我將像一塊孕育著輪作穀物的田野船躺著;在夏日,熱氣將在我身上跳舞;在冬日,我將因寒冷而裂開。但熱與冷將彼此自然

相隨，不論我願意或不願意。我的孩子將把我傳承下去；他們長牙、哭泣、上學，他們將會像我下方海洋的浪潮般回家。海洋每天都有自己的律動。在季節更換的浪頭上，我將被抬得高過於你們任何人。當我死時，我將比吉妮、蘿達所擁有的更多。但另一方面，你們是不同的，對其他人的想法和笑聲綻放上百萬次酒窩，我將陰沉，被風暴籠罩而全身呈紫色。我將因野蠻美麗而強烈的母愛而被貶低、習於藏匿自己。我將無恥地追求孩子的財富。我將痛恨所有看到他們錯誤的人。我將卑鄙地說謊以協助孩子。我恨吉妮因為她讓我他們築成牆，讓我和你和你和你隔絕。同時，我也被嫉妒所撕裂。我恨吉妮因為她讓我知道我的手紅腫、我的指甲龜裂。我以如此的殘暴愛著，當我所愛的物體以一句話出現時他會逃離，而這殺死了我。他逃離，而我被留下緊抓著在樹梢葉子間來回搖擺的繩索。我不了解句子。」

「如果我出生時，」伯納說：「不知道一個字是接著另一個字的，那我可能是任何東西，誰知道呢？如此，我在各處發現順序，無法忍受孤獨的壓力。當我獨自一人時，我什麼都不是。當我獨自一人時，我墜入倦怠之中，當我從壁爐柵欄將煤渣夾出時，我會鬱悶地自言自語，而墨法太太會出現。她會出現將一切清掃乾淨。當路易獨自一人時，他用驚人的專注觀看，並會寫出超

越我們所有人生命的句子。蘿達喜愛獨處。她懼怕我們是因為我們粉碎孤寂中的那種極端的存在感——看她如何握著叉子——那是她抵抗我們的武器。但我只在水電工、販馬商或任何人說出讓我發亮的話時我才存在。然後我的句子像煙霧般可愛，上升下降，飄動下沉，落在豔紅龍蝦和鮮黃水果上，將它們圈成一個美的物體。但請觀察這是多麼浮華不實的句子——由逃避和老舊謊言所堆成。因此我的部分個性是由其他人所給予的刺激所形成，而這不是我的，像你們的個性是你們的。有些致命的條紋，一些流竄、不規則的銀脈，在讓它衰弱。因此我在學校曾讓奈弗動怒的事實，是我離開了他。我和其他牛、戴著小鴨舌帽和徽章的男孩們，乘著大馬車離開——在今晚可以找到某些人，穿著得體，一起用餐，然後完美和諧地離開，前往音樂廳；我愛他們。因為他們讓我得以存在，正如你們一般。因此，當我離開你們時火車正要離站，你們感覺不是火車要離開，而是我，伯納，那個不在意、沒有感覺、沒有車票、也許錢包也掉了的伯納。蘇珊，瞪著在山毛櫸樹梢葉子間來回搖擺的繩索，大喊著：『他走了！他逃離我！』因為再沒有任何東西可以掌握。我不斷地被創造、再度被創造。不同的人從我這裡引用不同的字。

「因此我今晚想坐在身旁的人，不是一個人而是五十個人。但我是這其中唯一覺得

自在且沒有選擇自由的人。我並不低俗；我不會附庸風雅。如果我接受社會的壓力，我通常會用我靈巧的舌頭成功地加入一些困難。我並非囤積者——我死時將只留下一櫃子的舊衣——我對生命中次等的虛榮，讓路易如此痛苦的虛榮，幾乎漠不關心。但我犧牲許多。我雖然與鐵脈、銀脈、泥土相通，我無法緊縮進入那些緊握著手、不依靠刺激的人的手中。我無法做到路易和蘿達的否認一切與英雄主義。我將永遠無法成功，即使是在說話時創造一個完美的句子。但對於正在消逝的時刻，我的貢獻將多於你們任何人；我將比你們任何人走入更多的房間、更多不同的房間。但因為有來自外在而非來自內在的東西，我將被遺忘；當我的聲音靜默時，你們將不會記得我，除了一度圍繞在水果周圍，將它形成句子那個聲音的迴聲。」

「看，」蘿達說：「聽。看光線如何每秒鐘都變得更加光亮，四處綻放、成熟；我們的眼睛在這個房間和所有桌子上穿梭時，似乎穿越那些彩色窗簾，紅、橘、棕和怪異模擬兩可的色澤，彷彿在紗幕之後閣起，一物融入另一物。」

「是的，」吉妮說：「我們的感官變得寬廣。白色、柔軟的黏膜、神經網，被充滿、伸展，像蜘蛛絲般在我們周圍浮游，空氣變得似乎可以觸摸得到，捕捉到在遠方未

「曾被聽見的聲音。」

「倫敦的咆哮，」**路易**說：「圍繞著我們。汽車，貨車，巴士持續地經過、再經過。一切都溶入一個旋轉輪的聲音中。所有個別的聲音——輪子聲，鐘響，醉漢，尋歡作樂者的喊叫——被劇烈攪拌成一個聲音，鋼鐵藍繞著圈的聲音。然後是汽笛聲響。海岸滑離，煙囪變扁，船航向開闊大海。」

「帕希瓦即將離開，」**奈弗**說：「我們坐在這，被圍繞著，被燈光照著、有著許多顏色；一切物體——手、窗簾、刀叉、其他用餐的人——都彼此碰撞。我們被圍在這道牆內。但印度在牆外。」

「我看到印度，」**伯納**說：「我看到那低沉、綿長的海岸；我看到那滿是踐踏淤泥的蜿蜒長巷在搖搖欲墜的寶塔間繞來繞去；我看到那閃耀金光和帶著鋸齒雉堞的建築有著一種柔弱和頹廢的情調，彷彿是某些東方展覽中暫時存在的建築。牛車搖搖晃晃地左右搖動。現在一拖著一輛低矮牛車沿著太陽曬烤的大路緩緩前進。牛車輪卡在車軌上，無數穿著纏腰布的當地人立刻湧到車旁，興奮地喋喋不休。但他們什麼都沒做。時間似乎無止盡，企圖心徒然無成果。一切醞釀著一種人類努力無用的感覺。有著奇怪的腐敗氣味。溝裡一個老人一直嚼著檳榔望著肚臍沉思。但現在，看啊，

帕希瓦往前進；帕希瓦騎著一匹滿身被跳蚤咬的母馬，戴著一頂遮陽盔。運用西方的標準和對他來說極為自然的暴力語言，那牛車在五分鐘之內被拉正。東方的問題解決了。他繼續前進；四周圍著許多人，彷彿將他視為——而他的確是——神。」

「不為人所知，不論是否藏著祕密，這並不重要，」蘿達說：「他像顆石頭墜入滿是鰷魚的池塘。像鰷魚般，我們曾經如此快速四散游動著，當他來時全都圍著他快速游動。像鰷魚般，感知到大石頭的出現，我們滿足地隨著波浪起伏、迴旋。舒適偷偷覆蓋我們。黃金在我們血液中流動。一、二；一、二；心臟在寧靜中、在信心中、在某種幸福的痕跡中，在某種對善意的著迷中，跳動著；看——地球上最外圍的部分——在最突出水平線上的蒼白陰影，例如印度，升起進入我們的活動範圍。那個世界已經枯萎，圍繞著自己捲縮；遙遠省份從黑暗中現身；我們看到泥濘小路、蜿蜒雨林、成群的人，吃著腫脹屍體的禿鷹，成為我們的領域、我們引以為傲宏偉省份的一部分，因為帕希瓦獨自騎著一匹滿身被跳蚤咬的母馬，正在孤單的小路前進，將他的營紮在荒涼樹林中，然後獨自坐著，看著雄偉群山。」

「那是帕希瓦，」路易說：「無聲地坐著，坐在搔癢的草地上，微風分開白雲，雲朵又聚集，是帕希瓦讓我們知道，企圖想說『我是這個，我是那個』，是這讓我們聚在

一起，像身體和靈魂分開的部分又聚在一起，這都是錯誤的。某件事因恐懼而被遺漏，某些東西已然因為虛榮而改變。我們嘗試強調差異。因為我們希望分開的慾望，我們強調我們的錯誤，特別是對我們而言特別的錯誤。但有條鎖鏈在迴繞、迴繞著，在下方一個鋼鐵藍圈中繞著。

「那是恨，那是愛，」蘇珊說：「那是憤怒的炭黑激流，如果我們往下看就會暈眩。我們站在暗礁上，但如果往下看就會感到目眩。」

「那是愛，」吉妮說：「那是恨，如同蘇珊對我的感覺，因為我曾經在花園裡吻了路易一次；因為我的打扮，當我進門時我讓她想到『我的手是紅腫的』，而把手藏起。但我們的恨幾乎無法和我們的愛區隔。」

「但這怒吼的海水，」奈弗說：「我們在其上所建立的瘋狂講台，要比我們站起試圖說話時所吐出的那些瘋狂、微弱、無效的叫聲還穩定些；比當我們從這些錯誤話語聲中去尋找『我是這個，我是那個！』來得穩定些。言語是錯誤的。

「但我吃。當我吃時，我逐漸失去對特別事務的一切知識。我逐漸和食物一起下沉。這些滿嘴美味的烤鴨，加上適量的蔬菜，彼此相隨，以細緻的溫暖、重量、甜味和苦味的轉動，穿過我的上顎，往下通過我的食道，進入我的胃，讓我的身體穩定。我感

到安靜、重量、控制。現在一切都穩定成形。現在在我的食道本能地需要與期待甜味和輕盈，某種加糖和可以迅速遺忘的東西；還有冷冷的酒，像手套般密切覆蓋在纖細神經上，彷彿在我嘴巴的頂端顫抖，將酒散開（當我喝酒時），進入一個圓頂洞穴，那裡布滿綠色葡萄葉、有著麝香氣味的紫色葡萄。現在我可以穩穩地看著在下方吐著泡沫快速轉動的磨坊。我們可以用哪個特殊的名字叫它呢？讓蘿達說吧，我看到她的臉如霧般反射在對面的穿衣鏡；當蘿達在一個棕色木盆中搖動花瓣時，我打斷了她，向她要伯納偷的那把小刀。對她而言，愛不是一個漩渦。當她往下看時她沒有暈眩。她看向遠方，超越我們的頭頂，超越印度之外。」

「是的，在你們的胸膛之間、超越你們的頭頂，到一個風景，」**蘿達**說：「到達一個空洞，那裡有著許多陡峭山丘往下降像是摺起的小鳥翅膀。那裡，在那短而堅實的草皮上，有著葉面黑暗的草叢，在那黑暗中我看到一個形狀，白色，但不是帕希瓦、蘇珊、吉妮、奈弗著，也許是有生命的。但那不是你，不是你；不是你；不是你。當蒼白手臂棲息在膝蓋上時成一個三角形；現在它挺直——一根柱子；現在是一個山泉，落下。它沒有傳達信號，沒有招手，沒有看到我們。在它之後，海在怒吼。它超越我們能到達的範圍。但我冒險前往。我將在那裡重新填滿我的空虛，延長我的夜

晚,將夜晚以夢填得更滿更滿。即使現在有一秒鐘,即使在這裡,我將達到我的目標然後說:『不再流浪。其他的一切只是試煉和為了令人相信。這是盡頭。』但這些朝聖旅途、這些離開的時刻,總是在你在場時開始,從這張桌子,這些燈光,從帕希瓦和蘇珊,從此時此地開始。當我穿越一個宴會中的房間、站著從窗戶往下看著街道時,我總是看到你們頭頂之上、胸膛之間的樹林。」

「但他的拖鞋呢?」**奈弗**說:「他在樓下大廳中的聲音呢?當他不看別人時看到他?我們等待而他並未出現。時間愈來愈晚。他忘了。他和別人在一起。他不忠實,他的愛什麼都不是。噢,然後那憤怒——然後是無法忍受的失望!然後門打開了。他到了。」

「起著漣漪的黃金,我對他說『來』,」**吉妮**說:「然後他過來;他穿過房間來到我坐的地方,我的衣服像一層紗,在描金椅上圍繞著我。我們的手接觸,我們的身體送出火焰。那椅子、那酒杯、那桌子——一切都被點燃。一切在顫抖、一切都在燃燒、一切都燃燒乾淨。」

「看,蘿達,」**路易**說:「他們變成夜間動物,全神貫注。他們的眼睛像蛾的翅膀如此快速拍動著,而他們看來似乎完全不動。」

「號角和喇叭，」蘿達說：「吹響。樹葉張開；雄鹿在灌木叢中嘶吼。有人在跳舞、擊鼓，像是持著木柄標槍的赤裸男人在跳舞、擊鼓。」

「像是野蠻人的舞蹈，」路易說：「繞著營火。他們是野蠻的；他們是無情的。他們圍著圈圈跳舞，輕拍著皮囊鼓。火焰跳上他們塗滿油彩的臉，跳上豹皮和他們在活體上穿刺而流血的肢體。」

「節慶的火焰升高，」蘿達說：「盛大遊行隊伍經過，揮舞著綠枝和有著花朵的枝芽。號角吐出藍煙；他們的皮膚在火炬光中映著紅黃斑點。他們拋擲紫羅蘭和月桂葉戴在所愛的人身上，在短草坪上那陡峭山丘下坡處。遊行隊伍經過了。當遊行隊伍經過時，路易，我們察覺到下墜。陰影偏斜。我們是共謀者，退縮在一起，靠著冰冷的骨灰甕，注意到紫色火焰往下竄流。」

「死亡是以紫羅蘭織成的，」路易說：「死亡與再次死亡。」

「我們多麼驕傲地坐在這裡，」吉妮說：「我們還不到二十五歲！在外面，樹開著花；女人徘徊著；在外面計程車突然轉向加速。晦澀不明與絢爛青春以短暫的方式冒出，我們直視著前方，準備好面對可能來臨的一切。（門打開，那門一直在打開。）一切是真的；一切是肯定的，沒有陰影或假象。美在我們眉稍。那是我的美、那是蘇珊

美。我們的肌肉堅實、冷硬。我們的差異清晰可見,像是正午陽光下岩石的陰影。我們身旁有著表面金黃、堅實的清脆麵包;桌巾是白色;我們的手半捲曲,隨時可握緊。許多日子將到來;;冬日、夏日;;我們極少動用我們的寶藏。現在水果在樹葉下飽滿鼓起。房間成金黃,我對他說:『來。』」

「他的耳朵是紅的,」路易說:「有著城市裡職員在午餐店吃點心時,那種肉掛在潮溼網中的味道。」

「我們有著無限的時間在眼前,」奈弗說:「我們問著該做什麼?我們是否應該沿著龐德街閒逛,四處看看,也許買個自來水筆,只因為它是綠色的,或問問那藍寶石戒指是多少錢?或者我們該坐在室內看著煤炭轉為深紅?我們是否該伸出手取書,隨意讀著一個和另一個段落?我們該毫無理由地大笑大叫?我們該穿越開著花的草地,用野菊串成鏈子?我們該找出往赫布萊茲的下班火車然後訂一個車廂?一切都將來臨。」

「告訴你們,」伯納說:「昨天我走路時撞到郵筒。昨天我訂婚了。」

「真奇怪,」蘇珊說:「我們盤子邊有一小堆糖。還有削下的梨皮上有著斑紋,穿衣鏡上滾著絲邊。我以前都沒看到這些。現在一切都確定了;一切都固定了。伯納訂婚了。某種無法回復的事情發生了。一個圈被擲進水中;;一個鎖鏈被加上。我們將永遠無

「只要片刻，」路易說：「在鎖鏈解開之前，在失序重返之前，看到我們固定、看著我們展現，看著我們被緊緊夾住無法移動。」

「但現在那個圈斷裂。現在那潮水流動。現在我們比以往更加快速前進。現在躺在黑暗草叢中等待的熱情從底部升起，它們的浪潮升起撞擊著我們。痛苦和嫉妒，羨慕和慾望，和一些比這些更深層的感覺，比愛更強烈、更底層的感覺，聽那隨意、快速、興奮聽，蘿達（因為我們是共謀者，我們的手覆蓋在冰冷的甕上。）聽那隨意、快速、興奮的動作所發出的聲音，像是獵狗奔跑追逐著氣味。現在他們說話而沒把句子說完。他們說著情侶使用的私密語言。一種蠻橫的粗魯佔據他們。他們大腿的神經震顫。他們的心臟激烈撞擊著肋骨。蘇珊扭著手帕。吉妮的眼睛有火光跳動。」

「他們是免疫的，」蘿達說：「不在乎別人指頭指點或眼睛搜尋。他們多麼輕易地轉身和瞥視；他們的姿勢充滿活力和驕傲；吉妮眼中閃耀著多麼強的生命力；蘇珊的瞥視多麼凶猛而滴水不漏，尋找著在根部的昆蟲！他們的頭髮閃爍著光澤。他們的眼睛像依循氣味穿過樹葉尋找獵物的動物般地燃燒著。那圈圈被破壞。我們被分離。」

「但很快地、過於快速地，」伯納說：「這自我的狂喜消逝了。這貪婪身分的時刻

將結束,對於快樂和追求快樂以及還要更快樂的胃口被過度滿足。石頭下沉;那個時刻結束了。我被身旁巨大的冷漠圍繞著。現在我的眼中打開了一千隻好奇的眼。這未知世界的森林。為什麼,我問著(審慎輕聲地),女人一起獨自在此用餐?她們是誰,這人都可以謀殺伯納,他已經訂婚即將結婚,只要他們不要觸碰那未知領域的邊緣。現在任何是什麼讓她們在這特定的夜晚來到這特定的地點?在角落的青年,從他緊張不時將手放在後腦勺的方式來看,他來自鄉村。他態度懇切謙恭,急於對主人,他父親的朋友,作出適度的反應,這讓他幾乎無法享受現在的一切,而他將在明早十一點半會非常享受這一切。我也看到那位女士在專注談話時,在鼻子補了三次粉,也許那是和愛情有關。許是和他最親密朋友的不快樂有關。『啊,但是我鼻子的樣子!』她想著,然後拿出她的粉撲,在粉撲中掩蓋了人心中一切最熱烈的感覺。然而,那裡還留著無法解決的問題:戴著眼鏡的孤獨男人;一人喝著香檳的年老女士。這些不知名的人到底是誰?他們是什麼人?我問著。我可以將他說的話和她說的話編成許多故事——我可以看到許多影像。但故事是什麼呢?是我扭轉的玩具,我吹出的泡泡,一圈穿過另一圈。有時我開始懷疑是否真的有故事。我的故事是什麼呢?蘿達的故事是什麼?奈弗的是什麼?事實是存在的,例如:『穿著灰色西裝、英俊的年輕男人,他的沉默寡言和其他人

的喋喋不休成為怪異的對比,現在他將麵包屑從背心上掃掉,以一種帶著命令與善意的特別手勢,對服務生打著信號,服務生立刻過來,片刻之後帶著仔細疊在盤子上的帳單回來。」那是真實,那是事實,但除此以外一切都是黑暗與臆測。」

「現在再一次,」路易說:「我們即將分開,已經付了帳,我們血液中的圓圈經常斷裂,如此尖銳,因為我們是如此不同,現在緊圍成一個圈。某種東西形成了。是的,當我們起身、心煩意亂,帶著一點緊張,我們禱告,將這種共通的感覺握在手中。『不要動,不要讓旋轉門將我們形成的東西切成一片片,在這些燈光、果皮、被拍掉的麵包屑和經過的人們之中,這東西在此成為球狀。不要動,不要走。永遠握著它。』

「讓我們握著它一下,」吉妮說:「愛、恨,不論我們叫它什麼,這個球的內壁是由帕希瓦所形成的,由青春和美貌,以及某種深深沉入我們內心的東西所形成,我們也許將永遠無法從一個人身上再度創造這一刻。」

「世界另一邊的森林和遙遠國度,」蘿達說:「在它之中;海洋和叢林;豺狼的嗥叫,月光落在老鷹飛升的高峰上。」

「其中有快樂,」奈弗說:「以及平凡事物的安靜。一張桌子,一張椅子,書頁間夾著拆紙刀的一本書。花瓣從玫瑰落下,當我們無聲坐著時,燈光閃爍著,或者也許想

起一些瑣事而突然說話。」

「每週的日子在其中，」蘇珊說：「星期一、星期二、星期三；馬兒到田野去，然後馬兒回來；山烏上升、降落，在它們網中捕捉榆樹，不論是四月或是十一月。」

「即將來臨的已在其中，」伯納說：「那是我們讓它落下的最後、最明亮的一滴，像是神聖的水銀掉入我們為帕希瓦創造的那膨脹、非凡的時刻。什麼將來臨？我問著，將麵包屑從背心上刷掉。在外面有什麼？我們坐著吃著、坐著談著，我們已經證明可以加入許多寶貴的時刻。注定在前彎的背上忍受無數、無止盡的鞭打。我們也不是跟隨著主人的羊群。我們不是奴隸，我們是創造者。我們也邁步向前，並非進入混沌，而是進入一個我們可以自己力量征服的世界，並成為那被照亮的、無窮道路的一部分。

「當他們在招計程車時，帕希瓦，注視你很快將看不到的視野：街道堅硬，被無數車輪翻騰所磨亮。我們巨大能量所形成的黃色霧氣，像張燃燒的衣料覆在我們的頭頂劇院、音樂廳和住家的燈形成那亮光。」

「高聳的雲層，」蘿達說：「旅行經過一個暗如被擦亮的鯨魚骨的天空。」

「現在劇痛開始；現在恐懼以它的牙攫住我，」奈弗說：「現在計程車來了；現在

帕希瓦走了。我們能做什麼好留住他呢?如何連接我們之間的距離?如何煽著這個火讓它永遠燃燒?如何對站在街上的我們,街燈下愛著帕希瓦的我們,作出信號讓一切時間來臨?現在帕希瓦離開了。」

太陽現在升到最高處。不再半遮著，而是由隱約光線讓人猜想，彷彿一個女孩臥躺在草綠海洋床墊上，用水珠寶石修飾著眉毛，送出蛋白石光澤的悠長光線，閃爍著落在不穩定的空氣中，像是海豚跳躍時的側面、或是一柄掉落小刀的閃光。現在太陽毫不妥協、無法忽略地燃燒。它照射著堅硬沙地，岩石成為紅熱火爐；陽光搜尋著每一個水池，找到躲在裂縫中的鱔魚，讓生鏽的車輪、白骨或如鐵般黝黑失去鞋帶綁著的靴子在沙中現形。陽光讓一切物體的色彩精準現出；讓沙丘閃耀無數光亮，讓野草呈亮綠；或者落在沙漠中的荒蕪之地，烈風將其吹成壟溝，或狂掃成荒涼錐形石堆，或灑在暗綠叢林中。照亮鑲金平滑的回教寺廟、南方村落中脆弱如紙牌排列的粉紅、純白房舍，以及跪在河邊打教著石頭上拍打起皺褶衣服、胸部長垂的白髮女人。汽船緩慢重擊在海面上，陽光射穿黃色遮陽篷，照著打盹或在甲板上散步的乘客，被太陽直射著，日復一日，船壓縮著油污震動的側面，滿是石塊的河床，在高高吊橋下，河水變得稀少、洗衣婦人跪在燙熱石頭上幾乎無叉將麻布弄溼；瘦削騾子在作響的灰石中尋找陸地。

太陽進攻南部山區群聚的高峰，灼照著深邃、滿是石塊的河床，在高高吊橋下，河

正午陽光的熱力讓山區成為灰色，彷彿在一次爆炸中被剝去鬍子、燒得焦黑。更北方，在雲較多、雨較多的國家，山丘光滑成為石板，像似鐮刀的背部內中有光，彷彿一個獄卒在深邃處，捧著一盞綠燈巡視一個又一個牢房。太陽穿越空氣中的灰藍分子照射在英國田野上，照亮濕地和池塘，一隻白色海鷗站在木樁上。陽光照射在果園牆上，每塊磚的凹陷和紋理都閃耀著銀光、紫色並燃燒著，彷彿一經碰觸就會融解為滾熱烤過混著麥桿的塵土。掛在牆上的栗果果實閃著紅亮的漣漪和瀑布。樹蔭被樹根的暗池所吸入。棗樹葉子膨脹著，所有小草的葉面如同流動的綠色火焰一起飛舞。

光如洪水傾下，將個別樹葉溶為一片綠丘。

群鳥只對著一隻耳朵熱情歡唱，然後停止。它們快樂輕叫，啄著一小戳稻草和樹枝來到樹上高處枝幹的黝黑結瘤內。鳥兒停歇在花園中。閃爍著金紫光芒，金鏈花的果實搖落金色和紫丁香色澤，現在是正午時分，花園中繁花盛開，當太陽射穿紅色的瓣或寬大的黃色花瓣或被某枝多毛綠莖形成條狀，而植物下方通道皆成綠、紫、黃褐。

太陽直射在房舍上，讓白牆在黑暗窗戶之間閃耀。窗櫺與綠色樹枝交織，成為一圈圈無法穿透的黑暗。楔形光線銳利的邊緣照在窗臺上，讓房裡的青花盤子、帶著彎曲把

在這塊光亮之後有著一片陰影,在其中的形狀或許即將從陰影中釋放、或許會成為更黑暗深淵中更緊密的影子。

海浪破碎,迅速將海水散布於海灘上。海浪一波接一波,聚集然後落下;;浪頭落下夾著浪花往後退去。海浪陡峭深藍,背面閃耀著鑽石般點點亮亮,起伏著,像健壯馬匹在奔跑時背部肌肉起伏著。海浪落下;;退後再度落下,像是一隻巨獸跺腳的重擊聲。

柄杯子、隆起的大碗和地毯上的十字圖案、櫥櫃書架華麗的四角和線條讓人看得分明。

「他死了，」奈弗說：「他墜落。他的馬絆倒。他被拋出。世界的風帆旋轉著擊中我的頭。一切結束。世界的光亮消逝。那裡立著一棵我無法走過的大樹。

「噢，將我手中這封電報揉掉——讓世界的光亮回復吧——告訴我這沒有發生過！但為何大家的頭四處轉動著？這是真實。這是事實。他的馬絆倒；他被拋出。飛奔的樹和白色柵欄溶在一起。他在上升；耳中鳴鳴作響。然後落地；世界被撞裂；他沉重呼吸著。他在落地時死去。

「鄉村的夏日和穀倉，我們所坐的房間——現在一切都存在於消失、不真實的世界中。我的過去自我身上割除。他們飛奔。將他帶到一處涼亭，男人穿著馬靴、男人戴著遮陽帽；在這些不知名的男人中他死去。孤獨和沉默常環繞著他。他常離開我。然後回來，『看，他來了！』我說。

「女人快速經過窗外，彷彿街道上並沒有鴻溝、沒有那帶著堅硬樹葉的樹讓我們無法通過。我們應該被小土堆所絆倒。我們落入無止境的悲慘，眼睛閉上看著過去快速更迭。但為什麼我要屈服？為何要試圖舉起腳爬上樓梯？這是我站的地方；這裡，手裡拿著電報。夏日和我們曾經坐過的房間，過去快速流過，像是燃燒過的紙裡有著紅色眼睛。為何要見面、重新開始？為何要說話、要吃飯、要和其他人建立關係？從這一刻

起，我是孤獨的。現在沒有人知道我。我有三封信，『我將和一位上校玩擲環，所以就此打住。』這樣他結束了我們的友誼，揮著他的手擠進群眾中。這場鬧劇不值得正式慶祝。但如果有人說：『等等』；將馬鞍帶多拉緊三個洞——他可以有五十年坐在法庭裡伸張正義、或獨自一人騎在部隊前方，譴責某個邪惡暴君，然後回到我們身邊。

「現在我敢說有人在冷笑，這是個詭計。有人在我們背後嘲笑著。那個男孩跳上公車時差點沒站穩。帕希瓦摔下來；死了；葬了；而我看著人們經過；緊握著公車上的鐵槓；決心要保住性命。

「我不要抬起腳爬上樓梯。我要站在那無法忘記的樹下，獨自和那被割喉的人在一起，樓下廚子在爐口鏟著。我不要爬上樓梯。我們被詛咒，我們所有的人。許多女人提著購物袋經過。人們不斷經過。但你們無法破壞我。因為這一刻，在這一刻，我們在一起。我將你壓向我。來吧，痛苦，啃食我吧。將你的獠牙深埋入我的肉中。將我撕裂。我啜泣，我啜泣。」

「這是令人無法理解的組合，」伯納說：「這是事物的複雜之處，讓我在下樓梯時，無法知道什麼是哀傷、什麼是歡喜。我的兒子誕生；帕希瓦死了。我被柱子撐著，被兩邊激烈的情緒淹沒；但哪一種是哀傷，哪一種是歡喜？我問著，而我不知道，只知

道我需要靜默，獨處，外出，保留一個小時思索我的世界發生了什麼事，死亡對我的世界造成何種影響。

「這不再是帕希瓦所能見到的世界。讓我觀看。屠夫把肉送到隔壁；兩個老者沿著人行道蹣跚而行；麻雀落地。機器運轉著；我注意到那節奏、那跳動，但我不是其中的一部分，因為他無法再看到這一切。（他裹著繃帶、蒼白地躺在某個房間）。現在是我找出什麼是重要的機會，而我必須小心，不能說謊。我對他的感覺是：他坐在中央。在我不再到那裡去。那個地方空了。

「噢，是的，戴著氈帽的男人、提著袋子的女人，我可以向你們保證，你們失去了原本將對你們非常有價值的東西。你們失去了一個可以追隨的領袖；你們其中一人失去了快樂和孩子。原本可以給予你們這些的那個人死了。他躺在一張行軍床上，裹著繃帶，在一個炎熱的印度醫院裡，苦力蹲在地板上煽動扇子──我忘了他們怎麼稱呼那些扇子。但重要的是：我記得，他還是男孩時，有著奇特的疏離氣質。我繼續說著（我的眼睛彷彿這是個事實。我說，當鴿子降落在屋頂上而我的兒子誕生，滿是淚水然後又乾了），『但這比我們膽敢希望的還要好。』我無神的眼睛對著巷子盡頭、對著天空中那抽象的物體說著，『這是你所能做的極限嗎？』那我們勝利了。我對

著那空白殘忍的臉說,你已經做到了極限(因為他只有二十五歲,而他應該活到八十的),但沒有任何效用。我不會躺下,在哭泣中渡過一生(在筆記本中寫下這一條,輕視施與無意義死亡的人)。再者,這很重要;我應該能將他置於無關緊要的可笑的情況下,讓他騎在高大馬匹上時自己不會感到怪異。我應該可以說:『帕希瓦,一個可笑的名字。』同時讓我告訴你們,急忙走向火車站的男女,然而透過空洞、燃燒的眼睛看著生命是多麼奇怪。

一個團體跟隨他。我用手撥開一條路穿越群眾,你們應該尊敬他。你們應該組成

「但信號開始了,有人招手、企圖勾引我回去。好奇心在一小段時間後就被判出局。一個人無法在機器之外活超過半小時。我注意到,身體已經開始看來平常;但在身後之後的——觀點——產生差異。在那報紙牆之後是醫院;那長形房間中有著皮膚黝黑的人拉著繩索;然後他們埋葬了他。但報紙上說一個著名女演員離婚了,我立刻問哪一個?但我無法掏出零錢;我無法買報紙;我還無法忍受中斷。

「我問,如果我永遠無法再見到你、將我的眼睛定在你的實體上,我們的溝通將會以何種形式進行?你穿過庭院,愈來愈遠,我們之間的線愈拉愈細。但你存在於某個地方。你的某些東西存留著。一個法官。那表示如果我在自己身上發現一條新血脈,我將

私下臣服於你。我將問道,你的判決是什麼?你將成為裁決者。但維持多久呢?事物將會太難解釋:將會有新的事物;我的兒子已經是其中一件。現在我處於一個經驗的頂端。這將下降。我哭泣時已經不再懷抱相信,『真是好運!』鴿子下降的飛翔和洋洋得意已經結束。混亂、細節回來了。我不再對寫在店面窗戶上的名字感到驚奇。我不再覺得為什麼要快點?為什麼要趕火車?那順序回來了;一件事導致另一件事——那平常的順序回來了。

「是的,但我仍然厭惡那平常的順序。我不會讓自己接受事情的順序。我將走路;我不會因為暫停、因為觀看而改變我心中的節奏;我將走路。我將會步上這些階梯走進畫廊,將自己臣服於類似我的、那些在秩序之外的心靈的影響。只剩下一點時間回答問題;我的力量減退;我變得遲鈍。圖畫在這。在廊柱之間莊嚴的聖母。讓他們將那心之眼無休止的活動、那裏著繃帶的頭、那帶著繩索的男人安歇。幸好讓我發現在畫面之下非視覺的東西。這是花園;維納斯在花朵之間;這是聖人和藍色聖母。好讓我發現在畫面之下沒有指涉;並沒有暗中引人注意;沒有指示。因此它們開展我對他的意識,並以不同的方式將他帶回來到我這。我記起他的美。『看,他來了。』我說。

「線條和色彩幾乎說服了我,讓我相信我也可以成為英雄,我,一個造句易如反掌

的人,也很快地被誘惑,愛著即將來臨的事物,無法握緊我的拳頭,但虛弱地搖晃著,依據我的環境造著句子。現在,藉由我自己的不穩定,我發現他對我的意義:他是我的反面。他自然真誠,看不見這些誇大的必要,在他周圍散布安寧,一個小孩在玩耍,幾乎可以說是對活藝術的大師,因此他看來似乎已經活得很久了,他生來就有天生的美感,他真的是一個生他自己的利益不在乎,此外他還有極大的同情心。在一個夏日夜晚,門會開關、會一直不停開關,我從這看到會讓我哭泣的景象。因為這是無法傳授的。因此我們會凄涼。我轉向我心中的那一點,發現它是空虛的。我自己的軟弱壓迫著我。不再有他去對抗這些。

「看,那藍色聖母流下眼淚。這是我的葬禮。我們沒有儀式,只有私下唱著輓歌,沒有蓋棺論定,只有強烈的感覺,而每種感覺都是獨立的。沒有任何說過的話符合我們的情況。我們坐在國家畫廊的義大利室撿拾碎片。我懷疑提香[32]是否曾經感受到這隻老鼠的啃噬,畫家過的生活是有紀律的投入,在一個筆畫上加上另一筆。但他們不像詩人是替罪羔羊;他們並未被綁在岩石上。因此有著靜默和崇高無上。但那深紅必定在提香的喉嚨中燃燒過。他無疑地曾用那隻大手舉起羊角,然後墜落下沉。但靜默重壓著我——那永遠懇求的眼睛。壓力是間歇的、被悶住的。我分辨得太少、太模糊。鈴響了,而我

並未按鈴或發出喧鬧,一切都發出刺耳聲音。我被某種華麗狂亂地引逗著;深紅皺褶在綠色襯墊之上;廊柱的行進;橘色燈光在橄欖樹黑暗隆起的耳朵之後。感官的箭從我的脊椎射出,但毫無順序。

「但某些東西加入我的解釋。某些深深埋葬的東西。有一刻我想要去捕捉它。但埋葬它,埋葬它;讓它生長,在我內心深處隱藏著,某一日結成果實。在長長一生之後,在某個受到啟示的時刻,我也許會用手鬆散地覆蓋它,但現在那個想法在我手中破碎。在一次中想法破碎了一千遍,將自身完全團團住。想法破碎;落在我身上。『線條和顏色存活著,因此……』

「我在打呵欠。我充溢著感覺。這壓力和這長長的時間——二十五分鐘,半個小時——我獨自一人在這個機器之外,讓我筋疲力竭。我變得麻木;我變得僵硬。我應該如何才能突破這破壞我同情心名聲的麻木呢?還有其他人在受苦——許多無數的人受著苦。奈弗受著苦。他愛著帕希瓦。但我再也無法忍受極端;我要有人可以一起打呵欠、一起記起帕希瓦如何搖著頭的人;一個帕希瓦能自在地在一起和喜歡在一起

---

32 提香(Titian, 1488/90-1576),義大利文藝復興時期畫家。

的人（並非他所愛的蘇珊，而是吉妮）。在她的房間裡我可以告解。我可以問，帕希瓦是否告訴弓你，那天當他要我去漢普頓廣場時，我如何拒絕他？這些是在半夜時分，讓我驚醒憤怒跳起的想法——那些可以讓一個人在世上所有市場剃光頭自我懲罰的罪行；因為那天我沒有去漢普頓廣場。

「但現在我要生命圍繞著我，還有書本和小小裝飾品，以及平常商販叫賣的聲音，讓累極的我將頭靠在枕上，讓獲得啟示的我閉上眼睛。然後我將直接下樓，招來第一部計程車往吉妮駛去。」

「那是水坑，」蘿達說：「而我無法跳過。我聽到巨大磨石在我頭上一英吋之內迅速旋轉。它所形成的風對著我的臉咆哮。我無法觸摸到任何可察覺的生命形式。除非我能伸手觸摸到堅硬之物，否則我將永遠被吹落在永恆車廂之外。那時，我能觸碰什麼？是磚頭，是石頭？我如何能讓自己穿越巨大鴻溝，安全地進入我的身體？

「現在影子落下，紫色燈光往下傾斜。那穿著美服的人物現在裹著廢墟。當他們說喜愛他在樓梯上的聲音和他的舊鞋，以及和他在一起的時光時，我告訴了他們。而那曾站在陡峭山丘下樹叢中的人物，現在傾倒化為廢墟。

「現在我將沿著牛頓街走，想像一個被閃電分裂的世界；我將看著橡樹開著花的嫩

枝斷裂而呈紅色。我將去牛津街為一個宴會買絲襪。我將會在閃電之下做日常之事。在空曠之地我將摘下的紫羅蘭綁起來，送給帕希瓦，一個我送他的東西。看，現在帕希瓦給了我什麼。現在帕希瓦死了，我看著街道。房子地基極淺，只需一口氣就可被吹起。車輛莽撞不規律競速咆哮著，像巨大警犬般追捕我們至死。我獨自一人在這敵意的世界。人類臉孔醜惡可怖。這是我喜歡的。我要宣傳和暴力，我要像小石頭般被擲在巨大岩石上。我喜歡工廠煙囪和吊車和載貨卡車。我喜歡經過的臉孔和臉孔和臉孔，變形，漠不關心。我厭惡了美麗；我厭惡隱私。我行經凶險水域，即將沉沒無人可救。

「帕希瓦的死亡送給我這項禮物，揭露了這種恐懼，讓我經歷這種羞辱——許多臉孔和許多臉孔，就像由做粗活的男工所端出湯盤；粗魯、貪婪、隨意；帶著垂下的包裹看著商店櫥窗；色瞇瞇、魯莽、毀壞一切，甚至我們的愛被他們骯髒手指所碰觸後不再純潔。

「這是賣絲襪的店鋪。我可以相信美將再次流動。它的低語從通道中鑽出，穿透這些蕾絲，在彩色絲帶的籃子間呼吸。在咆哮的中心滑動著那許多溫暖小空洞；在靜默的小室中我們可以逃蔽在美的羽翼下，躲避我所希望的事實。當一個女孩無聲地打開一個抽屜，痛苦懸掛著。然後，她說話了；她的聲音驚醒我。我在海草之間奮力往底部游，

當她說話時，我看到了羨慕、嫉妒、痛恨和惡毒，像在沙上的螃蟹急促逃逸。這些是我們的同伴。我會付了帳，拿走我的包裹。

「這是牛津街。這是我們的同伴。想想我們一起坐著、吃飯、有著憤恨、嫉妒、匆忙、漠不關心冒出泡沫形成生命狂野的外貌。我想到路易，讀著晚報上的運動專欄；一個勢利的人。看著經過的人們，他說，如果我們願意跟隨他，他將帶領我們。如果我們順服，他將讓我們進入秩序。因此他將撫平帕希瓦之死帶來的傷痛，直到他滿意為止，他注視著調味瓶，穿過房舍看向天空。在此時，伯納將笨拙移動著紅眼睛看著某張有把手的椅子。他會拿出筆記本，在 D 下面寫上『朋友死去時可用的句子』。吉妮用腳指尖旋轉穿過房間，她會停在他椅子的扶手上，然後問著『他愛過我嗎？』『是否比他愛蘇珊多些？』已經跟鄉村農夫訂婚的蘇珊，奈弗，正拿著一個盤子，她會拿著電報站一秒鐘；然後她的鞋跟踢了一下，將爐門摔上。『誰經過了窗戶？』——『真是個可愛的男孩？』戶，他會透過眼淚瞪著窗戶，他會透過眼淚看著，然後問著⋯『這是我對帕希瓦的致敬；枯萎的紫羅蘭，黑掉的紫羅蘭。』

「我將往何處？到某個博物館，戒指被放在玻璃櫃中，有著陳列櫃和皇后衣服？或者我該去漢普頓廣場，看著紅牆和廣場庭園成群的榆樹，在草地上花朵間形成對

稱的黑色金字塔?我是否能在那裡找回美感,將秩序加諸於我放蕩、散亂的靈魂?但在孤寂中我能如何?獨自一人,我應站在空曠草地上,然後說出鳥飛翔;有個人帶著一個袋子經過;園丁推著推車。我將站在一排隊伍中聞著汗味以及和如同汗味一般可怕的味道;然後像一張肉片在其他肉片之間,和其他人們一起吊掛著。

「這是個付錢就可進入的音樂廳,坐在炎熱午後吃完午飯想睡的人們之間聽著音樂。我們吃下的牛肉和布丁量多的可以維持一個星期不需進食。因此我們像蛆群聚在某個載著我們的東西背後。高雅、肥胖──我們在帽子下白髮起伏;纖細鞋子;小袋子;;刮乾淨的臉頰;軍人的鬍鬚不時出現;我們的黑西裝上不容許有一粒沙子。搖擺著身體打開節目單,一、兩句招呼朋友的問候,我們坐下,像被困在岩石上的海象,沉重身體無法滑向海水,希望有道海浪能舉起我們,但我們太重,我們和大海之間隔著太多的乾燥圓石。我們躺著塞滿了食物,在熱浪中呆鈍著。然後,一個腫脹和穿著滑溜緞子的海綠女人進來拯救我們。她緊咬著嘴唇,營造緊張氣氛,將自己灌氣,然後在最適當的那一刻將自己射出,彷彿她看到一個蘋果,樹心是溫暖的;聲音在樹幹中顫抖。『啊!』一個女人對愛人叫著,靠在她在威尼斯的窗戶。『啊!啊!』她叫著,然後她又叫著『啊!』

「斧頭砍到樹中心將樹砍裂,樹心是溫暖的;聲音在樹幹中顫抖。『啊!』一個女人對愛人叫著,靠在她在威尼斯的窗戶。『啊!啊!』她叫著,然後她又叫著『啊!』

她給我們一聲叫聲。但只有一聲叫聲。而叫聲是什麼呢？然後那甲蟲形狀的男人帶著他們的小提琴進來；等待；數著；點頭；放下他們的弓。然後有著漣漪和笑聲，像是橄欖樹和無數灰色橄欖葉在跳著的舞，一個水手在唇間咬著樹枝，在陡峭山丘下降之處的許多岩層中，他跳上海岸。

「『相似』與『相似』與『相似』——但事物外表下的東西到底是什麼？現在閃電擊中那棵樹、帶著花的樹枝落下，帕希瓦，因為他的死亡給了我這份禮物，讓我看見那東西。這是正方形；這是長方形。拉小提琴的人拿起正方形放在長方形之上。他們非常準確地放著；他們製造一個完美的居住空間。極少被留下。現在可以清楚看到結構；半成形的現在被呈現；我們並非如此不同或如此不堪；我們製作了長方形，將它們放在正方形之上。這是我們的勝利；這是我們的安慰。

「這個內容的甜蜜溢出流下我心中的牆，並且釋出理解。不再流浪，我說；這是盡頭。長方形已經放在正方形之上。螺旋形在最上面。我們被拖拉過圓石，來到海邊。演奏者又進來了。但他們在抹著臉。他們不再修飾整潔、心情愉快。我將放棄。我將離開。我將去格林威治。我將自己無懼地投向電車、投向公車。當我們利京街上搖擺而行時，我被拋向這個女人、拋向這個男人，我並未受傷，我並未因衝

撞而發怒。一個正方形在一個長方形之上。這是有著惡意的街道，街上市場的討價還價持續著，各種的鐵棍、螺絲帽、螺絲釘排列著，人們在由人行道上擠過來，用厚厚手指招著肉。那結構明顯可見。我們製造了一個居住的地方。

「這些花是長在田野野草之中，經母牛踐踏、風吹雨淋、幾乎變形，沒有果實或花朵的田野。這是我帶來的，從牛津街人行道上連根拔起，我的一小束、我的一小束紫羅蘭。現在從電車窗戶往外看，我看到煙囪之間有船桅；那裡是河；有著駛向印度的船。我將沿著河走。我將在堤防止漫步，看著船隨著海潮快速前進。一個女人甲板上走著，有隻狗繞著她叫。她的裙被上漫步；她的髮被吹起；他們向著海洋駛去；他們正離開我們；他們消逝在這夏日夜晚中。現在我要放開。現在我終於將釋放那被猛然抽回、希望被用盡被耗損的慾望。我們將一起在沙丘上奔馳，燕子在此將翅膀在黑暗池水中輕點著，柱子群立著。在撞擊海岸的海浪中，在往地球盡頭角落拋出白色泡沫的海浪中，我擲出我的紫羅蘭，我給帕希瓦的獻禮。」

太陽不再站在天空中央。它的光線傾斜,以斜角度落下。陽光捕捉到一朵雲的邊緣,將雲朵燃燒成一片光,一個燃燒的島嶼,沒有任何人的腳可以停歇。然後另一朵雲被陽光所捕捉,之後一朵又一朵,因此下方海浪被帶著火羽箭頭的光箭射中,無定向地穿透那顫抖的藍。

那棵樹最頂端的樹葉在太陽下變得焦脆。在時而出現的微風中僵硬地簌簌作響。群鳥定定坐著,只有頭部敏銳左右轉動著。現在牠們停止唱歌,彷彿被過多的聲音所撐滿,彷彿正午的豐饒讓它們撐得太飽。蜻蜓紋風不動地棲息於一根蘆葦上,然後藍色翅膀在空氣中振動。遠方遙遠的嗯聲似乎由地平線端纖細翅膀上下舞動生成的斷續顫動所形成。河水現在穩穩挺著蘆葦,彷彿玻璃在其周圍硬化了;然後玻璃搖晃、蘆葦往下飄溫。牛群沉思著,頭部深埋,站在田野中,笨重地移動一隻腳然後另一隻腳。在靠近屋子的水桶,水龍頭停止滴水,彷彿那水桶已滿,之後水龍頭一滴、兩滴、三滴連續滴落。

窗戶呈現無定向燃燒火光的光點,樹枝的接點,以及某些純粹清明的寧靜空間。百

葉窗火紅地掛在窗戶邊緣，在房間裡，光之刀落在桌椅上，在光滑的亮漆平面形成細縫。那把綠壺變得極度隆起，白色窗戶在其旁變得修長。陽光驅逐黑暗，然後大量灑在角落和浮飾上；將黑暗堆積成一墩墩未成形的形狀。

海浪聚集，拱起它們的背，然後砰然落下。噴出石塊和卵石。海浪掃過岩石周圍，然後浪花高高跳起，拍打著一個曾經乾枯洞穴的岩壁，在內陸留下水池，當海浪退去，一條魚擱淺在水池中，擺動著魚尾。

「我簽了我的名字，」路易說：「簽二十次了。我，又是我，然後又是我。清楚、堅定、無可置疑，我的名字在那裡。我也一樣清楚、毫無懷疑。我已經活了數千年。我像一隻蟲在一塊非常老舊的橡木樑中啃食著，直到穿透。但現在我是緊實的；現在在這美好清晨我是神智清楚的。

「太陽從明朗天空中照耀著。但十二點既沒有帶來雨也沒有帶來陽光。這是強森小姐將我的信放在鐵線盤上送給我的時刻。我在這些白色信紙上簽上我的名字。樹葉低語、水流入溝渠、綠草深蔭點綴著天竺牡丹或百日菊；我，現在是一位公爵，現在是柏拉圖，蘇格拉底的夥伴；現在是從東、西、南、北移民至此的黑皮膚、黃皮膚流浪漢；如同她們曾經頂著水壺走向尼羅河；我許多層疊的生活中捲起、緊密包裹的樹葉現在加總成我的名字；被清晰銘刻在書頁上。我現在是一個完全長成的男人；在陽光或雨中挺直站立著，我必須如一柄短斧般重重落下，用全部重量砍入橡樹，如果偏差，往這邊或那邊瞄，我將如雪般滑落而全然無用。

「我半愛戀著打字機和電話。我藉著信函與電話線在打到巴黎、柏林、紐約電話中發出簡短而有禮的命令，我將我的許多生命融合為一；我的勤勉和決定讓我得以贏得在

地圖上畫的那些線，將世界不同部分藉此連結在一起。我喜歡在十點準時進入我的房間；我愛深色桃心木的紫色光亮；我愛那張桌子和它尖銳的邊緣；還有開關順暢的抽屜。我愛電話，它的唇伸展向著我的低語，和牆上的日期；定約會的本子。四點是普瑞提斯先生；四點三十分整是艾爾斯先生。

「我喜歡被請到布夏先生的辦公室，報告我們對中國的承諾。我希望繼承一張有扶手的椅子和土耳其地毯。我的肩膀就如輪子，我讓前方的黑暗滾動，在世界遙遠地區的混亂之中散播商業。如果我繼續向前，在混沌中創造秩序，我將發現自己站在凱森，還有比特、柏克或羅伯特‧皮爾爵士[33]站的地方。因此我抹去一些髒污、擦拭老舊的玷污；那個給我聖誕樹頂旗子的女人、我的口音、打架和其他的折磨、吹牛的男孩們、我的父親，布里斯班的銀行家。

「我在一間小餐廳讀著我的詩人，攪拌著我的咖啡，聽著店員在小桌旁打賭，看著女人在櫃檯旁遲疑。我說沒有事情是不相關的——像一張棕色的紙不經意地掉在地板上。我說他們的旅程應該看得到一個結束；他們應該每週賺兩鎊十便士服從威嚴主人的

[33] 凱森（Chatham）、比特（Pitt）、柏克（Burke）羅伯特‧皮爾爵士（Sir Robert Peel）為歷任英國首相。

命令；一隻手、一件長袍應該在晚上覆蓋我們，他們不需要找理由或道歉，兩者皆浪費我們的力氣，當街道和小餐廳在困難時刻跌倒而失去的、在布滿石頭的海灘時破碎的，我應該還給他們。我應該收集一些字，然後在我們周圍捶出一個鋼鐵打的鐵圈。

「但現在我沒有一刻可得閒。沒有暫時的休憩，沒有顫抖樹葉形成的陰影，或可逃避太陽的涼亭，在夜晚的涼意中和一個愛人坐下。世界的重量在我們的肩膀上；它的視野是透過我們的眼睛；如果我們眨眼或往旁處看，或回頭指著柏拉圖說的話或記起拿破崙和他的征服，我們將這些傾斜所造成的傷害加諸於世界。這是人生，普瑞提斯先生是四點，艾爾斯先生是四點三十分。我喜歡聽電梯輕柔急促的聲音和停在我樓層的重擊，以及男性沉重、有責任感的腳踏著步沿走廊而去。由於我們共同的努力，我們將船送到世界最遙遠的地區；滿載著抽水馬桶和健身房。世界的重量在我們的肩膀上。這就是人生。如果我繼續往前衝，我將繼承一張椅子和一張地毯；在索立郡34擁有許多玻璃房子，讓其他商人羨慕的稀有針葉松、甜瓜或開花的樹。

「但我仍保有閣樓的房間。我在那裡打開一本尋常小書；看著雨在瓷磚上閃耀，直到像警察的防水衣般閃亮；我在那裡看到窮人房子的破窗戶；許多精瘦的貓；一個妓女

斜瞥著有裂縫的鏡子，整理著臉迎向街角；蘿達有時會來。因為我們是愛人。

「帕希瓦已經死了（他死在埃及；他死在希臘；所有的死亡都是一個死亡）。蘇珊有了孩子；奈弗急速衝向展露頭角的高處。生命過往。我們房屋上的雲持續改變著。我做這件事，我做那件事，然後再做這件事，然後又再做那件事。見面與分離，我們蒐集不同的形式，製造不同的模式。但如果我不將這些印象釘在板子上，將我心裡的許多人形成一個人；存在於此時此刻，並非以條紋和色塊形成，而是像環繞在遙遠山上的四散積雪；當我走過辦公室時，問著強森小姐關於電影的事或請她幫我拿杯茶，同時拿起我喜歡的餅乾，我將像雪般滑落，而全然無用。

「但當六點到來，我向看門人觸碰帽子，我總是在儀式中流露過多的感情，因為我如此渴望被接受；我掙扎著、逆著風、扣起釦子，我的下巴呈藍色和眼睛流著淚，我希望有個小打字員偎依在我膝上；我想著最喜歡的菜是肝臟和培根；因此我可能往河邊漫步，到狹窄街道上我常去的公共房舍，船的陰影在街底經過，女人在打架，」艾爾斯先生是四點；普瑞提斯先生是四點三十分。短斧必須落在木說，恢復我的理智，

34 索立郡（Surrey），為英格蘭東南部一內陸郡，首府為靠泰晤士河的金斯頓（Kingston）。

塊上；橡樹必須劈開至中心。世界的重量在我肩膀上。這裡有筆和紙；我在鐵絲籃裡的信上簽下我的名字，我，我，然後還是我。」

「夏季來臨，然後冬季，」蘇珊說：「季節過往。梨子將自己填滿然後從樹上掉落。死去樹葉在它邊緣休歇。但蒸氣把窗戶弄得朦朧了。我坐在火旁看著茶壺滾著。我透過窗台上蒸氣的條紋間看著梨樹。

「睡吧，睡吧，我低吟著，不論是夏天或冬天，五月或十月。睡吧，我唱著——我，一個五音不全、不聽音樂的人，我只聽到鄉村味的音樂——狗吠、鐘響或輪子壓在礫石上的嘎吱聲。我在火旁唱著我的歌，像個老蚌殼在海灘上喃喃自語。睡吧，睡吧，我說，用我的聲音嚇走那些讓牛奶罐嘎嘎作響、對著烏鴉開槍、射殺兔子的人，或以任何方式讓毀滅的驚嚇靠近這承載捲伏在粉紅床單中柔軟四肢柳條編成的搖籃。

「我失去我的冷漠、無神的眼睛、我能看到樹根的梨形眼睛。我不再是一月、五月或任何其他季節，而是全部紡成一條細線圍繞著那搖籃，用我自己的血肉裹成一個繭，包裹著我嬰兒的柔嫩四肢。睡吧，我說，感覺在我體內激起更加狂野更黑暗的暴力，因此如果任何入侵者、任何搶劫者闖入這個房間吵醒沉睡者，我用一擊就讓他倒下。

「我整天穿著圍裙和拖鞋在房裡走著，像因癌症死去的母親。不論夏季或冬季，我

不再依著曠野中的草和石南花來知道；只能憑藉著窗戶玻璃上的蒸氣或寒霜。當雲雀吐出一環環高音，然後像一粒蘋果往下掉落時，我俯身；我餵著我的嬰兒。我曾經穿越山毛櫸林，注意到檻鳥落下時羽毛變藍，經過牧羊人和一個流浪漢，他瞪著溝渠裡蹲坐在傾斜車旁的女人，而我現在拿著撢子走過一個又一個房間。睡吧，我說，希望睡眠像一張毯子落下蓋著這些柔弱四肢；要求生命將它的爪子套好，將它的閃電繫好，然後經過，我將自己的身體形成一個洞，一個溫暖的遮蔽讓我的孩子在其中安睡。睡吧，我說，睡吧。或者我來到窗邊，我看著烏鴉在高處的巢；和那棵梨樹起，他的眼睛將看到』我想著。『我將和他的眼睛混合，超越我的身體，然後我將看到印度。他將回家，帶著戰利品放在我的腳下。他將增加我的所有。』

「但我從未在黎明起身，看著包心菜葉上的紫色水珠、玫瑰上的紅色水珠。我不曾看過長毛獵犬的鼻子套在環裡，或在夜晚躺下看著樹葉藏匿星星，群星移動而樹葉仍靜掛著。屠夫在呼叫著，牛奶必須放在陰涼處以免酸掉。

「睡吧，我說，睡吧，當茶壺燒開，它的呼吸愈來愈濃厚，從壺嘴發出一道噴射氣體。生命充滿我的血管。生命灌注於我的四肢。所以我被驅使向前，直到我能夠哭泣，當我由清晨到黃昏移動著打開和關上，『不要再多了。我充滿著自然的喜悅。』但有更

多將來臨,更多孩子;更多搖籃,廚房裡有更多籃子和火腿熟成;還有更多的洋蔥閃耀著;更多的生菜和馬鈴薯菜圃。我像片樹葉被強風吹走;現在在溼草地上翻滾,現在被風吹起迴旋繞著。我充滿著自然的喜悅;有時候當我們坐著看書,當我將線穿過針眼時,我希望我能將那種滿溢傳出去,沉睡中的房子的重量能升起。黑暗窗戶裡的燈點燃了一盞火。一盞火在長春藤中心燃燒。我看到在常青樹林中有一條被照亮的街道。我聽到一陣風往那街道上吹,還有破碎的聲音和笑聲,門打開時,吉妮吶喊『來吧,來吧!』。」

「但並沒有聲音打破房子的靜默,田野在靠近門處嘆息。風從榆樹間席捲而過;一隻母牛低鳴;一絲聲音從屋頂的椽發出,我將線穿過針然後低聲說

「現在時刻到了,」吉妮說:「現在我們見面了,在一起了。現在讓我們說話,讓我們訴說故事。他是誰?她是誰?我是無比的好奇,而不知道將遇到什麼。如果你,我第一次遇見的人,將對我說『巴士四點鐘由皮卡迪利開出。』我將不會停留將幾樣必需品丟入一個箱子,而是立刻就來。

「讓我們坐在這裡,坐在切花下照片旁的沙發上。讓我們用事實以及事實來裝飾我

們的聖誕樹。人們很快就會離開；讓我們追上他們。在櫃子旁的那個人，你說，他生活的周圍都是瓷罐。打破一個就得賠上二千英鎊。他在羅馬愛過一個女孩，而她離開了他。因為那些瓷罐是在客棧中被發現和或是從沙漠中被掘出的老舊廢物。因為美必須日日被打破才能維持其美，而他是靜止的，他的人生被一片瓷海所靜固。奇怪的是；當他年輕時，他坐在潮溼地上和軍人喝著萊姆酒。

「我們必須快速、熟練地加上事實，像將玩具掛在樹上，用手指扭轉將它們固定。他彎腰，他如此地彎腰，甚至彎腰看著一朵杜鵑花。他甚至對老女人彎腰，因為她耳上戴著鑽石，將她的財產打包放在一輛小馬車上，指示著哪些是需要幫助的人，該砍倒哪棵樹，明天誰該出現（這些年來我已經活過了我的人生，我必須告訴你，我現在過了三十歲，像一隻山羊跳過一個個峭壁，冒著危險；我不在任何地方停留太久；我不讓自己執著於一個特定的人；但你將發現如果我舉起手，某個人將立刻離群，出現。）那個人是法官；那個人是百萬富豪；那個戴著眼鏡的人，在十歲時用箭射穿女老師的心臟，之後他和送軍文的軍人騎馬穿越沙漠，參與許多革命，現在為他母親娘家，長駐於諾福克的家族，收集歷史資料。有著藍色下巴的矮男人他的右手萎縮。但是為什麼？我們不知道。那個女人，你謹慎低聲說著，耳朵垂掛著珍珠寶塔，曾經點燃一位政治家生命的火

焰；自從他死後她可以看到鬼魂，他算命，養著一個咖啡膚色她稱為彌賽亞的年輕人。那個有著下垂鬍子像騎兵軍官的男人，曾經過著極度放蕩縱欲的生活（這都寫在某本回憶錄中），直到某一天他在火車上遇到一個陌生人，在艾丁堡和卡力索之間藉著讀聖經讓他成為教徒。

「因此，在幾秒鐘之內，我們靈巧熟練地解讀了寫在其他人臉上的象形文字。這裡，在這個房間裡，有著被擲在海灘上磨損、破舊的貝殼。門持續開著。房間裡充滿著知識、憤怒、各種野心、許多冷漠、一些絕望。你對我說，我們可以蓋教堂、操控政策、譴責他人至死，主導幾個公家部門的事務。經驗的共同基礎是非常深厚。我們可以有十幾個男孩女孩，我們教育著他們，去學校看他們得麻疹，養育他們繼承我們的房子。我們以某種或其他方式製造這一天，這個星期五，有些人去法庭；有些人去都市；有些人去托兒所；有所人行軍排成四路。一百萬隻手在縫紉、用磚斗舉起磚塊。活動是無止盡的。而明天一切將再度開始；明天我們製造星期六。有些人搭火車去法國，其他人乘船去印度。有些人可能在今晚死去。另一個人可能獲得一個孩子。從我們身上每一種建築、政策、冒險、圖書、詩句、孩子、工廠將誕生。生命來；生命去；我們製造生命。你如此說。

「但我們活在一個身體中,以身體的想像來看事物的輪廓。我看到明亮陽光下的岩石。我無法將這些事實帶回某個洞穴中,讓我的眼睛有遮蔭,將它們的黃、藍、棕調色成為一種物質。我無法久坐。我必須跳起離開。長途巴士也許從皮卡迪利離開。我丟下這一切事實——鑽石、萎縮的手、瓷罐和其他的一切——如一隻猴子從赤裸手掌中丟下核果。我無法告訴你生命是這樣還是那樣。我將往外擠入那不同性質的群眾中。我將受風浪打擊;在人群中被拋起、擲下,像海上的一艘船。

「現在我的身體,我的伴侶,總是傳送著它的信號,粗曠的黑色『不』,金色『來吧』,信號以急速奔跑的感官之箭打招呼。有人移動。我是否剛舉起手?我是否看了?我的黃色草莓點圍巾是否揚起、送出信號?他從人牆裡穿越而出。他跟隨著。我被追著穿越森林。一切令人心移神馳,一切屬於夜晚,鸚鵡開始尖叫,聲音穿透樹枝。我的一切感官豎立。現在我感覺到正在推開窗簾纖維的粗糙;現在我感到手掌之下冰冷的鐵欄杆和油漆的浮泡。現在我被游蕩的蛾所貫穿;夜晚黑暗微冷的浪潮在我上方破碎。我們在門之外。夜晚展開。我聞到玫瑰;我聞到紫羅蘭;我看到剛藏匿的紅和藍。現在我的鞋下是礫石;現在是草地。高聳的房子罪惡地亮著燈,全倫敦不安地閃著燈。現在讓我們唱我們的愛之歌——來,來,來。現在我的金色信號像隻蜻

蜓緊張地飛著。監禁，監禁，監禁，我像夜鶯歌唱，旋律擠壓在夜鶯那太過狹窄的喉嚨通道內。現在我聽到樹枝被折斷、扯裂，以及鹿角的斷裂聲，彷彿森林的野獸全都在狩獵，都在荊棘間以後腿站立，往下顛躍著。一枝荊棘刺穿我。一枝荊棘刺入我深處。

「天鵝絨花朵和葉子的冷冽在水中洗刷我，覆蓋我，以香氣塗滿我。」

「為什麼，」奈弗說：「要看著那鐘在壁爐上方滴答跳著？時間消逝，是的。而我們變老。但和你坐在一起，獨自和你在倫敦，在這壁火燃燒的房間，你在那，我在這，就是一切。世界搶奪至最終的目的，到達極高處，鮮花被剝奪收集著，無法再掌握。落在你靴子的鞋尖，讓你的窗簾上金線映著火光忽上忽下。火光圈繞著水果讓其垂萎。我想靠著牆的那些；是書，那是窗簾，那也許是張扶手椅。但當你來時一切改變了。那是無可懷疑的，我想著，將報紙推到旁邊，我們微小的生命雖然毫不起眼，只有在愛的眼神下才會有光芒和意義。

「我起身。用完早餐。我們有著一整天在眼前，既然天氣美好、溫和、沒有等著要完成什麼事，我們走過公園來到河堤，沿著史崔德街到聖保羅教堂，然後到我買傘的店，我們一直說著話，偶爾停下觀看。但這能持續嗎？在崔法加廣場的一隻獅子旁，在

看過一次就永遠記得的那隻獅子旁,我對自己說;——因此我再度拜訪我過去的生命,一幕接著一幕;那裡有一棵榆樹,帕希瓦躺在那。永遠永遠,我發誓。然後因尋常懷疑而分開。我抓著你的手。往下到火車站的路像是死亡。我坐著瞪視自己的房間。五點時,我們被那些臉孔和那似乎呼嘯吹過沙漠石頭的狂風所割開。我們被我明白了你是沒有信心。我拿起電話,鈴、鈴、鈴,那愚笨的聲音在你空洞的房間撞擊著我的心,當門打開,你站在那。那是我們最完美的見面。但這些見面、這些別離,終於毀滅我們。

「現在這房間對我來說是中心,從永恆夜晚所舀出來的。在這之外,絲線扭曲交纏,但我們周圍,絲線將我們包裹。在這裡我們是中心。這裡我們可以靜默,或不提高聲音說著話。你注意到那個還有那個嗎?我們說。他說那個,代表著⋯⋯她猶豫著,而我帶著疑惑相信。我聽到聲音,深夜在樓梯上的低泣。那是他們關係的結束。如此我們在周圍無止盡紡著細線而建構一個系統。柏拉圖和莎士比亞被納入,還不知名的人,完全不重要的人。我痛恨在背心左側戴著十字架的男人。我痛恨儀式和哀悼和悲傷的耶穌在另一個顫抖悲傷的人物旁顫抖著。還有壯觀儀式和冷漠和強調,總是在錯誤的地方,人們穿著整套晚禮服、戴著星星和裝飾品,在水晶燈下往前移動。然

而，有些二人散落在樹籬中，或者在冬日平坦曠野落日中，兩手叉著腰，帶著一個袋坐在公車上——那些我們指著要別人看的可以減輕許多痛苦。然後不要說話。跟隨心靈的黑暗小徑進入過去，拜訪書本，撥開那些樹枝和摘下一些果實。然後你拿著果實讚嘆，就像我看著你身體不經意地移動，讚嘆它的自在、力量——你如何猛然開窗，靈巧善用你的手。因為啊！我的心有些受阻，很快就會疲累；我溼透落下，也許令人厭惡的，落在目標上。

「唉！我不能在印度戴著遮陽帽騎著馬，然後回到四周有著寬大走廊圍繞的平房[35]。我無法像你一般翻滾，像在一艘船甲板上的半裸男孩，用水管彼此噴水。我需要這爐火，我需要這張椅子。我要在一天的追逐和一切憤怒、傾聽、等待、懷疑之後，有人坐在身旁。在爭吵和和解之後，我需要隱私——單獨與你相處，讓嘈雜回復秩序。因為我的習慣像貓般整潔。我們必須反抗這個世界的浪費和畸形，群眾如漩渦旋轉著嘔吐和踐踏蹂躪。我們必須將裁紙刀滑入，平整精確地劃過小說的書頁，將信用綠絲帶整齊網成一疊疊，還有用掃火爐的掃帚刷清煤爐。必須做到這一切，才能對抗對畸形的恐懼。讓我們閱讀羅馬作家的嚴肅和美德；讓我們在沙中尋求完美。是的，但我喜愛將尊貴羅馬人的美德和嚴肅呈現在你眼睛的灰色光芒下，還有舞動的綠草、夏日微風和玩耍

男孩的笑聲叫聲——甲板上裸身在船艙服務的男孩，用水管彼此噴著水。因此我不是個了無生趣的追尋者，像路易，在沙中尋求完美。色彩總是弄髒書頁；雲朵在其上飄過。還有詩，我想，只是你說話的聲音。亞西比德、埃阿斯、海克特和帕希瓦也都是你[36]。而在我缺乏的許多他們喜歡騎馬，他們任性地以生命冒險，他們並不是偉大的讀者。但你不是埃阿斯或帕希瓦。他們並沒有用你精準的姿勢擠壓著鼻子或搔著前額。你是你。而在我缺乏的許多東西——我的醜陋、我的軟弱——還有世界的墮落、青春的飛逝和帕希瓦的死亡，在這無數的痛苦、積怨、嫉妒中，這是讓我覺得安慰的地方。

「但如果有一天，你在早餐後沒有出現，如果電話在你空蕩的房間響著響著，在我無法以言語形容的怒氣之後，我將——因為人心的愚昧是無止境的——那時我將尋找另一個，找到另一個，你，同時，讓我們用一拳報廢滴答響著時間的時鐘。靠近點。」

35 亞西比德（Alcibiades, 450-404 B.C.），古希臘雅典政客和將領；埃阿斯（Ajax），為特洛伊圍城戰中的希臘英雄，僅次於阿基里斯；海克特（Hector），為在特洛伊戰爭中為阿基里斯所殺的英雄。

36 bungalow，指印度四周圍繞著大走廊的平房。

太陽現在已於天際沉得更低。雲的島嶼密度增加，經過太陽時，讓岩石突然變黑，顫抖的海冬青由藍色轉為銀色，陰影被吹拂著，像塊灰色布料覆蓋著大海。海浪不再拜訪遠方水池或在海灘上留下不規則的點點黑線。沙是珍珠白，平滑閃著亮光。

鳥兒在空中高飛圍繞突襲。一些鳥在風的跑道上競跑，上下翻滾穿透跑道，彷彿跑道是一個身體，被切成一千條碎片。群鳥如一張網般落下，停在樹梢。一隻鳥獨自飛著，拍著翅膀往濕地去，獨自坐在白木椿上，打開翅膀又闔起。

花園裡一些花瓣掉落。像貝殼形狀般躺在地上。同樣的，光浪以突然的飄動和閃亮照透所有花朵，彷彿一道魚鰭劃過湖水綠色玻璃般的湖面。現在一陣強風再度吹起，枯死樹葉不再站在枝頭頂端，已被吹落，一下奔跑、一下停歇在一些花莖上。群花在陽光中燃燒著明亮花盤，當風搖下搖動，當風轉弱，每片樹葉再度恢復原狀。群花在陽光中燃燒著明亮花盤，當風搖盪，隨著陽光拋動，一些花朵頭部過重無法再度抬起而些微下垂。

午後陽光溫暖田野，將藍色傾入陰影中讓玉米變紅。在田野上塗上一層深深如漆般的油。一輛馬車、一四馬、一群烏鴉──在其中移動的全被陽光塗滾上金色，如果母牛

移動一條腿,會震動起紅金色漣漪,牛角似乎閃著亮光。一輛低矮簡陋的破舊舊馬車由草地上駛來,拋出一束有著淡黃鬚的玉米,掛在樹籬上。現在飛過村落,灑下網捕捉住一整個村落,然後經過,永不縮減,保有其圓潤的每個分子。在遙遠的地平線,在千萬顆藍灰塵埃中一扇窗戶燃燒著,或聚集在一個尖塔或一棵樹拉成的一條直線上。

紅窗簾和白百葉窗被吹起吹落,拍打著窗戶邊緣,在拍打縫隙之間,光不均勻地照入帶著些微棕色,當陣陣狂風吹透飛起的窗簾時,留下些遺棄物,將櫥櫃變棕、將一張椅子變紅,讓窗戶在綠罐旁波動。

一切在這一刻搖曳著,陷於不確定與模糊中,彷彿一隻巨蛾飛航穿越房間,以牠漂浮的翅膀在穩定巨大的桌椅上投下陰影。

「時間，」伯納說：「讓它的水珠滴落。在我心靈時間的屋頂凝結，讓它的水珠滴落。上週，當我站著刮鬍子，那水珠滴落。我站著，手上拿著刮鬍刀，猛然發覺那動作順其自然。（這是那水珠凝結之時）然後恭喜我的雙手，還諷刺地維持這個動作。刮吧，刮吧，刮吧。繼續刮吧。那水珠滴落。那天在工作時、在休息時，我的心一片空白，說著：『我遺失了什麼？我沒了什麼？』還有『一了百了』，我喃喃自語。『一了百了』，說著：『我遺失了什麼？我沒了什麼？』還有『一了百了』，用語言來安慰我自己。人們注意到我茫然的臉孔，和漫無頭緒的對話。句子的字尾囁囁嚅嚅。當我扣起外套回家時，我以更誇張的方式說出『我失去了我的青春。』」

「奇怪的是，在每個危機時，都有一個不合適的句子堅持前來救援──那是帶著一本筆記本，活在古老文明中的懲罰。這滴落的水滴和我失去的青春毫無關係。那滴落的水滴是時間逐漸變尖為一個點。時間，是陽光燦爛草地上有著一道舞動的陽光投射，時間，逐漸變尖成為一個點。時間落下，如同一個水滴夾著沉澱物從玻璃上重重地滴落。這些是真實的循環。這些是真實的事件。時間落下，如同一個水滴夾著沉澱物從玻璃上重重地滴落。這些是真實的循環。這些是真實的事件。時間落下。我看到習慣所遮蓋的東西。我看到光禿底部。我看到習慣所遮蓋的東西。我出去吃飯，然後像隻鱈魚般打呵欠。我無意將句子說完，無精打采地躺在床上數日。

我通常不準確的動作,有著一種機械式的精準。在這時刻,我經過一個辦公室,我進去,然後以一種機器人的沉穩態度買了一張往羅馬的票。

「現在我坐在花園中的石頭上,環顧這永恆的城市,那個五天之前在倫敦刮著鬍子的小男人,現在已經看來像一捲入一堆舊衣服。倫敦也已經崩塌。由傾倒的工廠和一些煤氣表所組成的倫敦。同時我並未捲入這場典禮。我看著圍著紫色腰帶的神父和如畫中人物的女看護;我只注意到外表。我像個在療養的病人,一個非常單純、只知道單音節單字的人。『太陽很熱』我說,『風很冷。』我感覺自己像隻在地球頂端的昆蟲被轉著,我可以發誓,我坐在這可以感覺到地球的堅硬和轉動的動作。我沒有想往地球相反的方向轉。如果我能延長這種感覺六英吋,我有預感我將觸碰到某些怪異的領域。但我有個極有限的長嘴。我不喜歡延長這種疏離的狀態;我不喜歡這些疏離的狀態。我希望能被套在一輛馬車上,一輛拉蔬菜的馬車在石頭上叮噹作響。

「事實是我不是那種可以在一個人身上或在永恆中找到滿足的人。私人的房間讓我無聊,還有天空也是。只有當我的所有面象呈現於許多人之前時,我的自我才會發亮。讓那許多人失望而我滿是空洞,像燃燒過的紙般縮小。哦,墨法太太,墨法太太,我

說，來把一切掃乾淨吧。東西從我身上掉落。我失去了朋友，有些被死亡帶走——帕希瓦——有些因為沒有能力穿越街道。我不像看起來那麼有天份，我一度曾經被認為有天分，但並非如此。一些事物在我的範圍之外。我將永遠無法理解哲學中較困難的問題。羅馬是我旅行的極限。當我晚上想睡時，有時突然悲痛地想起，我將永遠無法看到大溪地野蠻人在閃亮號燈光線下叉魚、獅子在叢林中躍起、裸體男人吃著生肉。我也不會學習俄文或吠陀經[37]，我將永遠不會在走路時撞到郵筒（但從那腦震盪的暴力中，仍有幾顆星星很美地劃過我的夜晚）。但當我正在想時，真實更加靠近。』當我讓自己關在門閂裡面，我將經歷那熟悉的儀式，將自己包裹在那些溫暖的覆蓋中。現在那可愛的面紗滑落。我不要擁有物品（注意：一個義大利洗衣婦肢體的高雅和一位英國公爵女兒是同等的）。

「但讓我思考。那水滴落下；另一個階段達成了。一個階段又一個階段。為什麼階段要有結束呢？它們將領向何處？會有什麼結論呢？因為它們穿著嚴肅的袍子而來。在這些進退兩難中，虔誠教徒詢問那些繫著紫羅蘭色腰帶和看來性感的紳士，他們正成群結隊經過我。但至於我們自己，我們痛恨老師。讓一個人起來說『看，這是真實』，我

立刻感覺到在背景有隻淺棕色的貓正在偷一片魚肉。看,你忘了那隻貓,我說。因此在學校幽暗小教堂裡,奈弗看到博士的十字架而發怒。我,一個總是分心的人,不論是一隻貓或一隻蜜蜂圍繞著翰普丹夫人往鼻子壓的花束嗡嗡響著,我立刻編出一個故事,好塗去十字架上的天使。我編造過成千上萬的故事;我在無數的筆記本寫滿了句子,以便我找到真正的故事時可以使用,一個所有這些句子所說出的故事。但我尚未找到那個故事。而我開始問著,真的有故事嗎?

「現在從這陽台看著下方擁擠的人潮。看那一般的活動和喧鬧。那個男人叫不動他的騾子。六個無所事事的好心人提供協助。其他經過的人連看都不看一眼。他們有著許多興趣,如同一束線團中有著許多線。看那萬里晴空,有著圓圓白雲飄過。想像一望無際的平坦土地、羅馬時期的人工水道和破碎的步道以及坎帕尼亞的墓碑,坎帕尼亞之外是海,然後是更多的陸地,然後又是海。我可以用所有方式打斷任何細節——例如那

37 吠陀經(Vedas),印度最古老的宗教文獻和文學作品的總稱,吠陀本集共四部,為印度婆羅門教最古經典。

38 人工水道(aqueduct),指用石頭或磚造成而高於周圍陸地者。

驟車——然後以極其自在的方式來形容。但為何要形容一個和驟子有麻煩的男人呢?其次,我可以發想關於那個女孩走上階梯的故事。『她在拱門下暗處和他見面⋯⋯』『一切結束了,』他說,從掛著瓷鸚鵡的籠子旁轉身。或者只是,『那就是一切』。但為何要強加上我刻意的設計呢?為何要強調這個,讓那個形成,然後扭轉些小人物,像街上人家放在盤子中賣的玩具一樣呢?為何從一切中選擇那一個細節呢?

「我在這裡蛻去我生命中的一層皮,他們只會說『伯納在羅馬度過十天』,我在這台階獨自上上下下走著,毫無方向。但在我走路時,觀察到逗點和破折號是如何開始的,當我走上那些階梯時,將它們連接成為連續的線,事物如何失去過單個別的身分。那個大紅壺現在是一陣黃綠海浪中的一絲紅條。世界開始移動,經過我,像火車開始移動時如堤防般的樹籬,一物的行列、似乎無法避免地樹將出現、然後電報桿、然後樹籬的間斷,加入這一物跟隨另一物的行列、似乎無法避免地樹將出現、然後電報桿、然後樹籬的間斷。當我移動時,我希望將這些泡泡從我腦袋中被包圍著、被納入、開始參與,那尋常的句子開始冒出,他的後腦杓似乎有些熟悉。我們曾一起上學。無疑地我們將見面。我們將一起用午餐。我們將講話。但等等,等一下。

「不可輕視這些逃脫的時刻。它們太少來臨。大溪地成為可能。傾靠在這扶牆上我

看到遠處有一片汪洋。一道魚鰭在旋轉。這視覺印象並未與任何一條思維連接，它跳躍而出，如同在地平線上看到鼠海豚的鰭。視覺印象通常溝通著簡短的陳述，我們將及時挖掘勸誘形成文字。因此，我在F下寫著，『在一片淒靜汪洋中的鰭』，我永遠在內心邊緣為了最後的陳述寫著筆記，寫下這一條，等待一個冬日的夜晚。

「現在我將離開，到某處吃午餐，我將舉起杯子，我將以多於平日的疏離觀察著，當一個漂亮女人進入餐廳，進入房間在桌子之間走著，我將對自己說，『看她由一片汪洋中過來』。一個毫無意義的觀察，但對我而言，她是嚴肅，如石板般灰色，帶著正陷於毀滅中的世界和海洋致命聲音。

「因此，伯納（我想起你，你是我公司中的常見夥伴），讓我們開始這新的一章，觀察這新的、未知的、奇特的形成，還有無法辨認與令人恐懼的經驗——那新的水滴——即將成形。拉朋是那個人的名字。」

「在這炎熱午後，」蘇珊說：「在這花園裡、我和兒子走著的田野中，我達到慾望的高峰。大門的門鎖鏽了；他用力拉開。童年的狂野熱情，當吉妮吻路易時我在花園裡

39 屋頂、天花板、地板或戲院舞台上的活動門。

的淚水、我在學校教室的憤怒,那聞起來像松木、我在國外的孤獨,當騾子過來尖銳蹄子清脆作響、義大利女人在水池旁喧嘩,披著圍巾,髮裡夾著康乃馨,這些可以安全、財產、熟悉作為回報。我曾經有過平順、具生產力的歲月。我擁有我所見的一切。我播下的種子現在已經成樹。我作了池塘,現在有著金魚躲在寬大蓮葉下。我為草莓田和生菜田鋪上網,將梨子和梅子縫上白袋以免受胡蜂之螫。我看著我的兒女,曾經他們睡在嬰兒床上,像水果被網覆著,現在比我還高,穿過羅網和我一起走著,在草上投下陰影。

「我像一棵我自己種的樹,被圍在籬笆之內,種植在這裡。我說『我的兒子』,我說『我的女兒』,甚至五金行老闆也從散著釘子、油漆、鐵絲網的櫃檯抬起頭看,對門旁有著捕蝶網、墊子和蜂窩的破爛車子表示敬意。我們聖誕節在鐘上掛槲寄生,秤著黑莓和洋菇,數著果醬罐,年復一年靠著客廳的窗板量身高。我也為死者作白色花圈,繞上銀葉植物,附上我的卡片為死去的牧羊人哀悼,同情去世車夫的妻子;坐在瀕臨死亡女人的床旁,她們緊握著我的手,低聲說出最後的懼怕;我時常進入令人無法忍受的房間,除了像我這種出生的人,自小就熟悉農場和糞堆和母雞四處遊蕩,和身為一個有兩個房間、正在長大小孩的母親。我見過窗戶布滿熱氣。我聞過水槽所散發的味道。

「我現在拿著剪刀站在我種的花之間,問著,陰影可以從哪裡進來?哪種驚嚇可以

擾亂我辛勤收集、極其刻意的低調生活？但有時我會厭惡極為自然的快樂、水果生長、孩子在屋子裡亂放船槳、槍、骷髏頭、當作獎品的書和其他戰利品。我討厭這個身體，我討厭我的手藝、勤勉和欺騙、一個母親昧著良心保護小孩的方式，將孩子收集在她嫉妒眼睛下的長桌旁，孩子永遠是她的。

「當春天來臨，有著冷冷陣雨，突然出現的黃花——當我看著在藍色陰影下的肉塊和壓緊裝茶葉、無籽葡萄乾的厚重銀袋，我記起當我們還是孩童時太陽如何升起、燕子如何在草上翦過、伯納造的句子，樹葉在我們上方搖動，許多層樹葉、極輕，打破天空的藍色，在山毛櫸瘦骨嶙嶙的根上投下散出流浪的光，我坐在那啜泣。鴿子升起。我跳起追著那像汽球懸下的線的字句，它愈飛愈高，從這樹枝到那樹枝逃脫。然後早晨的穩定破碎，像個有裂縫的碗，我放下麵粉袋想著，生命站在我周圍像似圍著囚禁蘆葦的玻璃。

「我現在握著剪刀，掐下蜀葵，曾經我登踩著腐爛的橡樹五倍子[40]前往艾維登，看著那位女士寫著字、園丁拿著大掃帚。我們喘著氣往回跑，免得被射殺或像鼬鼠般被釘

---

40 橡樹五倍子（oak-apple），為橡樹受鷹蜂刺激部分組織畸形發育而形成的瘤狀物。

在牆上。現在我測量，我保存。夜晚我坐在有扶手的椅子，伸展手臂縫補著；聽著丈夫打鼾；當一輛車經過，燈光投射在窗戶上，我往上看，感到生命的浪潮圍繞著在此生根的我，在我周圍翻騰破碎；我聽到叫聲，看著別人的生命迴旋，像圍著橋墩的稻草，同時我將針推進拉出，將線穿過印花布。

「有時我想到愛著我的帕希瓦。他在印度騎馬墜落。有時我想到蘿達。不安的叫聲在死寂夜晚驚醒我。但大部分時候我滿足地和兒子走著。我剪掉蜀葵枯死的花瓣。我相當矮胖，頭髮早白，但有著清澈眼睛、梨形眼睛，我在我的田野裡散步。」

「我站在這裡，」吉妮說：「在火車站裡，一切可期望的在此相遇——皮卡第利南街、皮卡第利北街、瑞吉街、乾草市場。我站在倫敦心臟地區的人行道下方一下子。在我頭頂正上方，無數車輪急轉、無數的腳壓過。文明的偉大街道在此匯集，再往這個或那個方向前去。我在生命的中心。但看——那面鏡子裡是我的身體。多麼孤單、縮得多麼小、變得多麼老！我不再年輕。我不再是那行進的一部分。成千上萬人走下那些樓梯，多麼嚇人的下降。巨大輪子無情攪動著，迫使他們往下。成千上萬人死了。帕希瓦死了。我還能動。我還活著。但如果我發出信號誰會前來？

「我是個小動物，帶著恐懼腰窩上下鼓動呼吸著，我站在這，心悸、顫抖。但我將

不害怕。我將把鞭子帶在腰窩旁。我不是一隻躲在陰影中嗚咽的小動物。只有那一刻——在我還沒有時間準備好之前看到自己——這讓我感到恐懼,因為我總是在看到自己前在心裡先做好準備。這是事實;我不再年輕——很快我將舉起手而徒然、圍巾掉落身旁不再發出信號。我將聽不到夜裡突然的嘆息,不再感覺到在黑暗中有人來了。黑暗隧道裡車窗不再有倒影。我將看著臉孔,我將看著它們尋找其他的臉孔。我承認有一刻,在往下的移動電梯上,筆直身體的無聲飛行,像是一整團手被綁住的死亡隊伍可怕地下降著,巨大引擎滾動,無情地朝我們前進,持續著朝所有人前進,這令我畏縮奔跑尋找庇護。

「但現在我特意在鏡子前準備好武裝我自己,我發誓我將不害怕。想著那些大型公共汽車,紅和黃,停止開動,準時依序。想著那馬力強大漂亮的車子,現在緩慢向前一步,現在又往前猛衝;想著男人、想著女人,武裝好、準備好,往前行駛。這是勝利的隊伍;這是有著銅鷹旗幟,頭上戴著在戰爭中贏得月桂葉的勝利軍隊。他們比穿著纏腰布的野蠻人好些,還有那些頭髮糾結,長長乳房下垂,孩子拉扯他們長乳房的女人。這些寬廣的衢道——皮卡第利南街、皮卡第利北街、瑞吉街、乾草市場——是穿越叢林鋪上砂的勝利道路。我穿著我的小漆皮皮鞋,帶著我的薄紗手帕,畫好的紅唇、仔細用眉

「看他們如何炫耀衣服,即使在地下仍有著持久的光芒。他們不會讓土地生蟲或被雨浸泡。玻璃櫃中有著閃著亮光的紗和絲,用一百萬緊密針線縫成的細緻、繡花裝飾的內衣。深紅、翠綠、豔紫,它們被染成各種色彩。想想他們如何計畫、滴出衣料、撫平、浸入染料中、炸開岩石穿通隊道。生命升起落下;火車停車、火車開動,如海的浪潮一般規律。這是我所附著的。我是這個世界的土著,我跟隨它的旗幟。當一切如此具有冒險性、大膽、奇特,強烈到可以努力地將一切暫停,然後以一隻手在牆上塗鴉寫著笑話時,我如何能逃跑尋找庇護?因此我將在臉上撲粉、將唇塗紅。我將把眉峰的角度畫得比平常更尖。我將升到地面,和其他人一起筆直站在皮卡第利廣場。我將用一個俐落的手勢對一輛計程車作出信號,司機以一種無法形容的敏銳了解我的信號。因為我仍引起熱切注意。我仍感覺得到街上男人的鞠躬,像是玉米沉默低著頭時微風吹起,被擾亂成紅色。」

「我將開往我的房子。我將一大簇奢侈華麗的鮮花放在花瓶裡,鮮花在點著頭。我將在那裡放一張椅子、這裡放一張。我將擺好雪茄、玻璃杯和一些剛出版封面精美、尚未被閱讀的書,以防伯納、奈弗或路易出現。但或許並不是伯納、奈弗或路易,而是剛

「我不再需要一個房間，」奈弗說：「或牆壁或火光。我不再年輕。我經過吉妮的房子不再帶著嫉妒，並且對著在門口階梯整理領帶有點緊張的年輕人微笑。讓那整齊俐落的年輕人按門鈴；讓他找到她。那舊傷失去威力──嫉妒、密謀、苦楚都被洗淨。我們也失去我們的光芒。當我們年輕時，可以坐在任何地方、坐在門總是砰然關上通風大廳裡的長板凳上。我們半裸著打滾，像在甲板上的男孩拿著水管彼此噴水。現在我可以發誓，我喜歡當一天工作結束時，人們從火車站大量湧出，全體一致、無法辨認、無法計算。我已經採摘了我的果實。我毫無激情地看著。

「畢竟，我們無法負責。我們不是法官。我們並非受召喚來，在蒼白的星期日下午爬上講壇對他們說教。最好是看著一朵玫瑰或者讀莎士比亞，如同我在夏弗貝瑞巷讀著他。這是個愚者、這是個壞人、坐在車裡過來的是克莉奧佩脫拉，在她的坐艇裡燃燒。這些是被詛咒的人，無鼻男人在警察局

牆邊，站在火裡哀嚎著。這是詩，如果我們不寫出來的話。他們毫不出錯地扮演著角色，幾乎在他們開口前我就知道他們將說什麼，然後等待那神聖時刻，當他們說出必定會被寫下來的那個字。如果只是為了劇本的緣故，我可以在夏弗貝瑞巷永遠走著。

「然後從街道進入某個房間，人們在講話或不想說話。他說、她說，有些別人說的事情經常被說起，現在已經到了說一個字就足夠舉起全部重量的程度。爭論、笑聲、過去的委屈——從空氣中穿越落下，讓空氣變厚。我隨意取一本書看了半頁。他們還沒有修補茶壺的壺嘴。小孩穿著她母親的衣服跳著舞。

「但然後是蘿達或者是路易，一個放蕩憤怒的靈魂，經過又再次出場。他們要求一個情節，是嗎？他們要一個理由？這尋常場景對他們是不夠的。等待事物被說出就彷彿是被寫出一樣；看著句子在正確之處點下句點，創造角色，這並不夠；突然感受到有群角色在天際被列出。但如果他們要暴力，我看過死亡、謀殺、自殺在同一房間裡發生。有人進入，有人出去。在樓梯上有啜泣聲。我聽到一個女人膝上有不斷有著線斷裂，打著結和低聲縫著白細棉布的聲音。為什麼要像路易一樣尋找一個理由？或像蘿達飛向遠方的樹叢、撥開月桂樹葉、尋找雕像？他們說必須在風暴中振翅飛翔，相信著在這紛爭之外有太陽照耀著；太陽垂直落在兩旁有柳樹的水池裡（現在是十一月；窮

人用皸裂的手指拿著火柴盒）。他們說在那裡將發現事實是完整的，而在此地經常改變、被困在死巷中的美德，在那裡將是完美的。蘿達伸展頸子飛行著，有著狂熱而盲目的眼睛，經過我們。現在如此富有的路易，來到在柏油氣泡屋頂之間的閣樓窗戶，凝望著蘿達消失的地方，但現在必須坐在他的辦公室裡打字機和電話之間，為了我們的指示、重生以及一個尚未出生的世界的改革而工作。

「但現在在這我未敲門而進入的房間，事物以被書寫的方式說出。我來到書架。如果我選擇，我將閱讀任何書的半頁。我不需說話。但我聆聽。我極度警覺。當然，沒有人可以不費力地讀這首詩。書頁多半毀損帶著泥漬，撕毀、夾雜黏著的褐色樹葉，有著馬鞭草或天竺葵碎屑。唸這首詩必須要有極多的眼睛，像一盞燈啟動午夜大西洋中湍急的一層層海水，時而一縷海草浮現海面，或突然浪浪上揚張開大嘴擠出一隻怪獸。我必須將反感和嫉妒放在一旁而不打斷。我必須有耐心與無盡的關懷，讓那光發出聲音，不論是蜘蛛纖細的腳踩在樹葉上，或是某根水管中流水的輕響都加以呈現。沒有何事會因害怕或恐懼而被拒絕。寫下這一頁的詩人（我在人們講話時所讀著的）退縮了。詩中沒有逗點或分號。句子的長度不方便閱讀。大部分完全言不及義。你必須持著懷疑的態度，但當門開時要完全接受，將謹慎拋入風中。有時哭泣；有時以一抹黑煤灰無情的割

離，吼叫，各種自然生成的文字。因此（當他們講話之時）將你的網撒下，往下再往下，然後輕柔拉起至水面讓他說的成為詩。

「現在我聽完他們說話。現在他們已經走了。我獨自一人。我可以一個人永遠看著火燒著，時而像個圓頂、時而像個火爐，而感到滿足；現在木頭的尖端像鷹架或深坑或快樂的山谷；現在是一隻蜷伏、猩紅帶著白色鱗片的蟒蛇；現在的水果在鸚鵡的鳥喙之下開始腫脹。嘰嘰、嘰嘰，火苗發出聲音，像森林中昆蟲的叫聲。嘰嘰、嘰嘰，它叫著，外面樹枝鞭打空氣，現在像萬聲齊發，一棵樹倒了。這是一個倫敦夜晚的各種聲音。然後我聽到我等待的聲音。它出現了，愈來愈高，接近了，猶豫著，停在我門前。我喊著，『進來。坐在我旁邊。坐在那張椅子的邊緣。』我被舊的幻覺所淹沒，吶喊著，『靠近點、近點。』」

「我從辦公室回來，」路易說：「我把外套掛在這，把手杖放在那——我喜歡想像黎希留[41]拄著一根梣杖走路。因此我放棄我的權威。我坐在一張亮漆桌子前一個總裁的右手邊。我們成功的事業版圖在牆上面對著我們。我們用船將世界連接起來。地球被我們的線纏繞。我受到無比的尊敬。辦公室裡所有年輕小姐都注意到我進門。現在我可以到我喜歡的地方吃飯，如果認為我應該很快地在薩里買一棟房子、兩輛車子、一間溫室

和一些稀有品種的瓜,這並非因為虛榮之故。但我還是回來,我還是回到我的閣樓,掛上外套,回復孤獨,自從我將手腕從老師的老舊橡樹門放下後,我做了奇特的嘗試。我打開一本小書。我讀著一首詩。一首詩已足夠。

哦,西風……

哦,西風,當你吹著……

無法說出正確的英文——

哦,西風,你與我的桃心木桌為敵,還對我情婦的粗俗表示輕蔑,那個小演員從來

蘿達,和她那強烈的抽象,她那視而不見蝸牛肉顏色的眼睛無法摧毀你,西風,不論她是否在星光閃亮的夜半或是在正午最無趣的時刻到來,她站在窗邊看著窮人家裡的

41 黎希留(Cardinal Richelieu, 1585-1642),法國政治家、外交家。

「我的任務，我的負擔，永遠比其他人沉重。一座金字塔壓在我的房膀上。我嘗試做一件巨大的工作。我帶領著一個狂亂、無法約束、邪惡的隊伍。我帶著澳洲口音坐在小餐廳裡，試圖讓櫃檯人員接納我，但從未忘記我嚴肅的決心——異議與不一致必須獲得解決。我小時曾夢到尼羅河，不情願醒來，但將手腕從老舊橡樹門放下。如果我像蘇珊、像我最羨慕的帕希瓦一樣，沒有帶著特定的命運出生，我應該會快樂些」。

哦，西風，當你吹著時

那小雨是否將落下？

哦，西風，當你吹著……

「生命對我來說是件可怕的事。我像個巨大的吸入器，一個貪婪、有黏性、無法滿足的大嘴。我試著將駐在血肉中心的石頭吸出。我只知道極少與大自然有關的快樂，雖

煙囪洞和破舊窗戶。

然我選擇的情婦是因為她的倫敦東西口音能讓我覺得自在些」。但她只會把髒內衣堆在地板上,清潔女工和店員小弟一天要提到我十幾次,嘲笑我的整潔和目空一切的走路方式。

哦,西風,當你吹著時
那小雨是否將落下?

「這些年來那尖頂金字塔一直壓在我的肋骨上,我的命運是什麼?我記得尼羅河和女人在頭上頂著水壺;我感到自己在玉米飄動的長夏和讓溪流結冰的長冬穿梭進出。我不只是單一過往的存在。我的生命並非鑽石表面上一瞬間的閃亮。我扭曲地往地下去,彷彿一個提著燈的獄吏走過一個個牢房。我的命運是我記得而且必須將許多粗、細、斷裂的線、將我們永垂不朽的歷史、變動不同的日子織在一起編成一條纜線。永遠有更多的要去了解;不同的聲音要傾聽;錯誤再申斥。這些屋頂有著煙囪通風帽、鬆脫的屋瓦、潛行的貓和閣樓窗戶,破敗布滿煙灰。我踩著破碎玻璃、在破裂磁磚間找路走,只看到令人厭惡飢餓的臉。

「讓我們假設我能想出在一首詩的理由——然後死去。我可以對你保證,這將不會

是不情願的。帕希瓦死去。蘿達離開我。但我將活著直到憔悴乾枯,拿著金頭手杖,輕敲著走在城市人行道上,極受尊重。也許我將永遠不死,將永遠無法達到那連續與持久——

那小雨是否將落下?

哦,西風,當你吹著時,我想到她——

「帕希瓦被綠葉圍繞著,被放在土中,他所有的樹枝仍在夏日風中嘆息。蘿達,當他人說話時,我和她一起分享過寂靜,當動物聚集有次序地狂奔,用光滑的背磨著茂盛草地時,她退縮轉向旁處,現在像沙漠炙熱已然消逝。當太陽灼傷城市的屋頂時,我想到她;當乾枯樹葉拍打著地上時;當老人帶著尖頂木棍穿透小紙張,如同我們穿透她

哦,西風,當你吹著時,那小雨是否將落下?

基督，我的愛曾在我的臂中，
而我又再次在我的床上！

現在我回到我的書；現在我回到我的企圖。」

「哦，生命，我多麼恐懼你，」**蘿達**說：「哦，人類，我曾經多麼痛恨你們！在牛津街上你們如何輕碰手肘、如何打斷他人、看來如此醜陋，在地鐵裡如何卑劣對坐著瞪視彼此。現在當我爬上這座山，從山頂我可以看到非洲，我的心印著牛皮紙包裹和你們的臉孔。我曾被你們污染腐敗。在門外排隊買票的你們氣味也極難聞。所有人穿著無法辨認的灰與棕，從未有一根藍色羽毛黏在帽子上。沒有人有勇氣成為某種人物，而非另一種人物。你要求靈魂消散，以便可以渡過一日，充滿謊言、鞠躬、摩擦、流利奉承和卑躬屈膝的一日！你如何將我鎖在一個地點、一個小時、一張椅子，而你自己坐在對面！你如何將我從每個鐘頭之間的白色空間中攫取出來，用你油髒的手掌將它們揉成麵團丟入廢紙簍，但那些是我的生命。

「但我退讓了。我的手遮住了譏笑和哈欠。我沒有走到街上往水溝裡打破瓶子作為一種憤怒的信號。我因激動而顫抖，但我假裝並不驚訝。對你所做的、我所做的。如果

蘇珊和吉妮像那樣拉起絲襪，我也會那樣拉起我的。生命如此恐怖，讓我被一陣又一陣的陰影所停滯。透過這看著生命，透過那看著生命；讓那裡有玫瑰葉，讓那裡有葡萄葉——我用內心爆發的情緒和漣漪將整條街，牛津街、皮卡第利圓環覆滿葡萄葉和玫瑰葉。還有箱子，當學校解散時立在通道中的箱子。我曾私下偷讀那些名牌，想像著那些名字和臉孔。也許是霍洛加，也許是愛丁堡，這些名牌閃著金黃光芒擾亂我，一個我忘記名字的女孩站在人行道上。但這只是個名字。我離開路易；我害怕擁抱。我試圖用羊毛和衣服包裹著湛藍黝黑刀鋒。我懇求讓白天成為夜晚。我一直渴望見到樹櫃縮小，感覺床變得柔軟，懸吊漂浮著，察覺到變長的樹、變長的臉，在曠野中綠色河岸兩個人物在悲傷中說再見。我將字句以扇狀擲出，像土地貧瘠時播種者在翻耕過的土地上撒著種。我永遠渴望將夜晚延伸，用夢將它裝的更滿更滿。

「然後在一間音樂廳，我撥開音樂的樹枝看到我們建立的房子；立在橢圓上的正方形。』『有著一切的房子』，我說著，在帕西瓦死後，在一輛公車上我突然靠著人群肩膀搖晃；但我去了格林威治。走在河堤上，我祈禱著我可以在世界邊緣沒有植物的地方永遠擊著雷，但那裡和這裡有著一根大理石柱。我把花束擲入漫開的海浪中。我說：

『吞噬我，將我帶到更遙遠的界線』海浪裂開；花束凋萎。現在我很少想到帕希瓦。

「現在我爬上這座位於西班牙的山；我將假想這騾背是我的床，我躺著正將死去。現在我和永恆深淵只有一線之隔。坐墊上的結塊在我之下變軟。我們顛簸往上，我們顛簸前進。我的道路一直往上又往上，直到最上方，有著一棵孤獨的樹，其旁有池塘。夜晚當群山像群鳥攏起翅膀關閉自己，我曾劃開那美麗的池水。有時我會摘起一朵紅康乃馨和幾束乾草。我曾獨自坐在草地上，觸摸著老舊骨頭，想著：當風往下吹刷著這個峰頂，也許沒有任何東西會留下，除了一小撮塵土。

「騾子顛簸繼續往上。山脊如霧般升起，但在山頂我將看到非洲。現在我下面有了床，點綴黃色圓圈的床單讓我墜落，有著一張如白馬般的臉的好心女人在床尾做了一個告別的動作，然後轉身離開。誰會跟我去呢？只有鮮花，牽牛花和月光顏色的五月花。我將它們收集起來鬆鬆捆成一束，將鮮花作成花圈然後獻給——哦，獻給誰呢？我們現在從懸崖上出發。下方有著捕鯡魚船的燈光。峭壁消失。起著小漣漪灰漣漪，無數海浪在我們下方擴散。我碰觸不到任何東西。我看不到任何東西。我們也許會下沉到海浪上。大海將在我耳中擊鼓。白色花瓣被海水化為暗色。它們將會浮游片刻，然後沉下。海浪將翻轉我、枕著我。一切在巨大海浪中沉落，將我分解。

「但那樹有著直立的樹枝；那是一個木屋屋頂的堅硬線條。那些膀胱形狀、畫著紅

色黃色的臉孔。我將我的腳放在地上,小心翼翼踏著步,將我的手按在一間西班牙旅館堅硬的門上。」

太陽在下沉。白天堅硬的石頭現出裂縫,光從碎縫間傾出。紅金陽光以帶著黑暗羽毛飛快的箭,射穿海浪。不穩定的光線閃爍漫遊著,像來自沉沒島嶼的信號,或是不知輕重、嘻笑男孩射穿月桂樹叢的飛鏢。但海浪靠近海岸時,被奪去光線,以一個綿長撞擊聲落下,像一面牆倒下,一面灰色石牆,不被任何光的縫隙所刺穿。

一陣微風升起;一陣抖動穿透樹葉;當樹搖動改變密度時,樹葉輕點著然後失去完整圓頂形狀,樹葉因此失去棕色密度變的灰或白。停駐在最頂端枝頭的鷹,眨動眼皮飛起翱翔往遠方去。沼澤裡的野鷸叫著,躲閃著,盤旋著、在孤獨中叫著往更遠處去。火車與煙囪的煙綿延被吹散,成為懸掛於海上和田野上羊毛般蒼穹的一部分。

現在玉米收割了。那些飄動和如浪般的波動,現在只剩下短硬殘梗。緩慢地,一隻大貓頭鷹由榆樹上起飛,搖晃著升起,彷彿綁在一條下沉的線上,爬升到達杉樹的高度。山丘山,行進緩慢的陰影經過,一下子變得寬廣,一下子縮小。曠野頂端的池塘平靜躺著。沒有毛茸茸的臉孔往裡面看,或是腳蹄濺水而過,或是溫熱鼻嘴騷動池水。一隻鳥,棲息在灰燼色的小樹枝,吸了滿嘴的冷水。現在沒有收割的聲音,沒有車輪的聲

音，只有風突起的咆哮，讓它的帆漲滿刷過草尖。一根骨頭躺著，表面坑洞中布滿著雨水、被陽光照的泛白，直到像大海所擦拭的樹枝般閃亮。那棵樹，在春天被燒的如狐狸紅，在仲夏柔順樹葉因南風而曲折，現在黝黑如鐵般光禿。

大地如此遼闊，不再見到閃著亮光的屋頂或窗戶。陰影覆蓋的土地承受無比的重量，吞噬如此脆弱的羈絆、如蝸牛殼般的累贅。現在只有雲朵液狀的陰影，雨水的宴饗、一道如箭般的陽光或突然而至暴風雨的蹂躪。遠方山上孤獨的樹彷彿方尖碑。

傍晚的太陽熱度已經消失，線條狀的陰影讓桌椅重量似乎更加笨重，形讓桌椅無法移動。但變長變大、看來像不祥預兆。穿衣鏡鑲著一圈金邊，捕捉這不動刀叉和玻璃杯躺著，燃燒的熱力已然消散，讓桌椅變得柔和，用棕與黃的菱形讓桌椅無法移動。但變長變大、看來像不祥預兆。穿衣鏡鑲著一圈金邊，捕捉這不動的場景，彷彿這一切在它眼中成為永恆。

同時海灘上的陰影變長；黑色加深。黑鐵色靴子成為一池深藍。岩石失去硬度。舊船四周的水變暗，彷彿淡菜滑入其中。泡沫變成藍灰，在霧般沙上四處留下一顆顆閃著白光的珍珠。

「漢普頓廣場，」伯納說：「漢普頓廣場。這是我們見面的地方。看那紅色煙囪，漢普頓廣場正方形的戰場。當我說『漢普頓廣場？』用疑問句——它是什麼樣子呢？是否有湖、有迷宮？或是帶著期待——我將在這裡發生什麼事？我將見到什麼人？現在，漢普頓廣場——漢普頓廣場——這個字眼敲響了一面鑼，鑼聲在這空間中發出一聲又一聲，轟轟作響：然後畫面升起——夏日午後、船隻、年老女士提著裙擺，冬天裡的一個茶壺、三月的水仙——這些全浮到水面上，現在水沉在每個場景的深處。

「在旅館大門旁，我們見面的地方，他們已經站在那——蘇珊、路易、蘿達、吉妮和奈弗。他們已經一起來到。等一下當我加入他們時，另一種排列將形成，另一種模式。現在所浪費、形成場面的，將會被檢視和說出。我不情願受到這種強迫。在五十碼距離外，我已經感到因為我的存在而改變了順序。他們群體的磁鐵拉扯著告訴了我。我走得更近。他們沒看到我。現在蘿達看到我，因為她對見面的震驚帶著恐懼，所以假裝我是陌生人。現在，奈弗轉身。突然，我舉起手向奈弗敬禮，我叫著『我也在莎士比亞十四行詩中壓著花』，然後我激烈地動著。我的小船在洶湧拋擲的海浪中不穩地急遽

搖動著。見面的震驚是沒有萬靈丹可以克服的（讓我寫下來）。

「見面也是不舒服的，銳利、粗糙的邊緣碰撞著，只有當我們混亂地走入旅館，脫下外套和帽子，見面才變得愉快。現在我們集合在長形空曠的餐廳，可以俯瞰公園，一些綠地還被落日極美地照著，在樹之間還有金黃光線，然後我們坐下。」

「現在坐在彼此旁邊，」奈弗說：「在這窄桌旁，在第一個情緒被撫平之後，我們有什麼感覺？現在誠實地說，直接公開地說，因為老友見面是困難的，我們對見面有什麼感覺？悲傷。那扇門將不會打開；他不會來。而我們心情沉重。現在我們全是中年人，背著沉重負擔。讓我們放下負擔。蘇珊，你，吉；還有蘿達和路易？名單被貼在門上。在我們撕開這些麵包、開始吃魚和沙拉前，我在口袋中找到我的證明文件——我帶來證明我的卓越。我通過了。我的口袋裡有文件可以證明。但你的眼睛，蘇珊，充滿著蘿蔔和玉米田，困擾著我。我袋裡的文件——證明我通過現在的巨大聲音——像一個人在空曠田野中拍手嚇走烏鴉發出的微弱聲的迴響），我所做的迴響），我只聽到風吹過翻耕的土地和一隻鳥唱著——也許是隻歌聲迷人的雲雀。那服務生是否聽到我，還是那些永遠存在、偷聽的情侶？他們一下閒蕩著，一下坐正看著群樹，天色尚未全暗，不足

「當我無法抽出文件,大聲讀出證明我通過的文件好讓你們相信時,什麼將留下呢?將留下的是在蘇珊銳利綠眼、她那水晶透明梨狀眼睛下所看到的。當我們聚在一起時,總是有一個人拒絕被淹沒,見面的邊緣仍然銳利;因為那人的身分讓別人希望能夠蹲下來。現在對我來說,是蘇珊。我對蘇珊說話讓她有好印象。聽我說,蘇珊。

「當有人在早餐時進來,窗簾上刺繡的水果變大,好讓鸚鵡啄食;讓人可以用拇指和食指摘下。早晨撒去油脂的稀薄牛奶變得半透明、藍中帶著玫瑰色。這個時間你的丈夫——皮腿套啪噠啪噠作響、拿著皮鞭指著不產奶母牛的男人——咆哮著。你一語不發。你視而不見。習慣蒙蔽你的雙眼。在這個時刻你的關係是無聲、無力、黯淡的。在平滑表面下,我們底下的軀體裡全是骨頭,如蛇般盤繞著。假設我們讀著《泰晤士報》;假設這時刻,我的關係是溫暖而不同的。對我來說沒有重複。每一天都是危險的。在平滑表面下,我們爭吵。這是一個經驗。假設這是冬天。厚重的雪層由屋頂滑落,將我們一起封在一個紅土岩洞中。水管破裂。我們站在房間中央黃色錫澡盆裡。我們手忙腳亂去拿盆子看那裡——水管又在書架上破裂。讓我們身無分文吧。或者那是夏天?我們可以漫步到湖邊,看著中國鵝划著扁平腳游向

水邊,或看到一個像骨頭般在城市裡的教堂,教堂前有棵小樹顫抖著(我隨意選擇;我選擇明顯的目標)。每個眼光是個阿拉伯式潦草字跡,突然成為親密的冒險和奇蹟。雪、破裂的水管、錫澡盆、中國鵝——這些信號早就凌空漂浮著,現在回顧,我讀著每段愛情的字母;每個字母都如此不同。

「同時,你,我想要讓你的敵意消失,你的綠眼睛定在我的眼睛上,你寒酸的衣服、粗裂的雙手,以及一切母性光輝的標記,如同一隻蠍吸附在同一塊岩石上。我不想傷害你,但這是真的;只是當你進來時,我對自己的信仰瓦解,我必須加以重新溫習已不可能再改變。我們已許下承諾。以前,當我們在倫敦與帕希瓦在一家餐廳中見面時,一切充滿著朝氣;我們可以成為任何人物。現在我們已經選擇,或者有時看來是別人為我們做了選擇——一雙夾子把我們從肩膀夾著。我做了選擇。我選擇將人生印在內心而非外在,印在原始白色未被保護的纖維上。我被心靈和臉孔和事物的印記所籠罩,形成瘀傷,它們如此細緻,有著氣味、顏色、紋理、質感,但沒有名字。我對你而言是奈弗,你看到我生命無法穿越的線。但對我而言,我是無法測量的;一張網的細線無所覺察地穿越到世界下方。我的網幾乎無法與所圍繞之物加以分辨。它舉起鯨魚——巨大的海獸和無所定形、飄流的白色水母;我偵測我感知。在我眼

下打開著——一本書；我可以看穿底部；那顆心——我看到深處。我知道哪種愛會顫抖燃燒成為火；妒意如何四處射出綠色閃光；愛與愛交會時是多麼迷惑複雜；愛造成糾結；愛殘忍地將他們撕裂。

「但曾經有另一種光榮，當我們看著門打開，帕希瓦來到；當我們毫無保留地將自己投擲在公共空間堅硬長板凳上的邊緣。」

「那是山毛櫸林，」蘇珊說：「艾維登，時鐘金色的指針在樹林間閃亮著。鴿群劃破樹葉。變換移位的光在我身上遊走。他們逃離我。但看著，奈弗，因為他，我必須眨低自己才能成為我自己。他看著我放在桌上的手。看著我指節、手掌上漸層的健康膚色。我的身體每天被確實地使用，全身都被使用，像一個好工人的工具。刀鋒乾淨、銳利、中間被磨平（我們像野獸般在田地上戰鬥，像雄鹿的角彼此撞擊著）。我看穿你蒼白柔軟的肌肉，如同像透過一層網看著、彷彿站在玻璃之下的蘋果和一串水果。和一個人深深躺入椅子中，只有一個人，但一個人會改變，你沒看到在花園中的一棟房子；田野上纖維、血液中遲緩或快速的血流；但並非全貌。你正像個老婦人彎著腰瞪著眼睛修補衣物。但我看過生命的一匹馬；一個城鎮或的全貌，實際、巨大生命的戰爭和高塔、工廠和瓦斯桶；一個居住的地方，從長遠無從

記憶時間以來一直遵循著世襲的模式。在我心中這些東西仍然是堅實、重要、不曾被分解。我不會拐彎抹角或溫文有禮；我坐在你們之間，用我的堅硬摩擦著你們的柔軟，用我清澈雙眼射出綠光，讓銀灰如蛾翼般振動的字眼平息吧。

「現在我們的鹿角撞擊。這是必須的前奏；老朋友的招呼。」

「黃金在樹間消逝，」蘿達說：「一片綠躺在它們之下，它們被拉長，像在夢裡見到的一把刀的刀鋒，或是無人涉足的小島。現在車輛開始眨眼抖動，由大道而來。現在情侶可以躲入黑暗中；樹幹腫脹，掛著肆無忌憚的情侶。」

「這曾經是不同的，」伯納說：「我們曾經可以隨意打斷水流。現在需要多少通電話，多少張明信片，才能切過水流，來到我們在漢普頓廣場團聚的這個洞？生命從一月跑到到十二月是多麼快速！我們全被捲入逐漸熟悉事物的湍急水流，事物沒有投下陰影；我們並未比較；很少想到我或想到你；在這無意識中，從摩擦中達到最大的自由。我們必須像魚般跳躍，高高在空中，才能趕上往撥開生長在沉沒隧道入口之上的野草。而不論我們跳得多高，都再次跌回水流中。現在我永遠無法搭乘開往南滑鐵盧的火車。到羅馬的旅程是我旅行的極限。我有兒有女。我被緊緊嵌入拼圖中我的位置。

海島嶼的船。

「但只是我的身體,我希望如此相信——這個你稱為伯納的年長男人——那是確定無法改變的。當我年輕時,我盡可能公正無私地思考,必須像個孩子搜尋燕麥派般,瘋狂地控掘,想發現自己。『看,這是什麼?還有這個?這將是個好禮物嗎?只有這樣而已嗎?』等等。現在我知道包裹裡面是什麼;而且並不太在乎。我將自己的心擲向空中,像一個人將種子以廣大扇形灑出,穿越紫色日落,落在壓平閃亮的空曠耕地。

一個句子。一個不完美的句子。而句子是什麼呢?句子極少離開我躺在桌子上,躺在蘇珊的手旁;;從我的口袋中拿出來,和奈弗的證明放在一起。我不是法律或醫藥或財務權威。我被溼稻草般的句子所包圍,我帶著磷光發亮。當我說話時,你們每個人覺得『我被點燃,我在發亮』。在操場中榆樹下,當句子從我的嘴中冒出時,小男孩會感覺『這句真好,這句真好』。他們也往上冒;;他們也帶著我的句子逃離。但我在孤獨中憔悴。孤獨是我的毀滅。

「我經過一棟又一棟房子,像中古世紀的修道士用唸珠和歌謠哄騙著那些妻子和女孩。我是個旅行者,兜售小販,用一首歌換取住宿;我是個不挑剔、容易取悅的客人;;經常住在有著四柱大床最好的房間中;;然後躺在穀倉乾草堆上。我不介意跳蚤,對絲綢也坦然接受。我非常地容忍。我並非是一個道德主義者。我極為了解生命太過短

暫,以及生命中對跨越紅線的誘惑。但我並非如你所想的,如你所斷定的那樣照單全收,如果你以我的流暢來斷定的話。我輕視和嚴肅的短劍藏在袖子裡。但我擅於偏離主題。我編造故事。我從一無所有中擠出玩具。一個女孩坐在木屋門口;她在等待;等誰呢?被誘惑了,或者還沒?校長看著地毯的洞。他嘆著氣。他的妻子,從她仍然豐潤的頭髮中用手指穿越髮浪,思考著——等等。手形成的浪,在街道轉角猶豫著、有人把香菸丟入排水溝——一切都是故事。但哪一個是真實的故事呢?我就不知道了。因為我將我的句子像衣服般掛在樹子裡,等待某人穿上它們。因此等待,因此猜測,記下這個然後另一個,我不會攀附著生命。我將像蜜蜂從向日葵上被揮走。我的哲學永遠在累積中,時時刻刻滿溢著,像水銀同時往不同方向流去。但路易帶著狂野眼睛但表情嚴肅,在他的閣樓、他的辦公室,對於即將被知道的真實本質已經形成無法改變的結論。」

「我試圖纏繞的線,」路易說:「斷裂了;你的笑聲讓它斷裂,你的冷漠,還有你的美。當吉妮多年前在花園中吻了我,她讓線斷裂。學校裡愛吹牛男孩們嘲笑我的澳洲口音也讓線斷裂。『這就是意義』我說著;然後劇痛開始——虛榮。『聽那夜鶯』我說,『在踐踏腳步中歌唱著;在征服和移徙中歌唱著。相信——』然後我抽搐著被分裂。在破裂瓷磚和玻璃碎片上,我找到我的路。不同的燈光落下,讓平常的豹紋看來奇

特。在這和解的時刻，當我們見面團聚時，這晚上的時刻，有著葡萄酒和搖動的樹葉，青春穿著白色法蘭絨帶著靠墊從河上來，這對我來說是黑暗的，有著人類施於人類的地牛、酷刑和不名譽的陰影。因此我的感官是不完美的，永遠無法消除嚴重的控訴，甚至當我們坐在此地，我的理性也不斷加上嚴重的控訴。有何解決方法呢？我問自己，有什麼可以當作橋樑？我如何將這些閃亮、跳舞的鬼魂化滅為一條可將一切連結為一的線？因此我沉思；而你同時調皮地觀察我緊咬的嘴唇、蠟黃的臉頰和從不變化的蹙眉。

「但我請求你也要注意我的手杖和背心。我繼承了一張堅實的桃花心木桌子，擺在一個掛著地點的房間。我們的輪船以豪華船艙而聞名。我們提供游泳池和體育館。現在我穿著一件白背心，在訂下約會前要看著一本行事曆。

「這個高高在上、諷刺的態度是我希望用來轉移的伎倆，以免你們注意到我顫抖、柔軟和無比年輕未受保護的靈魂。因為我永遠是最年幼的、最天真容易驚嚇的；領先一步明白和同情不安或嘲弄──如果鼻子上有個汗點或一顆鈕釦未扣。我忍受所有的羞辱。但我也是無情殘忍、冰涼光滑。我不了解為何你會說能活著是幸運的。你小小的興奮、你稚氣的運輸事業，當水壺水開了，當暖暖空氣揚起吉妮帶著斑點的圍巾，讓它像蜘蛛網般飄著，對我來說，像是將絲巾丟向發怒公牛的眼前。我譴責你。但我的心渴望

著你。我願意隨你穿越死亡之火。但我獨自一人是最快樂的。我穿著金紫華麗美服。但我情願看著煙囪頂；貓兒在起泡的煙囪柱旁磨蹭著肚邊瘡疥；破舊窗戶；磚造小教堂鐘樓的鐘發出連續瘖啞的聲音。」

「我看到我的前方，」吉妮說：「這條圍巾，這些紅酒色的斑點。這玻璃。這芥茉罐。這花。我喜歡觸摸的感覺、嘗試味道。我喜歡雨，當它變為雪可以觸摸得到時。還有變得魯莽，比你來得更為勇敢，我不會因將我的美貌加上惡意，免得它讓我燒焦。我將它整個吞下。它是由血肉做成；它是由東西做成。我的想像是身體的。它的視野並非像路易的緊密纏繞、純白無瑕。我不喜歡你的瘦貓和柏油起著泡的煙囪柱。你那些貧窮屋頂的美讓我厭惡。男人和女人，穿著制服、假髮和睡衣、禮帽和在頸部漂亮開口的網球衫，女人洋裝無盡的變化（我總是注意所有服裝），都讓我高興。我隨著它們漂流，進出、進出、進入房間、進入大廳、這裡、那裡、四處，不論它們往哪去。這個男人將裝著私人收藏的抽屜拉進拉出馬舉起馬蹄。我的母親必定追隨著鼓聲，我的父親追隨著海。我像隻小狗跟著軍樂隊在路上小跑步，但停在一棵樹幹旁嗅著，嗅著棕色汙點，突然飛奔過街，追著品種低劣的雜種狗，然後舉起一隻爪聞著肉鋪傳來一陣迷人的肉味。我的交通路線帶領我進入某些怪異

的地方。有許多男人打破牆來找我。我只需抬起我的手。他們像是飛鏢直射至指定的地點——也許是一個陽台上的椅子,也許是街角的一家店。你們生命的折磨、分裂被我一夜又一夜化解,有時只是在我們坐著吃飯時,一雙手指在桌巾下的碰觸——我的身體變得如此液體,即使一隻手指的碰觸也會形成一顆完整的水滴,滿溢著、顫抖著、閃動著,在狂喜中落下。

「當你坐在桌旁書寫,加著數字,我坐在穿衣鏡前。在我的臥室——我的廟宇中的穿衣鏡前,我審視我的鼻子和下巴;我的嘴唇太寬,牙齦露出太多。我看過了。我觀察過了。我選擇了黃色或白色,什麼該發亮什麼該暗沉,什麼該圍繞身體什麼該直線才合適。我對一人是快活的,對另一人是嚴厲的,有稜有角如銀冰柱,或如蠟燭燃燒金黃火燄般華麗。我狂野奔跑像條鞭子甩出,直到我體力的極限。他的襯衫前面,在角落裡,是白色的;然後是紫;煙和火焰包圍著我們;在一陣狂怒火災之後——但我們極少提高聲音,坐在火爐前地毯上,當我們低聲訴說心中所有祕密,如同將祕密送入貝殼中,好讓沉睡中的房子無人可聽見,但有一次我聽到廚子攪拌,有一次我們以為鐘的滴答聲是個腳步聲——我們沉入火灰中,並未留下遺跡,沒有未燒毀的骨頭,沒有可被放入掛在頸上小盒的一小束頭髮,就如同你的親密拋棄他們。現在我變為灰色,現在我變得枯

「那裡曾經是燈柱，」蘿達說：「樹木的樹葉尚未將車站來的路完全遮蔭。那些樹葉也許曾經隱藏過我。但我並未躲在樹木之後。我直直走向你們，而非我慣常的走法——繞著圈子以避免造成感覺上的震驚。但這只是因為我教導我的身體做出一個把戲。在內心中我並未被教化；我害怕，我恨，我愛，我嫉妒並輕視你們，但我從未快樂地加入你們。從車站而來，我拒絕接受樹木和郵筒的陰影，甚至在一段距離之外，我從你們的外套和雨傘感覺到，你們如何被嵌入在一個由重複時刻串在一起的實體中；你們投入其中，你們對孩子、對權威、對名聲、對愛情、對社會有一種態度；而我一無所有。我沒有臉孔。

「在這餐室中你看到鹿角和平底玻璃杯；鹽罐，桌巾上黃色污漬。『侍者！』伯納說。『麵包！』蘇珊說。然後侍者來了，他拿來麵包。但我看到一個杯子的側面像一座山，我只看到一部分的鹿角，水瓶明亮的側面像黑暗中的一個裂縫帶著驚奇和恐懼。因此有著你們的臉孔和他們的重要和空洞。多麼美麗，在午夜站在一個距離，不動地靠著廣場上的鐵欄杆！在你後方是一片霧茫茫的銀

海浪 222

白，在世界的邊緣漁夫正在收網捕捉它們。一陣風吹拂過原始森林的頂端樹葉（但我們坐在漢普敦廣場）。鸚鵡尖叫，打破叢林中緊張的靜默（現在電車開動）。燕子在午夜水池輕點著翅膀（現在我們說話）。這是當我們坐在一起時，我試圖捕捉的周遭。因此我必須在七點三十分整經歷漢普頓廣場的苦行。

「但既然這些麵包捲和酒瓶是我所需要的，而你們帶著空洞和重要的臉龐是美麗的，還有桌巾和那黃色污漬，不准將所了解的圈子散布的愈來愈廣，因為最後可能擁抱整個世界（因此我夢到，在夜晚當我的床飄浮懸空時，由地球的邊緣跌落），我必須經歷一個人的古怪舉動行為。當你用你的孩子、你的詩、你的凍瘡，或你做的任何讓你受苦的事情來抓住我時，我必須開始。但我並未被欺騙。在此起彼落的呼叫之後、在這些攫取、尋找之後，我將穿過這薄層獨自掉入火峽中。而你們不會幫助我。你們比古老行刑者更加殘酷，你們將讓我掉落，在我掉落後，將我撕裂成片。但還是有些時刻心中的牆變薄；當任何東西都可被吸收時，我可以想像，我們可以吹出一個巨大的泡泡讓太陽在其中升起落下。而我們可以取走正午的藍和午夜的黑，將其拋棄，然後逃離此時此刻。」

「一滴又一滴，」伯納說：「沉默落下。它在心的屋頂上形成，落入下方池中。永

遠孤獨、孤獨、孤獨──聽著沉默落下,將它的範圍擴大到最遙遠的邊際。我吞嚥下與中年人有關的一切,我,被寂寞毀滅的我,讓沉默落下,一滴又一滴。

「但現在寂靜落在我的臉上留下坑洞,毀了我的鼻子,像一個雨中站在後院的雪人。當寂靜落下,我真的溶解,變得沒有五官,或幾乎無法分辨清楚。這不重要。什麼是重要的呢?我們吃得很好。魚、小牛排、紅酒讓自我主義的尖牙利嘴遲鈍。焦慮在歇息。我們之中最虛榮的,也許是路易,變得不在乎別人怎麼想。奈弗的折磨在休息。讓其他人富裕吧──那是他所想的。蘇珊聽著她所有孩子安穩入睡的呼吸聲。睡吧,睡吧,她悄聲說著。蘿達搖著她的船到岸。不論它們是否翻覆、不論它們是否下錨,她不再在乎了。我們準備好,公正地考慮世界可能提出的任何建議。現在我想著,地球只是太陽表面意外彈出的一顆小石頭,在太空的深淵中,沒有任何地方是有生命的。」

「在這靜默中,」蘇珊說:「彷彿沒有樹葉曾經落下、沒有鳥兒曾經飛起。」

「彷彿奇蹟已經發生,」吉妮說:「而生命停留在此時此刻。」

「而且,」蘿達說:「我們不再活著。」

「但聽著,」路易說:「世界移動著穿越無垠太空的深淵。它咆哮著;被照亮的歷史段落以及我們的眾國王和皇后成為過去;我們已經消逝,我們的文明;尼羅河;和所

有的生命。我們個別的水滴被溶解消失；我們絕種了，迷失在時間深淵中，迷失在黑暗中。」

「沉默落下；沉默落下，」伯納說：「但現在聽著；滴答、滴答；轟、轟；世界向我們打招呼將我們拉回。當我們超越生命時，有一刻我聽到黑暗中咆哮的風聲。然後是滴答、滴答（時鐘）；然後是轟、轟（車子）。我們降落了；我們在海岸上；我們正在坐著，我們六個人坐在一張桌子旁。我對我鼻子的記憶將我喚回。我起立：『打啊』我喊著，『打啊！』記起我鼻子的形狀，好戰地拿著湯匙敲著桌子。」

「將我們自己與這無限的混亂相對，」奈弗說：「這無形的愚蠢。那軍人在樹後對著一個小看護做愛，他比所有星星都值得羨慕。但有時一顆顫抖的星星在清澈夜空中出現，讓我想到世界的美，和我們用自己的慾望像蛆蟲囓食毀壞世界的形體，甚至包括樹木。」

（「但是，路易，」蘿達說：「靜默時間是多麼的短暫。他們已經開始將盤子旁的餐巾撫平。『誰來了？』吉妮說；而奈弗嘆著氣，想起帕希瓦不會再來。吉妮已經拿出她的鏡子。像個藝術家般檢視她的臉孔，她拿起粉撲沿著鼻子往下拍，在一陣刻意裝扮後，準確地將紅色點在唇上，那正是雙唇所需的。蘇珊，感到被蔑視，害怕看到這些準

備工作,將外套最上方的鈕釦扣緊,然後又解開。她在為什麼做準備?為了某件事,但是某件不同的事。」

「他們對自己說,」路易說:「『時間到了』。我還是很有活力」。他們說著『我的臉孔將會被剪下,對抗無垠太空的黑暗』他們沒有完成他們的句子。『時間到了』,他們一直說著。『花園將會關閉。』然後蘿達隨著他們,捲入他們的潮流,我們或許將落後一些。」

「像同謀者,有事情得小聲說。」蘿達說。

「這是真的,並且我知道一個事實,」伯納說:「我們走過的這條大街,曾有一個國王騎著馬跌落在這裡的小土堆上。但將無垠太空的漩渦深淵和一個頭上頂著金茶壺的小人物相比,看來似乎相當奇怪。很快地,我們會恢復對數字的信仰;但並不會再度相信他們放在頭上的東西──一英吋的光。然後人們將茶壺放在頭上,然後說『我是國王!』不,當我們走路時,我試圖回復對時間的感覺,但我眼中有著如溪流的黑暗,我失去了控制。這個皇宮似乎如雲朵一般輕盈在天空中飄著。這是心靈的遊戲──將國王放在他們的寶座上,一個接著一個,他們頭上戴著皇冠。而我們自己,六個人並肩而行,我們的大腦和感覺有著隨時出現的靈光一現,我們在對抗什麼?如何與

這洪流對抗?什麼可以永恆存在呢?我們的生活也如溪水流逝,往未被點亮的街道流逝,穿過細長的時間,無可辨認。奈弗曾經將一首詩丟在我的頭上。我感到一陣不朽的信念,我說,『我知道莎士比亞所知道的。』但那已經消逝了。」

「毫無理性可言,荒謬地,」奈弗說:「當我們走路時,時間回來了。一隻狗的跳躍造成的。機器運轉著。歲月讓大門成為灰白。三百年和那隻狗相比,似乎只比它的生命多了一刻。威廉國王戴著假髮騎著馬,宮廷仕女以繡花撐裙掃過草皮。當我們走路時,我開始相信歐洲的命運是無比重要的,而儘管看來似乎仍然荒謬,一切都決定於布倫海姆戰役[42]。當我們穿越這個大門時,是的,我宣稱,就是現在這時刻;我成為喬治國王的子民。」

「當我們在大街上往前走,」路易說:「我輕微地靠著吉妮,伯納和奈弗挽著手,蘇珊的手在我的手裡,當稱呼我們自己為小孩,禱告著在我們睡時上帝保護我們平安時,很難不哭泣。在柯里小姐吹著口風琴時一起唱歌、拍手、害怕黑暗,真是甜美。」

42 布倫海姆戰役(the battle of Blenheim),布倫海姆為德國巴伐利亞州西部的村莊,在西班牙王位繼承戰爭中,馬堡(Marlborough)公爵率領的英、奧聯軍在此大敗德國巴伐利亞聯軍。

「鐵門已經往回退了，」吉妮說：「時間的利齒停止吞噬。我們以胭脂、香粉、輕薄手帕勝過空間的深淵。」

「我捉住，我緊握，」蘇珊說：「我以愛意、恨意緊緊握著這隻手，任何人的手；是誰的手並不重要。」

「這靜止的心情，脫離身體的心情籠罩著我們，」蘿達說：「當心靈變得透明時，我們享受著暫時的輕鬆（一個人要沒有焦慮是很少見的）。鷦鷯的皇宮，像四重奏對著靠近舞台前排正襟危坐的聽眾演奏著，形成一個長方形。一個正方形站在長方形上，我們說：『這是我們居住的地方。現在可以看的到結構。極少的東西被留在外面。』」

「那朵花，」伯納說：「當我們和帕希瓦一起用餐的餐廳，桌上花瓶裡插著紅色康乃馨，成為一個有著六個面的花，由六條生命所形成。」

「一道神祕光線，」路易說：「照在那些榆樹前。」

「以許多痛苦、許多筆劃所形成的光線。」吉妮說。

「婚姻、死亡、旅行、友情，」伯納說：「鄉鎮和國家；孩子和那一切；一個多邊的物質由這黑暗中被切割出來；一朵許多面向的花。讓我們暫停一下；讓我們看著我們

所造成的。讓它在榆樹林前燃燒。一個生命。在那裡。結束了。燒盡了。」

「現在他們消失了，」路易說。「蘇珊和伯納。奈弗和吉妮。你和我，蘿達，在這石甕前停一下。我們現在將聽到這些尋找樹叢的情侶唱著什麼歌呢？吉妮用她帶著手套的手指著，假裝注意著睡蓮，而一直愛著伯納的蘇珊，對他說『我被破壞的生命、我所浪費的生命。』還有奈弗，在湖邊牽起吉妮櫻桃色指甲的小手，在映著月光的水邊，喊叫著『愛情，愛情。』而她回答著，模仿著鳥，『愛情，愛情？』我們將聽到什麼歌？」

「他們消失了，走向湖邊，」蘿達說：「他們偷偷地從草地上溜走，但帶著確定，彷彿要求我們了解他們古老的特權──不被打擾。靈魂中的海潮到頂，往那個方向流去；他們無法自己而捨棄我們。黑暗籠罩在他們的身體上。我們聽到了什麼歌？貓頭鷹、夜鶯、鷦鷯的？蒸氣船鳴叫著；電車軌的光閃亮著；樹木悲傷地彎腰低頭。倫敦上空懸掛著火焰。這裡有個老婦人，安靜返家，和一個男人，一個晚歸的漁夫，背著他的魚竿從平坦地方走來。沒有任何聲音、沒有任何一個動作可以嚇走我們。」

「一隻鳥飛著歸巢，」路易說：「夜晚睜開她的雙眼，在她睡前在草叢中快速眨一下眼。我們將如何將解讀這些呢？他們發出令人迷惑又混雜的訊息，不只是他們，還有許多死去的人、男孩和女孩、男人和女人，是誰在這裡？在一個國王或另一個國王眼下

「一個重量掉入了夜晚，」蘿達說：「將夜晚往下拉。每棵樹帶著一個影子變大，一個不是它後方樹的影子。我們聽到一座齋戒中的城市屋頂上的鼓聲，土耳其人正餓著，而不確定被緩和了。我們聽到他們以尖銳聲音，如同雄鹿般嚎叫著『開門、開門。』，聽著電車發出刺耳聲響，看著電車軌發出的閃光。我們聽到山毛櫸和樺樹揚起樹枝，彷彿新娘讓她的絲質睡衣滑落，來到門前說著『開門、開門』。」

「一切似乎都活著，」路易說：「今晚我在任何地方都聽不到死亡。一個人會以為那個男人臉上的愚笨，那個女人臉上的年華老去，足夠強壯可以抵抗魔咒，帶來死亡。但今晚死亡在哪裡？一切的殘酷，瑣事、這個和那個，像被除草機壓碎，丟入深藍滾著紅邊的浪潮，浪潮滿載著無數的魚沖到海邊，在我們腳下破碎。」

「如果我們可以一起攀爬，如果我們可以從足夠的高度觀察，」蘿達說：「如果我們可以不需任何支持，不與人接觸——但是你，被微弱掌聲的讚美和微笑所干擾，我，痛恨妥協和人類嘴上說的對與錯，只信任孤獨和死亡的暴力，因此而分開。」

「永遠的，」路易說：「分開了。我們犧牲了在蕨類植物之間的擁抱，和湖畔的愛情、愛情、愛情，站在甕旁，像被分開的共謀者分享著一個祕密。但現在看著，當我們

游蕩？」

站在這裡，一個漣漪在地平線上波動。網子被升得愈來愈高。來到水的表面。水被銀色顫抖的小魚劃破。現在跳躍著、擺動著，它們躺在岸上。生命在草上撒網捕捉。有人朝我們靠近。他們之前浸在漂浮浪潮中，身上仍然穿著無法辨識的布料。他們是男人還是女人？

「現在，」**蘿達**說：「他們經過那棵樹，他們恢復原本的大小。他們只是男人，只是女人。當他們脫掉漂流浪潮的布料時，驚奇和敬畏改變了。憐憫回來了，當他們進入月光，像一支軍隊的遺址，我們的代表（在這裡或在希臘）每晚都去作戰，然後每晚帶著傷與被摧殘的臉回來。現在光線再度落在他們身上。他們有臉孔。他們變成蘇珊和伯納，吉妮和奈弗，我們認識的人。現在他們縮得多麼小！歷盡多少滄桑，多少羞辱！當我感覺自己被他們朝我們丟擲的魚鉤所揪住；這些招呼、辨認、握手和搜尋的眼神，有著記憶中的聲調和預期中的偏離話題，他們手搖動著，讓黑暗中一千個過往的日子再度升起，動搖我的目的。」

「有東西在跳動著、舞著，」**路易**說：「當他們在大街上往前走時，幻象回來了。問題開始了。我認為你是怎樣——你認為我是怎樣？你是誰？我是誰？那個冒著泡沫，

顫抖再次將不安的空氣著灑在我們身上,脈搏加速、眼睛發亮,個人存在的一切瘋狂再度開始,如果沒有這些,生命會掉落躺平死亡。他們注意著我們。南方太陽在甕上閃動著;我們離岸,朝著狂野殘酷大海的浪潮前進。上帝幫助我們,在歡迎他們——蘇珊和伯納、奈弗和吉妮——歸來時,演出我們的角色。」

「我們的出現破壞了某些東西,」伯納說:「或許是一個世界。」

「但我們極少呼吸,」奈弗說:「雖然我們被耗盡。我們在心境上是被動和疲累的,我們只希望與被分離母親的身體再次結合。其他一切都是令人憎厭、被強迫和令人疲憊的。吉妮的黃圍巾在這光下是蛾色的;蘇珊眼睛的光芒熄滅了。我們幾乎無法與河流區分。一根菸蒂是我們之中唯一的重點。而悲傷沾染我們的內容,我們應該離開你們,撕裂纖維;屈服於想獨自擠壓出更苦、更黑卻是甜美果汁的慾望。但現在我們都歷盡滄桑、被耗盡了。」

「在我們的燃燒之後,」吉妮說:「沒有剩下東西可放在項鍊小盒裡。」

「我仍然會目瞪口呆,」蘇珊說:「像隻幼鳥,不滿足的,因為有東西從我這逃脫了。」

「在我們走以前,」伯納說:「讓我們再停留一下。讓我們獨自在河邊草地漫涉。

現在快到上床的時間。人們已經回家。現在看著燈光從河另一邊小店鋪老闆的臥室流出，令人覺得多麼安慰。還有一盞、還有另一盞。你認為他們今天的收入是多少？剛好只夠付房租、電費、食物和孩子的衣服。但只是剛好夠而已。那小店鋪老闆付電影院的光，帶給了我們關於生命可忍受到何種程度的感覺。星期六到來，口袋裡只夠付電影院的幾個位子。也許在他們關燈之前，他們會走進小小花園，看著大兔子躺在小木屋裡。那是他們星期日晚餐要吃的兔子。然後他們關了燈。對成千上萬的人來說，睡覺只是溫暖和安靜，有一刻有著一些活躍的美夢。『我的信寄給星期日報紙了』，蔬果店老闆想著，『假如我足球賽贏了五百鎊呢？我們會宰了那隻兔子。生命真愉快。生命真美好。我把信寄出去了。我們要把兔子宰了。』然後他睡著了。

『那繼續著。聽著。有一個聲音像是鐵路車廂敲在轉軌用軌道上的聲音。這是我們生命中一個接一個的事件，快樂的連鎖事件。敲門、敲門、敲門。必須、必須、必須。必須離開、必須睡覺、必須醒來、必須起床——我們假裝斥罵的理性、仁慈的字辭，我們必須緊按著心臟，否則會無法完成。我們多麼崇拜那個車廂一起敲著變換軌道的聲音。』

『現在，在河流下方遠處我聽到合唱聲；那群愛吹牛的男孩唱著歌，他們外出一

天，在一艘擁擠輪船的甲板上，現在乘大遊覽車回來了。他們一直唱著歌，現在仍然唱著，經過廣場，在冬天的夜晚，或者窗戶敞開的夏日，喝醉了，破壞家具，戴著小小條紋帽，在轉彎處煞車時，他們的頭全都轉向同一個方向；而我希望和他們在一起。

「隨著合唱團，那旋轉的水和那恰可聽到微風的低語，我們往下滑。我們自身正一小塊一小塊崩落。那裡！又有一小塊重要的自我崩落了。我無法讓自己集中精神。我將睡去。但我們必須離開；必須趕火車；必須走去車站——必須、必須。我們似乎只是在彼此旁邊快跑的身體。我只存在於我腳下的鞋底和我大腿疲累的肌肉中。我們似乎走了好幾個小時。但去哪裡？我記不得了。我像塊木頭，隨著水流平順地流向瀑布。我不是法官。我不是被叫來給予意見。那是個女人在走路嗎？那是車站。在這灰色燈光下，房子和樹木全都一樣。那是郵局嗎？那裡是車站。如果火車將我切成兩半，我將在更遙遠處結合，合而為一，成為不可分割的。但奇怪的是，即使現在，即使睡著了，我的右手手指間仍緊握著到滑鐵盧的回程車票。」

現在太陽已經落下。天和海已經無法分辨。海浪破碎，將白色扇子遠遠散到海岸上，將白色陰影送入迴聲響亮的隱密洞穴，然後往回退，在圓石上嘆息。樹木搖動著樹枝，一些樹葉散落到地上。在那擺好完美姿勢在這定點等待被分解。暗影讓麥桿中的通道變黑。不時有一根泛白空心麥桿從舊鳥巢吹落，掉進腐爛蘋果間的黑暗草叢。光線已經從工具間的牆上退去，掛著蝮蛇板的釘子空蕩蕩；櫥櫃和椅子的棕色大體積溶成一個巨大超越邊線的模糊。從地板到天花板的高度掛著抖動著黑暗的大片窗簾。穿衣鏡顯得蒼白，像是懸掛著藤蔓陰影所覆蓋的洞穴口。堅實的山丘已經失去質感。游動的光線在看不見沉沒的路上投下羽狀光芒，但山丘摺疊的翅膀之間並無任何光線，沒有聲音，除了一隻鳥的叫聲，牠在尋找一棵更寂寞的樹。在懸崖邊有著掃過森林的空氣低語著，以及在深海中經過一千個如玻璃般空洞所冷藏的海水。

從一度承著紅光的破容器將黑與灰反射入花園中。暗影讓麥桿中的通道變黑。畫眉鳥靜默無聲，蟲蜷曲身體縮回狹窄洞內。

彷彿空氣中有著黑暗的浪潮，黑暗往前，覆蓋房舍、山丘、樹林、如同浪潮的水沖刷著沉船周圍。黑暗沖刷著街道、如潮水圍著每一個形體、將他們淹沒；遮蔽著在夏日盛茂枝葉榆樹暗影下緊纏的情侶。黑暗將浪潮捲向長滿野草的走道和有著皺摺表面的草地、覆蓋著孤單的荊棘樹和樹根空蕩的蝸牛殼。往更高處爬，黑暗往貧瘠的高地斜坡上吹，遇上被侵蝕、白雪常駐於堅硬石上的山巔，即使當山谷布滿湍急溪流和黃色藤葉，女孩們坐在陽台上，往上望著雪，舉起扇子為臉遮蔭。她們也被黑暗覆蓋。

「現在做出總結，」伯納說：「現在對你們解釋我生命的意義。既然我們不認識彼此（雖然我想我在往非洲的船上見過你一次），我們可以自由地說話。我想像著生命是在某一刻是有形體的，圓形的、有重量、有深度的，這個想像完成了。在這一刻，這似乎是我的生命。如果可能，我將它整個交給你。我會將它摘下，如同摘一串葡萄一般。我會說：『拿去，這是我的生命。』

「但很不幸，我所看到的（這個球，充滿各種形體），你看不到。你看到我，坐在桌子的對面，一個體態相當沉重的老男人，太陽穴已經灰白。你看著我拿起餐巾攤開。你看著我為自己倒一杯酒。你看著我背後的門開了，人們經過。但為了讓你了解，為了將我的生命給你，我必須告訴你一個故事──有許多許多的故事──童年的故事、關於學校、愛情、婚姻、死亡的故事，等等；而沒有一個故事是真實的。但我們就像孩子般告訴彼此故事，為了點綴故事，我們想出這些荒謬、花俏、美麗的句子。我是多麼厭倦故事，多麼厭倦那些優美落下、腳全站在地上的句子！我也非常不信任對人生的簡單設計，可以在便條紙上用半頁就寫完。我開始渴望一些不正式的語言，例如情侶用的、斷裂無法清楚唸出的字詞，像在走道上拖曳著的腳。我開始尋找一些設計，可以更貼切地形容偶而出現、無法否認的羞辱和和勝利的時刻。在暴風雨天躺在水溝裡，當下雨時，

巨大雲朵在天空行軍，還有破碎雲朵、小雲朵。那時讓我高興的是混亂、高度、冷漠和憤怒。大雲朵總是改變著，移動著；某種帶硫黃氣味邪惡的物體慌亂地往前滾動；高聳著、尾隨著、破碎、迷失，還有我忘了——微小——在水溝裡。我那時還看不到一點故事、設計的痕跡。

「但同時，我們在吃飯時，讓我們翻過這些場景，像孩子翻過圖畫書的書頁，保母指著說：『那是母牛。那是船。』讓我們翻過這些頁，為了讓你們高興，我會將評語加在邊緣空白處。

「一開始，有個孩子的房間，有著開向花園的窗戶，在那之外是海。我看到一些發亮的東西——不需懷疑，那是櫃子的銅手把。然後康斯坦伯太太把海綿高舉過她的頭，擠壓著，然後感覺之箭射出，右、左、延著脊椎往下。因此，在剩下的時間中只要我們有呼吸，當我們敲一張椅子、桌子或一個女人，我們都會被感覺之箭刺穿——當我們走在花園裡，當我們喝這杯酒。有時，真的，當我經過一間窗裡亮著燈的木屋，有個剛出生的嬰兒，我會懇求他們不要在那個新身體上擠壓海棉。然後，那裡有花園。有著似乎包圍一切的黑醋栗葉形成的林冠；花朵，在綠色深處上像火花燃燒著；一隻老鼠在大黃葉下被蛆蟲覆蓋著；蒼蠅在小孩房間天花板、還有一盤又一盤無辜的麵包和奶油上，

嗡、嗡、嗡繞著。這一切事情在一秒之內發生,而永遠保留著。臉孔隱約出現。在角落一閃而過,『哈囉!』有人說:『這是吉妮,那是奈弗,穿著灰色法蘭絨帶著銅蛇皮帶的是路易。那是蘿達。』她有一個木盆,她讓白色花瓣在木盆裡航行。那天當我和奈弗在工具間時,是蘇珊在哭泣;我感覺我的冷漠融化了。奈弗並沒有融化。『因此,』我說:『我是我自己,不是奈弗。』一個很棒的發現。蘇珊哭了,我跟隨著她。她的溼手帕,看到她小小的背部上下抽動有如幫浦的手把,正為否定她的事物而啜泣,讓我的神經繃緊。當我坐在她旁邊硬如骷髏的樹根上時,我說:『不應該忍受這些的。』當時我第一次明白那些敵人的存在,他們改變著,但一直都在那裡。那個我們所對抗的力量。我無法想像讓自己被動地帶著往前。『那是你的路線,世界,』有人說,『我的路是這一條。』因此,我叫道:『讓我們探險吧!』然後跳起來,和蘇珊跑下山丘,看到馬廄男孩穿著大靴子在後院大聲作響走著。在下方,穿過層層樹葉,園丁們拿著大掃把在掃草坪。那個女士坐著寫字。無法移動、如死去般停滯,我想著,『我無法介入那些掃把的揮動。』他們掃著,他們掃著。那個婦人書寫時的固定姿勢。奇怪的是,我們無法讓園丁停止掃地或讓一個女人移動。它們一直停留在我的生命中。彷彿一個人在巨石陣中醒來,被一圈巨大石頭、這些敵人,這些存在環繞著。然後一隻斑尾林鴿飛出

樹林。我第一次戀愛，我造了一個句子——一首關於斑尾林鴿的詩——只有一句，因為我心中被敲了一個洞，那是一種的突然透明，讓人看清楚一切。然後更多的麵包和奶油、更多的蒼蠅在小孩房間的天花板嗡嗡繞著，上面有著抖動的光之島，被擾亂半透明的，光的手指在壁爐臺角落滴下藍色水池。日復一日，我們坐著喝茶時，就觀察著這些景像。

「但我們全都不同。那層蠟——我們每個人出生時裏在脊椎上的蠟，以不同的形狀熔化。在醋栗叢間，穿靴子的男孩低吼著對著女傭做愛；衣服掛在繩上被風用力吹起翻揚；水溝裡死去的男人；在月光下挺立的蘋果樹；爬滿蛆蟲的老鼠；滴下藍色的光線——我們的純白的蠟被這每一件事以不同的方式形成條紋、玷污。路易厭惡人類肉體的本質；蘿達厭惡我們的殘酷；蘇珊無法分享；奈弗想要有次序；吉妮愛人；等等。我們在成為不同身體的同時，也飽受痛苦。

「但我被保護著免於接觸這些過度的事物，還保有許多朋友，我是矮小結實、灰色、輕揉著胸部，彷彿這並非是從屋頂，而是從三樓窗戶看到的人生全部的景色，讓我高興的，並非是一個女人對一個男人說了什麼，即使那個男人是我自己。因此我在學校時，怎麼可能被欺負呢？他們怎麼可能為我準備熱東西呢？校長蹣跚地走進小教堂，彷

佛在狂風中用力踏著戰艦,藉著傳聲筒叫囂著命令,有權力的人總是變得戲劇化——我不像奈弗那樣恨他,或像路易那樣敬重他。當我們一起坐在教堂裡時,我記著筆記。那裡有柱子、陰影、紀念銅像、男孩們在禱告書後扭打、爭奪著郵票;生鏽幫浦的聲音;還有帕希瓦在搖校長低沉聲音轟轟作響,說著永垂不朽和要我們像個男人一樣地下台;在我的口袋書空白處畫著人像,因此我們變得更加著他的大腿。我記下寫故事的筆記;這是我所看到的一、兩個人。

「那天在教堂,帕希瓦坐著瞪視著正前方。他有一種用手輕拍後頸的動作。他的行動永遠引人注意。我們全都用手輕拍著後頸——但並未成功。他有一種美,可以自行抵擋任何撫摸。因為他並非特別早熟,他讀著為了啟發我們心智而寫的任何文章,例如他認為露西淡黃髮色的馬尾和粉紅臉頰展現了高度的女性美。因此保有他之後變得極為細緻的品味。但應該有音樂,一種狂野的聖誕歌曲,由快速無法理解的生命唱出——一個在山丘間吶喊而逐漸消逝的聲音。令人驚訝、無法預期、無法解釋,讓對稱成為無稽之談的事——突然在我心中出現,我想起他。那小小的觀察機制鬆脫了;柱子倒下;校長飄走;突然一股高漲情緒攫住我。他在一場比賽中騎著馬,他被拋出

當我今晚沿著夏福斯畢利街走時,那些不重要、幾乎沒有規律的臉孔從地鐵的門往上冒,有許多看不清楚的印度人、還有因飢荒和疾病正在死去的人、被欺騙的女人、被鞭打的狗和哭泣的小孩——這一切對我來說似乎都已被剝奪。他原本可以爭取正義。他原本可以保護他人。他四十歲時,可以震驚當權者。我還無法想到任何安眠曲可以唱給他聽,讓他安息。

「但讓我再舀一次,在湯匙裡舀起另一個微小的物體,我們樂觀地稱為『我們朋友的性格』」——路易。他坐著瞪著講道的人。他的自我似乎在他的眉毛糾成一團,他的嘴唇緊閉,他的眼睛定著,但突然因大笑而閃過光芒。他也受凍瘡之苦,那是血液循環不佳的懲罰。不快樂、沒有朋友、被放逐,但有時他會突然有自信,形容大浪如何衝進我家的海灘上。年輕不知悔恨的眼睛盯著他腫大的關節。是的,但我們也很快察覺到他是多麼尖銳、敏捷、嚴厲,當我們躺在榆樹下假裝看著蟋蟀時,我們很自然地等著他的許可,雖然他很少同意。他的崛起是被憎恨的,而帕希瓦則是被敬愛的。拘謹、猜疑、過多他的腳像手杖般舉起,有個傳言是他曾經徒手打破一扇門。但他的頂峰太過貧瘠,將的石塊讓那種霧氣無法攀住。他沒有那種一個人和另一個人互相連結的單純感覺。他維持著疏遠;神祕;一個可以啟發正確事物的學者,而這是極為困難的。我的句子(如何

形容月亮）並未符合他的認可。從另一方面來說，他羨慕我可以和僕人自在相處到了絕望的地步。並非他自己的沙漠讓他失望。因為這和他對紀律的尊重是相稱的。因此，最後他成功了。雖然，他的生命並不快樂。但看吧——當他握住我的手掌時，他的眼睛變白。突然感覺人們都是樹葉。我讓他回到水池邊，讓他在那得到光亮。

「奈弗是下一個——躺在地上瞪著夏日天空。他像一顆薊花，帶著冠毛的種子在我們之間飄浮著，懶散地出沒在操場有陽光的角落，他沒有在聆聽，但也不會遠離。藉由他我可以四處尋找資料，而從未真正接觸古典拉丁文學，同時也留下一些一直維持的思考習慣，這些讓我們無可救藥地偏頗——例如十字架是魔鬼的記號。而我們對這些觀點又愛又恨，抱著模糊態度，對他來說是不可原諒的奸詐。那走路搖擺、聲音宏亮的校長，我讓他坐下，將他的吊褲帶從瓦斯火上晃過的校長，對他來說只是個審問的工具。因此，他的怠惰轉為熱情，轉移到加塔拉斯、賀瑞斯、留克利希阿斯，有著像食蟻獸舌頭的心著，是的，但凝視著、注意著，像個全神貫注看著板球的球員，他懶散躺著沉睡靈，快速、靈巧、黏力強，他尋找那些羅馬句子中的每個轉折，然後尋找一個人，永遠有一個人，讓他坐在那人旁邊。

「然後老師們太太的長裙會颼颼經過，巨大帶著威脅的；我們的手會飛到帽子上。

然後極度的無趣來臨，不間斷、單調的無趣。沒有任何事物、沒有任何事物會與它那負載著沉重汪洋的鰭分離。沒有任何事物可舉起那無可忍受的無聊之重量。學期繼續著。我們成長；我們改變；當然，因為我們是動物。我們並非一直都了解這點；我們自動地呼吸、吃飯、睡覺。我們不只是個別存在著，同時也存在於無法分辨的點滴事物中。只要一勺就有一大馬車的男孩被舀起，然後去打板球、打足球。一支軍隊行軍橫跨歐洲。我們聚在公園和大廳裡，不撓不撓地反對叛徒──建立自己存在的人（奈弗、路易、蘿達）。而我的本性如此，當路易或奈弗唱著時，我會聽著一、兩聲特殊的旋律，在夜晚經過廣場時，我會無法抗拒被吸引聽著合唱團吟誦著古老、幾乎無歌詞、幾乎無意義的曲調；現在當我們聽著周圍的隆隆聲，車子和公車載著人們去戲院（聽；車子快速經過這家餐廳；偶爾，在河下方當一艘輪船往大海駛去，一聲汽笛響起）。如果在火車上一個推銷員請我吸鼻菸，我會接受。我喜歡事物那種重複、無固定形狀、溫暖、並非非常聰明，但極度輕鬆相當粗獷的一面；男人在俱樂部和國宅的談話，礦工穿著內褲半裸著──那種直率、完全不裝模作樣、沒有想到人生的結果，除了晚餐、愛情、金錢和容忍地過著日子；並沒有偉大的希望、理想或任何類似想法；沒有假設，除了以堪可接受的方式度過人生。我喜歡這一切。因此我加入他們，當奈弗或路

「因為我極度同意這一切,他生著悶氣轉身走開。

「因此,我上蠟的背心大片脫落,這裡一滴、那裡一滴,毫無章法或次序。現在透過這透明,可望見奇妙的草地,一開始是月白色,閃閃發亮,沒有被任何腳踏過。草地上有玫瑰、番紅花、岩石,還有蛇,帶著斑點黝黑的蛇;令人尷尬、纏繞、跌倒的東西。一個人跳下床,打開窗戶;群鳥飛起揚起颼颼聲!你知道那種翅膀突然快速震動、驚叫、歡唱和迷惑;暴動和無意義的聲音;一切的水滴閃著亮光、顫抖著,彷彿花園是一片滿布碎片的馬賽克,正在消失、閃著亮光;但還未完整形成;一隻鳥靠近窗戶唱著。我聽到那些鬼魂。我追隨那些瓊、那些桃樂絲、那些蜜莉安,我忘了他們的名字,走過大街,停在橋中央,往下看著河裡。他們之間有一、兩位傑出人物,鳥在窗邊以青春之全神貫注高唱著;在石頭上摔破蝸牛,把鳥喙啄入黏稠、半流體物質;心意堅決、熱切、無悔、吉妮、蘇珊、蘿達。他們在東岸或南岸接受教育。他們有著長長的馬尾,有著受驚嚇小馬的表情,這是青少年的標記。

「吉妮是第一個帶著羞怯不安來到門前吃糖的。她很聰明地舔掉手掌上的糖,但她的耳朵後仰,彷彿會咬人。蘿達很狂野——蘿達是無法被捕捉的。她既驚嚇又行動笨拙。蘇珊是第一個成為完整女人,有著純粹的女性特質。是她在我臉上滴下那些熱淚,

恐怖、美麗；兩者皆是、兩者皆非。她是為了詩人的讚嘆而生，因為詩人需要安全；一個坐著縫補，一個說著『我恨、我愛』，一個既不令人覺得舒服，也不成功的人，但她有一些特質，符合創造出令人讚嘆詩句的那種純粹風格，有著高超但果決的美。她的父親穿著寬大下垂的睡衣和破舊拖鞋，經過一個個房間然後走到鋪著石板的陽台。在寧靜夜晚一英哩外一道水牆帶著一聲咆哮落下。那隻年老的狗幾乎無法自己爬上椅子。當她呼呼轉著轉著縫紉機的輪子時，聽到一個不機警的僕人在房子頂端大笑。

「甚至在我的怒氣中，我觀察到當她扭著手帕時，蘇珊喊著『我愛，我恨』。」「一個沒用的僕人」，我觀察到，「在樓上閣樓大笑」，這小小的戲劇可以呈現我們如何尚未完整地融入自己的經驗中。在每個痛苦的邊緣坐著一個觀察敏銳的傢伙指著；他對我低語著，如同那個夏日清晨，在玉米長到窗邊的房子裡，他對我低語：『長在河邊草地上的柳樹』。園丁們拿著大掃把掃地，那位女士坐著寫字。」因此他將我導向我們自身困境之外的事物；導向有象徵性的，因此可能是永恆的事物，如果在我們睡覺、吃飯、呼吸，如此動物性，如此精神性和瞬息萬變的生命中，有任何永恆的話。

「長在河邊的柳樹。我和奈弗、拉朋、貝克、羅西、休斯、帕希瓦和吉妮坐在平滑草地上。透過春天嫩綠些微蜷曲、秋天成黃橘的長條柳葉，我看到船隻；建築；我看到

趕路衰弱的婦人。我在這草地上埋葬了一根又一根的火柴，記錄在了解過程中（可能是哲學、科學、可能是我自己）的這個或那個階段，同時我智力的邊緣漂離浮游著，捕捉那些遠方的感覺，在一段時間後，心靈將其納入加以處理；鐘響；一般的耳語；消失的人物；一個騎著腳踏車的女孩，當她騎車時，似乎將窗簾的一角拉起，洩露生命共同、無所分別的混亂，這在我的朋友和柳樹後方升起。

「只有那棵樹抵擋我們永恆的改變。因為我改變又改變；我是哈姆雷特、雪萊、杜思妥也夫斯基一部小說中的主角，我現在想不起他的名字；還有令人無法相信的、一整個學期都是拿破崙；但我主要是拜倫。一度有許多個星期，我大步走進房間，將手套和外套擲在椅背上，輕微帶著怒色。我總是走到書架尋找另一種神聖的特效藥。因此，我很不恰當地，將我書寫的大量句子飛擲在某人身上——一個現在已經結婚、被埋葬的女孩；每本書、每個靠窗的座位都丟滿了我未寫完的信，寫給那位讓我成為拜倫娶她，無可置疑那種強度還不夠成熟。

「現在應該有音樂。不是那首狂野的獵歌，帕希瓦的音樂；而是一種痛苦、由喉間內臟發出的，同時也是向上攀升、雲雀般響亮的歌曲，取代這些了無生氣、愚蠢的抄

襲，我企圖用此形容初戀的短暫──這是多麼的刻意！多麼的太過理性！一道紫色滑梯劃過了白天。看著那個她來過又離去的房間。看窗外天真的人追尋著他們的道路。他們既看不到也聽不到；但他們繼續往前。在這光亮但黏稠的空氣中移動，我是多麼意識到每一個動作──有東西黏在某人手上，甚至是拿起報紙。然後有被取出腸子的存在──被取出後，像蜘蛛網纏繞著，然後痛苦地在一根刺上扭轉圍繞。然後是全然冷漠發出如雷般的響聲；燈被吹熄；然後無可測量不負責任的歡樂回來了，某些田地似乎永遠綠油油，純樸的風景出現，彷彿被第一道黎明的陽光照著──例如，在漢普斯坦上的一畝綠；然後所有的臉孔被照亮，所有的人都共享安靜溫柔的歡樂；然後是神祕的完結，然後是刺耳、角鮫皮般粗礪──那些令人顫抖的感覺如黑箭般出現。刺人的懷疑快速現身──恐懼、恐懼、恐懼──但當一個人需要的並非腸枯思竭寫出的連續句子，而是一聲吼叫、一聲哀嚎時，這些句子又有什麼用？當多年過後，一個餐廳裡，看到一位中年婦人脫下她的外套。

「但回到原點。讓我們再次假裝生命是種固體物質，形狀像個球體，我們可以在指尖旋轉的球體。讓我們假裝可以編出一個簡單有邏輯的故事，所以當一件事結束時──例如愛情──我們繼續，以一種有秩序的方式，往下一個情節去。我剛說到有一棵柳

樹。掛滿垂柳，它彎曲布滿皺紋的樹幹，有那種停留在我們幻想之外的效果，但無法讓幻想停留，這一刻被幻想所改變，但帶著一種我們生命所缺乏的安穩、靜止和嚴肅。因此當我們隨波逐流改變時，它所給的評語，它所提供的標準以及理由，似乎可以測量。例如，奈弗和我坐在草地上。但我會說，當我們追隨著他的目光，穿過柳枝，來到河上的小船，有個年輕人就著紙袋吃著香蕉，有任何東西會比這還清楚嗎？那個場景以極大的張力被切下，充滿他的觀點特色，因此有一刻我也可以看到這場景；小船、香蕉、年輕人、透過柳樹枝。然後它消逝。

「蘿達模糊地漫遊過來。她的衣服被風吹起，穿著拖鞋的腳藏到後面，這可以讓她對任何學者予取予求，或讓驢子在草地上打滾。恐懼搖擺不定隱藏自己，然後對著她那淺灰、受驚、夢幻眼睛深處的火焰吹著氣。雖然我們是殘忍、報復心強的，但我們還沒壞到那種程度。我們當然有基本美德，而叫我跟幾乎不認識的人隨意說話，是不可能的──我們應該停止。她所看到的柳樹，是長在沒有鳥歌唱的灰色沙漠邊緣。當她看著柳葉時，它們枯萎，當她經過柳樹時，柳葉被痛苦地拋擲。街上的電車和公車嘶啞咆哮著，輾過石塊快速成為泡沫遠去。也許有一根柱子，被陽光照著，站在她的沙漠中，旁邊有個池塘，野獸偷偷來此飲水。

「然後吉妮來了。她將她的火焰投到樹上。她像棵捲皺的罌粟、發著熱、帶著飢渴慾望飲著乾裂塵土。飛奔而來、表情執拗、完全不帶衝動，她有備而來。乾涸大地裂縫裡有著鋸齒狀的小火焰。她讓柳樹起舞，但並未帶著幻想；因為她看不到不在現場的東西。那裡有棵樹、有條河、那時是下午；我們在這裡；我穿著毛嗶嘰西裝；她穿著綠色。沒有過去，沒有未來；只有閃著亮光的這一刻，和我們的身體；以及那無可避免的高潮，狂喜。

「路易，當他坐上草地，先小心翼翼地攤開一塊布（我並沒有誇張），讓人知道他的出現。那真是棒極了。我的智慧讓我對他的正直致敬；他用那因凍瘡而包裹著破布、瘦可見骨的手指研究鑽石是否為真。我在草地上他腳下將好幾盒燃燒過的火柴埋進洞裡。他嚴厲苛薄的舌頭譴責的懶散。他令人不舒服的想像力讓我著迷。他的主角戴著圓頂禮帽，談論著要用幾十鎊賣掉鋼琴。他的景色裡，電車發出尖銳聲音；工廠排放難聞氣體。他出沒於破爛不堪的街道、城鎮，在聖誕節時，裸露女人喝醉躺在床單上。他的字詞從製彈塔⁴³往下落，撞及水面，然後往上噴出。但我停住，看著樹，我看到秋天時火紅斑黃的柳條，有些沉澱物形成；我形成；一顆水滴落下；我落下——從這已經結

束的經驗中我現出。

「我起身走開——是我,我,我;不是拜倫、雪萊、杜思妥也夫斯基,而是我,伯納。我甚至重複自己的名字一次或兩次。我出去,擺動著我的手杖,走入一家店,我並不喜愛音樂,我買了一張框在銀相框的貝多芬像。雖然我並非喜愛音樂,而是因為整個生命,生命的許多主人、冒險者,出現在我身後一長列的偉大人類;我是繼承者,我是延續者;我是那被神奇地選中讓一切繼續的人。因此,我擺動著手杖,我覆蓋著眼睛,並非驕傲,而是謙卑,我在街上往前走。翅膀的第一陣颼颼聲已經響起,吵鬧、呼喊聲;現在有人進入房子裡,一個乾燥、不願妥協、有人居住的房子,有著自己的傳統、物體、累積雜物和在桌上展示珍藏。我拜訪家族的裁縫師,他還記得我叔叔。人們大量出現,並非像最先認識的臉孔(奈弗、路易、吉妮、蘇珊、蘿達)被剪下,而是混淆,五官不明的,或五官被快速改變,以致於他們看來好似沒有任何五官。我紅著臉但帶著輕蔑,在最奇怪的情況下,在狂喜與懷疑交雜的情緒中接受打擊;在同一時間、所有地方對生命的全面撞擊是複雜、混亂、完全沒有準備。多麼令人傷心!而

43 製彈塔(shot tower),為採滴鉛入水法的製彈塔。

永遠不確定接下來該說什麼是令人覺得多麼羞辱，那些痛苦的沉默、如同乾涸沙漠中每個石頭都極為明顯；然後說出不該說的話，然後意識到這點，願意拿出許多金錢來交換正直誠摯，但又做不到，在那派對上，吉妮相當自在地坐在鑲金椅子上，豔光照人。

「然後有位女士做出令人印象深刻的手勢，說著『跟我來』。她帶領我進入一個私密小房間，允許與她私密相處的榮耀，姓氏改為基督教的名字；基督教名字變成小名。那印度、愛爾蘭或摩洛哥該怎麼處理呢？全身監裝的年老男士站在水晶吊燈下，回答這個問題。你將驚訝地發現，這裡提供許多訊息。我們在外表有著無法分辨的力量怒吼著；我們的內心是非常私密、非常明確，事實上有一種感覺，在這裡、在這小房間裡，我們創造一個星期中的某一天，不管是哪一天。星期五或星期六。一個殼在柔軟靈魂上形成，如珠母般閃亮，各種感覺敲擊著，想打破外殼但無功而返。在我身上這個殼比大部分人更早形成。很快地，當其他人用完甜點，我可以切著我的梨。我可以在全然沉默中將我的句子結束。同時也是在這個期間，完美成為一種誘餌。我們想著可以學西班牙人，將一根繩子繫在右腳腳趾然後早早醒來。我們將記事簿的空格填滿著八點晚餐；一點半午餐。我們在床上鋪著襯衫、襪子、領帶。

「但這是個錯誤，這極度的精確、有秩序、軍隊般的行進，是一種方便之法、一個

謊言。即使當我們穿著白背心、禮貌寒暄、準時在約定時間抵達,在這之下深處有一股溪流,帶著破碎的夢、兒時的旋律、街道上的喊叫、半完成的句子和所見到的景象——榆樹、柳樹、在掃地的園丁、在寫字的女人——即使在我們牽著一位女士的手,請她坐下共進晚餐時,它們在升起、下沉。當我們將叉子準確地放在桌布上,一千張臉扮著鬼臉。湯匙中撈不起任何東西;沒有任何事可稱為事件。但這溪流是有生命的、深沉的。我浸入其中,在一口食物和下一口之間停頓,專注看著一個花瓶,或許其中有一枝紅花,讓我想起一個理由,一個突然的啟發。或者,當我沿著史崔德街走時,我可以說『這句就是我要的』,當一隻美麗、曼妙的幽靈鳥、魚或雲帶著火紅的邊往上游,我可以涵括一切纏繞我的想法,在此之後,我疾步快走,重新拾起清點櫥窗中領帶和東西的快樂。

「那水晶,有人稱呼它為生命的球,觸摸起來並非堅硬冰冷,而是有著最輕薄空氣形成的牆。如果我擠壓,一切會迸裂。我從這大鍋中所萃取完整的句子,只是捕捉到一串六條願意讓自己被捕捉的小魚,而其他一百萬隻魚跳著、嘶嘶叫著,讓大鍋像煮沸的銀般起泡,從我指間滑過。臉孔重複出現,臉孔以及臉孔——他們將美麗臉孔擠壓著我泡沫之牆——奈弗、蘇珊、路易、吉妮、蘿達,還有其他成千上萬人。要將他們正確排

好順序是多麼不可能;要將一個分離取出或給予一個整體的效果是多麼不可能——就像音樂。彷彿一個有著和諧和不和諧聲音的交響樂,有著高音音調,也有複雜的低音,然後一起成長!每個人吹著自己的音調,小提琴、長笛、小嗩吶、鼓或任何的樂器。跟奈弗說:『讓我們討論哈姆雷特。』跟路易談科學。跟吉妮說愛情。然後突然在片刻的憤怒中,我和一個安靜的男人出發到了昆布蘭[44],整個星期待在一間旅館裡,雨水沖洗著窗櫺,晚餐除了羊肉、羊肉,還是羊肉。但那個星期,成為浸泡在混亂、未被記錄的感覺裡的一顆堅硬石塊。那時我們玩著骨牌;因為硬的羊肉而爭吵。然後我們在荒地上走著。一個小女孩在門邊偷看,給了我那封信,寫在藍色紙上,我從其中知道,那個讓我成為拜倫的女孩將嫁給一位鄉紳。一個穿著綁腿的男人、一個拿著鞭子的男人,一個在晚餐發表對肥壯公牛演說的男人——我嘲弄地驚叫,然後看著飛速移動的雲,感覺到我的失敗;我希望得到自由、逃脫、被困住的慾望;讓一切結束;繼續;成為路易;成為我自己;然後穿著我的雨衣獨自走出去,感覺那永恆山丘的暴躁,毫不崇高;然後回家,怪罪羊肉,打包,再次回到混亂中;回到折磨中。

「雖然如此,生命是愉快的,生命是可忍受的。星期二跟著星期一;然後是星期三。心靈長出了年輪;身分變的強健;痛苦在成長中被吸收。打開、闔起,闔起、打

開；青春愈來愈加地活躍與強壯，青春的疾速與高熱被吸入，直到整個存在似乎像時鐘的主發條，往內又往外擴張。從一月到十二月時間之流動多麼快速！我們被事物的湍流捲向前，那事物變的如此熟悉，並未投下陰影。我們飄浮著，我們飄浮著⋯⋯

「但是，因為一個人必須跳躍（為了要告訴你這個故事），我在這裡，跳躍，在這點，跳躍到一些極為平凡的物體上——例如，火棍與火箝，在那位我成為拜倫的小姐結婚後，在那位我將稱為第三位瓊斯小姐的啟發下。她是個穿著特定款式的洋裝，在晚餐時期待某個人來到的女孩，她會摘下一朵玫瑰，她會讓人感覺如同在刮鬍子時，『穩住、穩住，這是件重要的事情』。然後會有人問，『她如何對待小孩？』我們觀察到她拿雨傘時有些笨拙；但會注意到鼴鼠被陷阱夾住；同時她激發我想坐在這女孩對面，看到一隻蜻蜓停在早餐的麵包上，將不會令人驚訝。那小小狂亂的她不會讓早餐的麵包單調乏味（在我刮鬍子時，想著婚姻生活無止境的早餐）——如果要在世界崛起的慾望；她讓我會好奇看著以前討厭看到的新生嬰兒臉孔。那小小狂亂的跳動——蹦、碰、碰——一個人心靈的脈動有著更加強壯的節奏。我沿著牛津街慢走，

44 昆布蘭（Cumberland），英格蘭西北部一郡，今併入布里亞郡（Cumbria）。

我們是持續者,我們是繼承者,我說過了,想著我的兒子和女兒;如果這感覺如此巨大又如此荒謬,讓人必須以跳上巴士或買份晚報來掩飾,這還是一個熱切奇特的想法,讓人綁起靴子,讓人寫信給從事不同工作的老朋友。住在閣樓的路易,總是溼潤的山泉女神,蘿達;他們兩人當時與我認為的正面是如此對立;他們都對我認為如此明顯的事(我們結婚,我們過著家庭生活)提出另一種看法;我因此而愛他們,憐憫他們,並深深羨慕他們不同的命運。

「曾經有人幫我寫傳記,他早已死了,但如果他仍然以諂媚的方式跟隨我的腳步,他會在這裡說:『伯納大約在這時候結婚,並買了房子⋯⋯他的朋友觀察到他有逐漸居家的傾向⋯⋯孩子的出生讓他非常希望增加收入。』這是自傳式的風格,這並沒有將帶著粗糙邊緣的破舊素材縫合起來。畢竟,如果一個人寫信是以『親愛的某某先生』開始,以『某某敬上』這種傳記式風格來寫信,我們是無法挑毛病的;我們不能輕視這些家的步伐走著,或許同時會小聲說著些廢話『聽著,聽著,這些狗會叫呢』,『走開,死亡。』『讓我不要走入那種真心相對的婚姻』等等。『他在事業上得到成功⋯⋯他繼承一位叔叔的一小筆錢財』──傳記家如此繼續著,即使一個人總是穿著長褲繫著像羅馬道路穿過我們紛擾生命的句子,因為它們強迫我們像文明人般,以警察緩慢節制

「我成為某一種人,」我在穿越人生的道路上留下痕跡,如同走過田野留下了一條路。我靴子的左邊些微磨損。我進門時,會有人安排。那個迷人但軟弱;那個強壯但目空一切;那個聰明但無情;那個是個大好人,但是,我毫不懷疑,非常無聊;那個有同情心,但很冷淡;那個走進另一個房間,變成過於重視外表、世故、過度講究衣著。對我自己來說,我是不同的;並非以上那些樣子。我傾向於將自己穩穩地釘在早餐的麵包前,我的妻子在身旁,她現在完全是我的妻子,不再是那個希望見到我時會戴一朵玫瑰的女孩,那個女孩讓我感覺存在於無意識之中,像是樹蛙棲息在綠葉陰影下。『請遞⋯⋯』我會說。『牛奶⋯⋯』她會回答,或是『瑪麗會來』——那些簡單字眼,那些繼承了所有歲月的破壞而並未說出的人,日復一日,在生命漲潮時,當一個人在早餐時覺得完全、完整。肌肉、神經、腸、血管,所有構成我們存在的線圈和發條,引擎無意識發出的低聲,以及舌頭的吐出和顫動,順暢運作著。打開、闔起;闔起、打開;吃、喝;有時說話——整個機器似乎擴張、收縮,像一個時鐘

背帶,我還是必須如此說,雖然偶爾還是會想去採黑莓;偶爾還是想玩玩打水漂般地將這些句子玩耍一番。但我必須說出那件事。

了!』不同的人說這句話時,差異真大!這裡有許多房間,許多伯納。那個

的主發條。吐司和奶油，咖啡和培根，泰晤士報和信件——突然電話急促響起，我刻意起身走向電話，拿起黑色話筒，我注意到我的心靈自在地調整自己接收訊息——也許是（我會有這些幻想）可以指揮大英帝國；我觀察自己的姿勢；再次察覺我的注意力散發出極有活力的分子，在中斷時湧出，接收訊息，將他們轉變為事情的新階段，因此在我放回話筒時，創造了一個更豐富、更強壯、更複雜的世界，我將帽子戴在頭上，我大步走入一個住有大量男人的世界，他們也將帽子戴在頭上，當我們在火車、地鐵中推擠、相遇，我們彼此眨眼，交換競爭者和同志彼此了解的眼神，我們以無數的陷阱和閃躲來達成相同目的——維持生計。

「生命是愉快的。生命是美好的。生命的過程令人滿意。就拿健康的普通人為例。他喜歡吃和睡。他喜歡新鮮空氣的味道和快步走在史崔德街上。或者，在鄉下有公雞在門上啼著；有隻小馬在田野上繞圈狂奔。總是有事情要做。星期二跟著星期一，星期三跟著星期二。每件事散發出相同的幸福漣漪，重複同樣節奏的弧線；以寒意覆蓋細沙或緩緩退潮而去。所以自我生出了年輪；身分變得強健。曾經狂野而神祕，像一把麥子灑向空中，隨著由四周突然出現的生命狂風四處吹散，現在是有方法有秩序，以一種有目

的方式灑出——看來似乎如此。

「主啊，多麼愉快！主啊，多麼美好！當火車經過郊區，我可以說，那小店老闆的生活是多麼可以忍受。在一月，我會說，如同一大群螞蟻般活躍、有活力。我在晚餐發了脾氣。

躁——可能是因為肉——要用一個小漣漪去干擾我們極其穩定的婚姻生活似乎是非常奢侈的，因為我們的小孩即將出生。在那穩定中的顫抖增加其喜悅。我講話毫無理性，彷彿成為百萬富翁，我可以隨意就把五先令花了；或者是一個爬上高空工作的工人，故意絆倒在一張板凳上。上床前我們在樓梯上解決我們的爭吵，站在窗旁看著清澈夜空彷彿在一個藍色石頭裡面，『讚美上天，』我說：『我們不必將這些散文鞭打成詩。』因為前景空闊清晰，似乎沒有任何障礙，而允許我們的生命往外散開，散到林立屋頂和煙囪之外，到無窮的邊際。

「來談帕希瓦被壓死的事。『快樂是什麼？』我說（我們的孩子出生了）：『痛苦是什麼？』指的是我身體的側邊，我下樓梯時做出一個完全關乎身體的陳述。我也寫下這個房子的注腳；那窗簾吹起；廚師唱著歌；可以從半開的門中看到衣櫃。當我下樓時，

我說：『讓他（我自己）休息一下，』『此刻在這客廳中他將受苦。沒得逃脫。』但缺乏痛苦的字眼。應該有哭喊、崩潰、裂縫，蒼白閃過印花棉布的光滑表面，干擾著對時間、空間的感覺；干擾著對經過物體極度固定的感覺；聽來非常遙遠，然後又非常接近；肌肉有著深而長的傷口，血液噴湧，一個關節突然被扭傷——這在一切之下，出現看見的第一個清晨——麻雀像是玩具般被一個小孩綁在繩上盪著。完全沒有束縛，從外在看著事物而發掘它們自身的美——這是多麼奇怪！然後有一種負擔被移除的感覺；假裝、讓人相信和不真實消失了，光亮帶來了一種透明，讓自己隱形，在走路時可以看穿事物——這是多麼奇怪？』我說，為了緊握住它，忽視了報紙的公告，然後看著照片。聖母和廊柱，拱門和柳橙樹，如同它們被創造的第一天，站在那裡，但已熟悉悲傷，我注視著它們。『這裡，』我說：『我們在一起沒有被干擾。』這種自由、免除牽掛，似乎是一種征服，在我心中激起如此崇高的喜悅，即使是現在我有時會去那裡，帶回那種精神上的喜悅和帕希瓦。但這並未持久。折磨人的是心靈之眼恐怖的活動——他如何跌落、他的樣子，他們把他抬到何處；纏著腰布的男人拉著繩子；繃帶和泥巴。然後出現回憶可怕的猛撲，未曾預告，無法閃躲——我並未和他

去漢普敦廣場。那爪子抓過；那利牙撕裂；我沒有去。雖然他失去耐心地回答沒關係；為何要打斷、為何要破壞我們這群和諧的人相處的時刻呢？——但，我仍然愁眉不展地重複著，我沒有去，因此我從這些好管閒事惡魔的祭壇中被逐出，我來找吉妮，因為她有一個房間，一個有著小桌子的房間，有著小小裝飾品散在小桌子上。我在那含著淚承認——我沒有去漢普敦廣場。而她記起其他的事情，我覺得是小事，但這些事折磨著她，這讓我知道，當我們無法分享事情時，生命將會枯萎。不久，一個女傭拿著一張紙條進來，當她回答時，我感覺到我的好奇，我想知道她在寫什麼以及寫給誰，我看到第一片葉子落在他的墳上。我看到我們經歷超越這一刻，然後將它永遠留在身後。然後我們一起坐在沙發上，無可避免地想起其他人說過的話：『五月白天的百合花是無比的美而遙遠』；我們將帕希瓦比喻成一朵百合花——我想要失去他的頭髮的帕希瓦，想要震驚權威、與我一起變老的帕希瓦；他已然蓋滿了百合花。

「因為那一刻的誠摯消逝了；它變為有象徵意義的；而那是我無法忍受的。讓我們任意用笑聲和批判來褻瀆，而非讓百合甜的膠質慢慢滲出；以及用句子覆蓋他，我哭泣。因此我離開，而吉妮，沒有未來或任何推測，但全心尊重著這一刻，她的身體被抽了一鞭，抖動一下，在她臉上擦著粉（我因此而愛她），站在門墊上向我揮手，她手按

著頭髮，免得被風吹亂，一個讓我尊重她的手勢，彷彿這手勢確認我們的決心——不讓百合生長。

「我以幻想破滅的清明，觀察著令人鄙視毫不重要的街道；陽台；窗簾；購物女人的單調衣服、貪婪和得意；圍著羊毛圍巾出門透氣的老人；人們穿越街道時的小心翼翼；那一致繼續活著的決心，我說，你們真是笨人和傻子，任何時候可能會有瓦片從屋頂落下，一輛車會轉向，因為一個醉漢拿手裡的木棍猛刺時，可沒有節奏或理由，這就是一切。我像在這些場景後面的犯罪者：呈現這些結果是如何產生的。但是，我還是回到自己溫暖舒適的家，然後被負責起居室清潔的女傭警告，只穿著襪子悄聲上樓。孩子睡著了。我走到我的房間。

「真的沒有劍、沒有東西可以擊倒這些牆嗎？擊破這層保護，擊破這種生兒育女、擁有書本和照片，生活在窗簾之後，變得日復一日愈加投入其中，愈加相信？最好像路易燃燒自己的生命，渴望完美；或者像蘿達離開我們，飛越我們到達沙漠；或像奈弗從百萬人中選出一人，只有一人；最好像蘇珊愛著恨著太陽的炙熱和霜凍草地的嚴寒；或者像吉妮般誠實，她是一頭動物。所有的人都有他們的狂喜；他們對死亡共通的感覺；一些他們不喜歡的事物。因此我一一拜訪每一個朋友，試圖用我的手指摸索打開他們上

鎖的箱子。我帶著哀傷從一個人到另一個人——不，不是我的哀傷，而是我們生命令人無法理解的本質——接受他們的檢視。有些人去找神父；有些人往詩裡尋求；我去找我的朋友，我去找自己的心，我在字裡行間和片段之中尋找未破碎的——我去找那覺得月亮或樹的美還不夠的人；去找那覺得人與人之間的碰觸就是全部的人，但我甚至無法捕捉生命令人無法理解的本質，而我是如此的不完美、微弱、無可言喻的寂寞。我坐下。

「這就是故事的結尾嗎？一種嘆息？海浪的最後漣漪嗎？流過水溝的潺潺流水是否已乾枯？讓我碰觸這桌子——以便藉此重拾對這一刻的感覺。一個放滿調味瓶的邊桌；一籃麵包；一盤香蕉——這些令人看著舒適。但如果沒有故事，會有結局嗎？或有開始嗎？生命並不是令人如此感傷的，也許是因為我們試圖訴說生命時所用的方式。在深夜清醒時，覺得對生命無法有更多的控制這件事，是很奇怪的。分類的格子那時就沒有什麼用處。力量如潮水退去退去，進入一條乾枯小溪中，這真是奇怪。獨自坐著，似乎我們已經耗盡；我們的水只能輕撫圍繞著海東青的尖頂，無法到達更遠的鵝卵石，甚至溼潤它。結束了，我們被結束了。但等等——我整晚坐著等待——等待一個脈動再次貫穿我們全身；我們站起，我們往後擲回一道馬鬃般濃密的白色泡沫；我們踩踏著海岸；我們不願意被限制。因此，我刮鬍子洗臉；沒有叫醒我的妻子，用過早餐；戴上帽子，出

「但仍有一絲懷疑,一絲疑問。當我打開一扇門發現有人在裡面,我會驚訝;我拿著一杯茶會遲疑著那個人是說要奶還是糖。當星光落下,如同現在,穿越過數百萬年後落在我手上——那一刻我會因此而震驚打個冷戰——如此而已,我的想像力太過微弱但一些懷疑仍然存在。例如,一個陰影在我心中輕快移動著,如同蛾翅輕快地在夜晚房間的椅子和桌子中拍動著。那年夏天我去林肯邵看蘇珊,她如一張半滿的帆動作慵懶,一個懷著孩子的女人搖擺動作,穿過花園朝我走來,我想,『生命繼續著,但為什麼?』我們坐在花園裡;農場馬車沿路掉著乾草前來;有著鄉村平常的公雞和鴿子的咕嚕聲;水果罩著網被覆蓋著;園丁掘著土。蜜蜂在鮮花紫色隧道中嗡嗡響著;蜜蜂將自己藏在向日葵的金黃盾牌下。小樹枝被吹過草地。多麼有節奏,半知覺著,彷彿被罩在一層霧裡;但對我來說,這是令人痛恨的,像將一個人的四肢卡在一張網網眼上,緊緊箍著。曾經拒絕帕希瓦的她讓自己受制於此,受制於這種覆蓋。

「我坐在一個斜坡上等待我的火車,想著我們如何投降、屈服於人性中的愚昧。覆蓋厚重綠葉的樹林躺在我的前方。當一種氣味或一個聲音輕擊著神經時,舊時影像——園丁掃著地,女士寫著字——回來。我看到在艾維登山毛櫸樹下的人物。園丁掃著地;

女士坐在桌旁寫著字。但我現在將成熟歸功於孩童時的直覺——滿足和命定;那種對於無法逃脫命運的感覺;死亡;對限制的認知;生命比一個人所認為的更加頑固。當我還是孩子時已經明白敵人的存在;這種必須對立的情形刺痛了我。我跳起,大叫:『讓我們探險吧。』對於情勢的恐懼結束了。

「現在有什麼情形要結束呢?遲鈍和命定。有什麼要探險呢?樹葉和樹林無法隱藏任何一物。如果一隻鳥飛起,我不該再寫一首詩——我應該重複先前所說過的。因此如果我有一根棍子,用來指出生存線條中的鋸齒部分,這是最低點;在此,生命在沒有浪潮來臨的泥中無用地纏繞著——在這裡,我坐著背靠樹籬,我的帽子在我的眼睛上方,羊群以它們木然的方式,以僵硬彎曲的腳一步一步無情地走著。如果你握著一把鈍刀,在磨刀石上磨得夠久,會有東西迸出——一道尖銳的火焰;因此缺乏原因、漫無目的、平常的全混在一起,迸出一道恨意輕視的火苗。我拿著我的心、我的存在、老舊憂戚、幾乎無法移動的物體,將它放在漂浮於油膩水面的零碎雜物、樹枝乾草、令人討厭的船難碎片、流離失所者之間。我說:『戰鬥!戰鬥!』我重複著。這是努力和掙扎,這是永遠的戰爭,這是每天的戰爭,失敗或勝利,耗盡力氣的追求。散亂著的樹木被排放為有秩序;樹葉的濃綠淡成一道舞動的光。我用一個

突然出現的句子將它們網住。我用文字將它們從無形中尋回。

「火車來了。緩緩長龍往月台駛來，火車停住。我趕上我的火車。好在晚上回到倫敦。多麼令人滿足，那平常的氣氛和菸草的氣味；老女人拿著籃子困難地爬上三等車廂；吸著菸斗；小火車站上，朋友們說著再見和明天見道別著，然後是倫敦的光仍然相同；高處辦公室的強烈電燈；沿著冷清人行道排列的街燈；街頭市長上頭熱鬧的火光。當我暫時解決了敵人時，我喜歡這一切。

「我也喜歡存在慶典的吵鬧聲，例如在一個劇院裡。在田野中泥巴色、結實、無法形容的動物，現在站直了，以無限的靈巧和努力，與綠色樹林和田野和踏著緩慢步伐前進邊咀嚼著的羊群作戰。當然，漫長灰色街道上的窗戶被點燃；一條條地毯切割著人行道；打掃整潔裝飾亮麗的房間，爐火、食物、美酒、談話。有著乾枯雙手的男人，耳上垂吊著珍珠寶塔的女人，進來出去。我看到年老男人臉上被塵世工作刻劃出皺紋和嘲諷；美貌被珍惜著，即使有了年紀也看來像新生的；青春如此追求著享樂必然存在著；似乎草地必然會為它捲起；海洋會被切割成小的海浪，樹林因青春明亮色彩的鳥兒而瑟瑟搖動，因為青春令人期待。在這裡見到了吉妮和哈爾、湯姆和貝蒂；

我們有我們的笑話和分享我們的祕密；在門口分手時從不忘記安排下次次，在那一年的某個時候在另一個房間見面。生命是愉快的；生命是美好的。星期一之後是星期二，接著是星期三。

「是的，但一段時間後有了不同。也許是某天晚上房間的樣子、椅子的排列方式，引出了這不同。沉坐於角落的一張沙發上，觀看聆聽似乎是舒服的。然後兩個人物背對著窗戶，窗後是一棵枝葉茂密大樹的樹枝。帶著情緒上的震驚，感覺到『有些沒有五官的人穿戴著美貌』。此時漣漪散開，暫停隨之而來，那個應該說話的女孩對自己說：『他真老。』但她錯了。這不是年老；而是時間滴落；又一滴滴落。時間改變了那個安排。我們從醋栗葉拱門下爬出，進入一個更寬廣的世界。事物的真實秩序——這是我們永恆的幻象——現在變得明顯。因此有一刻，在客廳中，我們的生命調整自己，跟上白日跨越天際的偉大前進。

「因為這個原因我並未拉上漆皮皮鞋或尋找一條可以忍受的領帶，我去找奈弗。我去找我的老友，一個當我還是拜倫時就認識我的朋友；當我還是梅樂迪斯的年輕男人同時也是杜思妥也夫斯基一本書中的男主角，我忘了那個男主角的名字。我發現他獨自一人，看著書。一張極度整潔的桌子；窗簾井然有序地筆直拉上；裁紙刀割開一本法文

書——我想著，沒有人改變過我們初次見到他們時的態度或服裝。自從我們初次見面後，他就坐在這張椅子上，穿著這些衣服。這裡曾經有自由，這裡曾經有親密；火光破壞了映在窗簾的圓蘋果。我們在此說著話；坐著說話；沿著那條大街，那條在樹木下延伸的大街，在濃密樹葉低語的樹木，掛著水果的樹木，我們經常一起踏步的大街，現在圍繞在那些樹下的草皮已經光禿，那些圍繞著一些戲劇和詩句，一些我們的最愛——那草皮被我們無休止，雜亂無法的踩踏而光禿。如果我必須等待，我閱讀；如果我在夜裡醒來，我沿著書架摸索找一本書。腫脹、永遠增加著，我腦袋裡累積著大量未記錄的事情。偶爾，我拿到一堆書中的一本，也許是莎士比亞，也許是一個姓派克的女人；然後我在床上抽著菸對自己說：『那是莎士比亞。那是派克。』——我確定自己認得出，我對知識感到震驚，知識帶來無止境的快樂，雖然我並未告知他人。所以我們分享我們的派克，我們的莎士比亞；比較彼此的版本；允許彼此的見解，讓我們對派克或莎士比亞有更佳的理解；然後跌入常出現的靜默中，那種偶爾被幾個字打斷，彷彿一片魚翅在靜默之廢物中升起的靜默；然後那個魚翅，那個想法，沉沒回至深處，在四周散布著滿意滿足的微小漣漪。

「是的，但突然聽到一聲鐘響。我們沉溺於這個世界的人開始感覺到彼此。這是痛

苦的。是奈弗改變了我們的時間。他以心靈不受時間限制的方式思考著,他在一瞬間從莎士比亞延伸至我們自己,他撥著火,然後開始以另一個時鐘,以呈現一個特定的人採取的方式活著。他心靈中廣闊、尊嚴的範圍縮小。他變得警覺。我可以感覺到他在聽著街上的聲音。我注意到他如何碰觸著椅墊。從極其多的人類,一切過去的時間中,他選擇了一個特定的人,一個特定的時刻。大廳中有一個聲音。他所說的話在空氣中搖曳著,像一道不安的火燄。我看著他從許多腳步聲分辨著一個腳步聲;等待一個辨認的特徵,以一條蛇迅速的眼神看著門把(因此他的感覺令人驚訝的敏銳;他一直由一個人訓練著)。因此如此專注的熱情隔絕他人,像一道靜止、跳動的液體隔絕外物。我開始明白自己的模糊、遮蔽的本質充滿雜質,充滿懷疑,充滿寫在小筆記本中的字句和筆記。窗簾的摺疊變得靜止,如雕像般;桌上的紙鎮輪廓變得明顯堅硬;窗簾上的線發著光;一切變得明顯,以外在呈現,這是一個我無法參與的場景。因此,我站起;我離開他。

「老天!當我離開那房間時,它們捉住了我,過去痛苦的利齒!對於不在的人的慾望。因為誰?我起先並不知道;然後想起了帕希瓦。我已經好幾個月沒想到他。現在和他一起大笑,和他一起嘲笑奈弗——那是我想要做的,手挽著手一起笑著離開。但他不在那裡。那個地方是空的。

「奇怪的是，死者如何在街角或在夢中跳到我們身上。

「這一陣陣強風如此猛烈吹著，冷意籠罩我身上，讓我那晚穿越倫敦拜訪其他朋友，蘿達和路易，我渴望著同伴，獲得確定、接觸。當我爬上樓梯時，我懷疑想著他們的關係是什麼？他們單獨相處時說些什麼？我猜想她不善於倒茶。我注視著石板屋頂——山泉女神永遠溼潤，沉迷於幻想，做著夢。她撥開窗簾看著夜晚。『離開！』她說。『月亮之下的曠野是黑暗的。』我按了鈴；我等待。路易也許將牛奶倒在碟子裡給貓喝；路易，他瘦得見骨的手像船塢的側翼，對抗著劇烈起伏的海水，緩緩努力關閉起來，他知道埃及人、印度人、有著高聳顴骨和獨自蓄髮苦行、衣不蔽體的行者所說過的話。我敲門；我等待；沒有回應。我再度緩步走下石階梯。我的朋友——多麼遙遠，多麼靜默，我們太少彼此拜訪，對於彼此了解的太少。而我也是，對我的朋友來說我也是太模糊、並不認識；一個鬼魂，有時看得見，經常看不見。生命必然是一場夢。我們的火燄，在少數眼睛中舞動的鬼火，很快就會被吹熄，而一切將消逝。我想起我的朋友們。我想起蘇珊。她買了田地。大黃瓜和番茄在她的溫室中成熟著。去年被寒霜凍死的葡萄藤正冒出一兩片嫩芽。她帶著兒子蹣跚走過她的草地。她即將走去由穿著綁腿的男人照顧的土地，用她的手杖指著一處屋頂，指著樹籬，指著絕望傾倒的牆。鴿子跟隨著

她，蹣跚搖擺，啄食著從她能幹、結實手指灑下的穀物。「但我不再黎明即起。」她說。然後是吉妮，毫無疑問正娛樂著一個新的年輕男人。他們談到普通對話的關鍵時刻。房間將變暗；椅子排好。因為她仍在尋找適當時刻。她如水晶般堅硬清澈，她在白天雙胸裸露騎著馬。她讓白日的尖端刺穿她。當前額的一撮頭髮變白時，她無畏地將它與其餘髮絲混在一起整理。因此當他們來埋葬她時，一切都井然有序。緞帶碎片將會被發現盤捲起來。但門仍然開著。是誰來了？她問著，然後起身見他，準備妥當，如同在早春夜晚，在倫敦大型豪宅的樹下，當受人尊敬的公民正要安靜上床睡覺時，這根本無法掩蓋她的愛；電車吱叫和她快樂叫聲混合，樹葉顫動著漣漪，為她的柔弱遮蔭，她因生命本質的甜蜜被滿足後，帶著甜美的倦怠滑落冷卻。我們的朋友們，我們太少拜訪，知道的太少——這是真的；但是當我遇見一個不認識的人，在這張桌子上我試圖掙脫我所稱的『我的人生』，我所回顧的不只是一個生命；我不是一個人；我是許多人；我不知道我是誰──是吉妮、蘇珊、奈弗、蘿達或路易；或是如何將我的生命與他們的生命加以區隔。

「因此我想起初秋那個夜晚，當我們再次一起聚在漢普頓廣場用餐。我們起初相當的不安，因為在那時每一個人已經選擇了一條道路，另一個人沿著路往前走來到見面的

地方，穿成這樣或那樣，拿著或沒拿著手杖，似乎都與自己的選擇相牴觸。我看見吉妮望著蘇珊粗壯的手指，然後藏起她自己的手；我想著奈弗，如此整潔精準，我感到我的生命被一切字句所遮蔽而渾沌不清。然後他誇口，因為他對於一個房間和一個人和他的成功感到羞愧。桌上的間諜，同謀者路易和蘿達，我寫著筆記，覺得『畢竟，伯納可以讓服務生幫我們拿麵包』──這是我們無法做到的。』有一刻，我們看到在我們之間有一個完整人類的身體，一個我們無法達成的完整人類，但同時也無法忘記。我們看見了我們可能成為的一切；我們有一度嫉妒他人的選擇，如同看著那一個蛋糕，唯一的蛋糕切開的孩子，看著自己的那一塊逐漸變小。

「但是，我們喝了我們的那瓶酒，在那個誘惑下失去我們的仇恨，停止了比較。晚餐用到一半，我們感到在我們之外、與我們不同的巨大黑暗正在擴大圍繞在我們周圍。那風，那快速轉動的車輪成為時間的怒吼，而我們加快速度──到哪裡呢？而我們是誰？我們一度被熄滅，像紙燃燒後的火苗般熄滅，黑暗咆哮著。被我自己的好戰所結束。我們回到過去的時間、過去的歷史。對我來說這只持續了一秒鐘。我拿著湯匙敲著桌子。如果可以用指南針測量事物我會如此做，但因為我唯一的測量工具是一個句子，我創造句子──我忘記這次造了什麼句子。我們成為在漢普敦廣場桌旁的六個人。我們站

起來一起沿著大街走著。在微弱、不真實的黃昏光線中,一陣陣笑聲沿著一條巷子如迴音般響起,親切和肉體回到我身上。在門口,在一棵香柏樹前,我看到熾熱光亮,奈弗、吉妮、蘿達、路易、蘇珊和我自己,我們的生命和我們的身分。威廉國王仍然似乎是個不真實的國王,他的王冠只是亮片。但我們——背對著磚塊、背對著樹枝,我們在那個地方勝利燃燒著。那一刻就是全部;那一刻就足夠了。然後奈弗、吉妮、蘇珊和我,人,千百億人中的六人,在不論過去與未來無法測量的大量時間中,我們六如同一個海浪破碎,迸開分散,降服於——下一片樹葉、一隻特定的鳥、一個推著鐵環的小孩、一隻前足離地跳躍的狗,樹林中經過炎熱白天貯藏的溫暖,在起漣漪水中光線像白絲帶般折轉著。我們被樹木的黑暗所吞噬,留下蘿達和路易站在陽台石甕旁。

「當我們從那多麼甜美、多麼深邃的浸泡中回復,回到表面,看到共謀者仍然站在那,帶著些許懊悔。我們失去他們所保有的。我們打斷他們。但我們累了,不論過去是好是壞,已完成或未完成,薄暮之紗落在我們的努力之上;當我們暫停片刻到陽台上俯瞰河流時,光線正在沉沒。蒸氣船將乘客卸在河岸上;遠處有歡呼聲、歌唱聲,彷彿人們揮著帽子加入最後一首歌。合唱的聲音穿過水面,我感到舊有的、讓我一生感動的衝

動跳躍而起，在其他人的高亢歌聲中被拋上擲下，唱著同樣的歌；在高亢歌聲被擲起拋下，幾乎是沒有感覺的快樂、情緒、勝利、慾望。但並非現在。不！我無法讓自己集中精神；我無法分辨我自己；不！我無法放手，讓一分鐘前讓我生出急切、被取悅、嫉妒、警戒與其他感覺的事物掉入水中。我無法回復我自己，無法讓自己被無止盡的拋出、漫遊、不自主的往前浮沉，無聲急速地沖向橋拱下，繞著一個島或一叢樹，沖向海鳥棲息的樹樁、漫過洶湧海水，成為海中之浪──我無法讓自己從這漫遊中恢復。所以我們分離。

「那麼這種和蘇珊、吉妮、奈弗、蘿達、路易混合著隨波逐流，是否是一種死亡？或是各種元素的新組合？或是對即將來臨事物的一種暗示？紙條的字跡潦草，書本闔上了，因為我是個學習斷斷續續的學生。我從不在規定時間內將功課做好。之後，我在尖峰時刻走在艦隊街上，想起那一刻；我讓那一刻持續著。『我是否永遠一定得，』我說著『在桌巾上敲著我的湯匙？難道我不能也表示同意嗎？』公車阻塞著；一輛接著一輛往前，停車時發出一個聲音，像在一個石頭鏈加上一個連結。人們經過。

「他們為數眾多、帶著手提箱，以無比敏捷前後閃躲，像氾濫的河流經過。他們像隧道中的火車呼嘯而過。我捉住機會穿越；潛入一條黑暗走道，進入幫我理髮的店。我

將頭後仰,被裹上一塊布。鏡子面對著我,我可以看到我被綁住的身體,人們經過;停留,看著,冷漠地繼續往前。理髮師開始將剪刀前後移動。我感覺自己無力停止那冷硬鋼鐵的擺動。(我並非有神祕力量;有些事物總是捉住我的心——好奇、羨慕、愛慕、對理髮師的興趣,和類似的情緒讓我回到水面。)當他刷掉我外套上的毛髮,我費力地對自己確認他的身分,然後我搖晃著我的手杖,走進史崔德街,想起蘿達的形象拿來跟自己作比,蘿達總是偷偷摸摸,她的眼中永遠帶著恐懼,永遠尋找著沙漠中的一根柱子,為了尋找它她已經遠去;她殺了自己。「等一下。」我說,想像著我的手臂穿過她的手臂(我們藉此與朋友作

「是什麼吸引了理髮師?他在街上看到了什麼?我因此而被喚回。什麼吸引了他。

身分,現在躺平、枯萎,很快將被遺忘!此時,我看到理髮師眼尾的表情,彷彿街上有速度最快火紅燃燒的,我們躺下睡著時,它都沉睡著的宇宙。我們放棄我們的社會地位挺直,承受負擔;或者在病懨懨的正午,當鳥兒緩緩靠近著枝枒,溼氣將樹葉變白,並未低語警醒著。我們被剪過,我們落下。我們成為那無所感覺宇宙的部分,那個在我們和花朵上肩並肩躺著。所以我們被剪,躺在裹著的布中,我說;所以我們在溼潤草地、枯萎樹枝

伴)。『等這些公車離開。別冒險穿越。這二人是你的兄弟。』藉著說服她,我也說服我的靈魂。因為這不是一個生命;我也並非永遠知道我是男人或女人,是伯納或奈弗、路易、蘇珊、吉妮或蘿達——一個人的生命與另一個人生命的接觸真是奇特。

「搖晃著我的手杖,頂著我新剪的頭髮和搔癢著的頸背,我經過聖保羅教堂,那隻孵蛋的母雞,展開翅膀遮蓋著尖峰時刻奔跑的公車和川流的男女。我想著路易如何穿著整齊西裝,手上拿著手杖,以他筆直、冷靜超然的步伐走上那些階梯。以他的澳洲口音(『我的父親是布里斯班的銀行家』),我想,如果他來到此地,將比我更為尊敬這些古老儀式,我千年來已經聽著同樣的搖籃曲。當我進入時,我永遠對這些印象深刻:被擦拭的玫瑰;被擦亮的銅器;書頁翻動和唱詩,一個男孩的聲音繞著圓頂哀號著,像一隻迷失流浪的鴿子。然後我嘲笑著那渦卷形躺臥死者的平靜令我印象深刻——武士在他們的舊旗幟下安息。還有那號角、勝利、盾形紋章,以及大聲響亮重複著對於復墳墓的過度裝飾和荒謬;對於永生的肯定。然後我遊走,好管閒事的眼睛讓我看到一個充滿敬畏的小孩;一個蹣跚、領退休俸的老人;或是虔誠的疲累女店員,在他們可憐瘦弱胸前,有著天知道什麼樣的負擔和衝突,讓他們在尖峰時刻來此慰藉自己。我徘徊、觀看、懷疑,有時候

偷偷摸摸地，想跟隨著某個人的禱告上升到教堂圓頂，飛出飛越，到達他們的去處，不論何處。但是，然後我發現自己像那隻迷路哀號的鴿子，飛出一個奇特的滴水獸、一個扁平鼻子或怪異墓碑之上，帶著幽默、帶著懷疑，我再度看著觀光客翻閱著旅遊指南經過，而那男孩的聲音在圓頂中攀升，風琴不時沉溺於某一刻高亢勝利的樂意。我問著，路易如何將我們所有人接納在同一個屋簷下？他將如何約束我們，讓我們成為一體？以他的紅墨水、纖細的鋼筆尖？那聲音在圓頂中逐漸耗盡，哀叫著。

「我再度走入大街，搖晃著我的手杖，看著文具店櫥窗的鐵線盤子，看著放在水果籃中在殖民地成長的水果，坐在比利考克的山丘低聲叫著比利考克，或是「聽！聽！會叫」或是「世界偉大年代的嶄新開始」，或是「去吧，去吧，死亡」──混合著無意義的句子和詩句，在溪中漂浮。有些事情永遠必須要完成。星期二跟著星期一：星期三跟著星期二。個個散發著同樣的漣漪。存在長出年輪，像一棵樹。像一棵樹，葉子掉落。

「因為有一天，我正靠著一扇通往田野的門，那節奏停止了；那押韻和哼唱，那無意義的句子和詩句。我心中有個空間被清空了。我看穿了習慣的濃密樹葉，靠著大門，我懊悔著如此多的垃圾，如此多未完成的事情和分別，因為生命充滿如此多的約會，讓

我無法穿越倫敦去見一個朋友；也無法搭船去印度看一個裸露男子在湛藍水中叉魚。我說過生命是不完美的，一個未完成的句子。我雖然可以接受在火車上遇見的任何旅行推銷員請我吸鼻菸，但我無法維持前後一致、貫徹始終——那世代的感覺，那對女人頂著紅土水壺走向尼羅河，那夜鶯對征服和移民唱著歌的感覺。那是一件多麼巨大的工作，我說過，我如何能繼續抬起我的腳持續地爬上樓梯？我對自己說著話，彷彿是對一起到北極旅行的夥伴說著話一般。

「我對那個與我一起經歷許多驚人冒險的自己說著話；其他人都去睡覺時，那個忠實的人坐在火邊，拿著火箝翻動餘燼；那個人一直如此神祕，帶著突然增長的自我，在山毛櫸林中、坐在河邊的柳樹旁、在漢普敦廣場靠著欄杆；那個在危急時刻鼓起勇氣，在桌上敲著他的湯匙，說著『我不同意』的男人。

「現在我靠著門看著下方田野翻滾著彩色浪潮，這個自我沒有回答。他沒有提出反對。他沒有企圖造句。他的拳頭並未握起。我等待。我聆聽。沒有任何東西出現，空無一物。然後我哭泣，突然明白這是完全的棄離。生活已將我破壞殆盡。當我說話時沒有迴音，沒有不同的字眼。這是比朋友的死亡、青春的死亡還要真實的死亡。我是那理髮店裡裹著布的人，只占據

「我下方的景色乾萎。像日蝕時太陽消失,留下盛夏綠意盎然的大地,枯萎、脆裂、虛假。我也看到在一條蜿蜒路上在塵土中我們曾經形成的許多團體在跳著舞,他們如何聚在一起,他們如何一起吃飯,他們如何在各個房間見面。我看到自己不厭倦的忙碌——我如何由這群人趕到那群人之中,接送攜帶,旅行返回,加入這群人或那群,親吻、道別;永遠因為某種特別的目的努力執行,我的鼻子貼著地上像一隻追逐氣味的狗;偶爾抬起頭、偶爾發出驚歎聲、絕望聲,然後鼻子又回去追逐氣味。真是浪費——真是混亂;這裡有人生,有人死;多汁味美和甜甜蜜蜜;努力與痛苦;而我自己永遠四處奔波。現在這結束了。我再也沒有胃口飽食;我再也沒有騙人伎倆去毒害別人;再也沒有利齒和試圖捕捉什麼的手或慾望去感覺水梨和葡萄和太陽由果園牆上往下移動的陽光。

「樹林已經消失;大地是滿布著紛亂陰影。沒有聲音打破寒冬地景的沉寂。沒有公雞啼叫;沒有炊煙升起;沒有火車移動。一個沒有自我的人,我說。一個沉重身體倚著門。一個死去的人。帶著毫無熱情的絕望,希望完全幻滅,我觀察著那塵土舞動;我的人生,朋友們的人生,以及那些奇妙出現的人事物,拿著掃把的男人,寫著字的女人,

「我意氣消沉，沉重地推開我所倚靠的大門，將我這老人，頭髮灰白、身體沉重之人推到無色彩之田野，空曠田野。再也聽不到迴聲，再也看不到幽魂，召喚不來敵人，只能毫無遮蔽永遠行走著，在死亡大地上無法留下印記。即使曾有羊群啃食、一隻腳推著一隻腳前進，或一隻鳥，或一個人拿著鏟子掘著土地，即使有荊棘絆倒我，或是跌入滿是溼透樹葉的水溝──但是，不，那悲傷道路導向同一個地景，平整更加寒冷蒼白，有著同樣無趣的視野。

「在太陽日蝕之後，陽光如何回到這個世界？奇蹟似的。微弱的。以細薄的條紋，像一個玻璃籠子懸掛著。像一個鐵環被極小的瓶子所撐斷。那裡有一道火光。下一刻湧現一片暗褐。然後是一道氣體，彷彿大地首次在呼氣吸氣，一次，兩次。然後在這沉悶中，一個人帶著綠光走來。然後是出現扭曲著的白色生魂[45]。樹林以藍綠悸動著，然後

海浪 280

田野逐漸飲著紅、金、棕。突然一條河流攔住一道藍光。大地吸收著色彩，彷彿一塊海綿緩緩吸飲著水。它增加重量；逐漸變圓；懸掛著；在我們腳下定住，搖晃。

「因此那風景再度回到我眼前；我看到下方的田野翻滾著彩色浪潮，但現在有了差異；我見到以前所未見的。我行走未曾投下影子；我來臨未有前兆。因為我已經拋下舊有的斗篷，以往的回答；以空空的手回應著聲音。我如鬼魂般輕盈，所經之處未曾留下痕跡，只能感覺到我獨自在一個新世界走著，從未有人踏過的世界；我與新生花朵擦身而過，無法說話，只能發出孩子單一音節的字眼，我並未在句子中尋找庇護——而我曾經寫過如此多的句子；無人陪伴，我過去向來與我的同類出遊；孤獨一人，我過去向來與某個人分享壁爐或有著黃金色手把的櫃子。

「但如果沒有自我，要如何形容所看到的世界呢？沒有字眼可用。藍色、紅色——甚至這些字眼都不達意，過於厚重無法讓光穿透。如何以口語的字詞來形容或說出任何東西呢？——因為即使在短短散步的途中，世界消逝著，經歷著逐漸的變化，這成為了習慣，這個景象也是。當一個人走動著，一片樹葉重複著另一片樹葉，盲然回復了

45 生魂（wraith），為人在臨終或死後不久顯現的靈魂。

當我們觀看時，可愛回來了，帶著一串與它相關的句子。我們可以悠長飽足地呼吸著；山谷中火車開過田野，煙霧形成一圈圈。

「但有一度我坐在高處草地上，在流動的大海之上、在樹林的聲音之上，我看到那房子、花園和海浪破碎。正在翻動繪圖本的老保母停住，說：『看。這就是真實。』

「因此今晚當我沿著夏福斯畢利街走著時，我在想著。我正在想著那繪圖本的那一頁。當我在掛外套的地方遇見你時，我對自己說：『我遇見誰並不重要。一切關於「存在」的事情已經結束。我不認識這個人，我也不在乎是否認識這個人，我們將一起用餐。』因此，我掛好外套，拍著你的肩膀，然後說：『跟我一起坐』。

「現在用完餐；我們被果皮和麵包屑包圍著。我試圖剝下這一束，將它交給你；但其中是否有內容或真實，我不知道。我也不知道我們到底在哪裡。從空中俯瞰的是哪個城市？我們坐的地方是巴黎，還是倫敦，或是在有老鷹翱翔的高山，山下柏樹間躺著粉紅牆壁房子的南部城市？我此時無法確定。

「我現在開始忘記；我開始懷疑桌子是否穩固，此時此刻是否真實，我聰明地將我的手指關節敲著固體的邊緣，問著『你是否堅硬？』我見過許多不同事物，造過許多不同句子。我曾經迷失在吃喝的過程中，獨自揉著眼睛，然後關住靈魂的硬薄外殼浮現，

將年輕時的我們關在裡面——因此有著年輕人的狂野激烈、年輕無情的尖喙在啄、啄、啄。現在我問著『我是誰?』我談過伯納、奈弗、吉妮、蘇珊、蘿達和路易。所有的人嗎?我是單一、獨特的人嗎?我不知道。我們一起坐在這裡。但現在帕希瓦死了,蘿達死了;;我們被分離;我們不在這裡。但我無法發現任何讓我們分開的阻礙。我和他們之間並沒有分別。當我說話時,我感覺『我是你』。我們如此努力形成的差異,我們過於熱切珍惜的自我,已經克服了。但自從康士坦伯太太舉起海綿,將熱水從我上背上有著吉妮給路易的那一吻。我從此變的敏感、敏銳。我的眉毛上的一擊是帕希瓦落馬時留下的。我望向遠方,像一絲金線抖動著,那是蘿達看到的柱子,我感覺到她躍下時,乘著的那股狂風飛翔。

「因此當我在這桌子上,在兩手間讓我一生的故事成形,將它形成一個完整的東西放在你之前,我必須回憶已經久遠、沉入這個生命深處,成為生命中一部分的事情;還有許多的夢,圍繞著我的事物,以及同居於此那些久遠半明半暗的鬼魂,他們日夜纏繞著我;;他們在睡覺時出現,他們吐出令人迷惑的吶喊,當我企圖逃跑時,他們伸出鬼魂手指擾住我。他們曾經是人們的影子,未出生的自我。還有那個年老粗魯的野蠻人,那滿身毛髮的男人伸出手指玩弄成串腸子;;發出火雞般的咯咯聲、打嗝聲;他的演講由喉

間、內臟發出模糊不清的聲音——他在這裡。他蹲踞在我身體之內。今晚他吃了有鵪鶉、沙拉和甜麵包的大餐。現在他掌中舉著一杯陳年白蘭地美酒。當我啜飲時，他變成帶著棕色斑紋、發出滿足的嗚嗚聲，在我脊椎由上往下發出溫暖的戰慄。這是真的，他在晚餐前洗了手，但隻手仍然毛茸茸。他扣上長褲和背心的鈕子，但容納著同樣的器官。如果我讓他等候用餐，他會不願意。他永遠扮著鬼臉，用他半白癡貪婪的手勢垂涎他所欲求的。我對你保證，有時要我控制住他是極為困難。那個毛髮濃密像人猿的人，為我的人生做出了部分貢獻。他讓綠色的東西泛出更綠的光芒，在每一片樹葉之後，他高舉著有著火紅火燄、濃烈煙霧的火炬。他甚至照亮冷清花園。他在陰暗小街上揮舞著火炬，讓女孩們似乎突然閃亮著豔紅醉人的半透明光芒。啊！他將火炬高高擲起！他引我瘋狂跳舞！

「但不再如此。今晚我的身體一層一層升起，如同清冷廟宇，地板上鋪著地毯，低語響起，神壇聳立香煙嬝繞；但在上方，在我寧靜的腦袋中，只有陣陣美妙樂音，陣陣薰香浪潮，那迷失的鴿子哀鳴，墳墓上的旗幟抖動，午夜黑暗空氣在打開窗戶外搖動著樹。當我從這超然的位置往下看，即使麵包屑的遺跡看來也無比的美！梨子削下的皮呈現高雅的螺旋形——多麼輕薄，帶著像海鳥蛋般的斑點。即使筆直並列的叉子看來也清

、有邏輯、精確;我們吃剩麵包的牛角看來泛著油光、有著金黃格子、硬實。我甚至可以崇拜我的手,有著扇狀指骨,藍色神祕血管如蕾絲般裝飾,看來驚人的靈活,柔軟,可以柔軟捲起或突然用力擠壓——有著無限的敏感。

「無可限量的接納,包容一切,因飽滿而抖動,但清晰、滿足——我的存在似乎是如此的,現在那驅動它的慾望不再出現已然遠離;現在好奇心不再為它染上千種色彩,它在深處躺著,沒有波濤、不受影響,現在他已經死去,那個我稱為『伯納』的人,那個在口袋中帶著筆記本記下筆記的人——記下關於月亮的句子、形容五官的句子;人們如何觀看、轉身、丟下菸蒂;在B字母下的蝴蝶鱗粉(butterfly powder),在D字母下,是各種稱呼死亡(Death)的方式。但現在讓門敞開,那鉸鏈轉個不停的玻璃門,讓一個女人進來,讓一個穿晚禮服嘴上蓄著鬍子的年輕人走進來坐下⋯他們可以告訴我任何事?不!我全部都知道。如果她突然起身然後說⋯『親愛的。』我說:『你不再讓我想照顧你。』那海浪落下的巨響縈繞我一生,曾讓我驚醒看著櫃子的金色拉環,現在不再讓我握著的東西顫抖。

「因此現在,我著迷於事物的神祕,我可以像個間諜探密而不離開這個地方,不離開我的椅子。我可以拜訪沙漠之地的遙遠邊界,有著野蠻人坐在營火旁。白日升起;那

女孩中心火紅的水高寶石舉至眉際；太陽將光芒直射入睡夢中的房子；海浪一波波愈來愈深；海浪將自己擲上海；後退時吐出泡沫；海水掃過，包圍著船隻和海東青。群鳥合唱著；花莖間有著深深隧道；房子被照得亮白；睡者伸展身體；逐漸一切活動起來。光線淹沒房間，將陰影趕到陰影之外，直到它們神祕地摺疊著懸掛著。那中心的陰影有著什麼？有任何東西嗎？空無一物？我不知道。

「喔，但有著你的臉。我捕捉到你的眼光。我曾經認為自己如此寬廣，是一座廟宇、一座教堂、一整個宇宙，無可限制，可以到任何地方、成為任何事物的細節，包括這裡，但現在我什麼也不是，只是你所看到的——一個身軀沉重、兩鬢灰白，手肘靠在桌上（我在鏡中看到自己），左手拿著一杯陳年白蘭地的年老男人。那是你曾經給我的一擊。我曾經走路時撞上郵筒。我伸手摸著頭。我的帽子飛了——我的手杖掉了。我曾經讓自己像個笨蛋，理當被任何路人嘲笑。

「上帝，生命是無可言喻的讓人厭惡！它對我們玩著下流的把戲，這一刻自由；下一刻，卻是如此。我們又再次處於麵包屑和髒餐巾之間。那餐刀上的油脂已經凝結。雜亂無序、卑鄙行為和腐敗圍繞我們周圍。我們將死去小鳥的屍體送進嘴裡。生命永遠必須重新開始；永立的正是這些油膩麵包屑、留在餐巾上的口水和小小屍體。

遠有敵人;與我們的眼神相遇的眼睛;快速拉著我們手指的手指,費力的等待。召來服務生。付帳。我們必須將自己從椅子拉起。我們必須找到我們的大衣。我們必須離開。必須、必須、必須——討厭的字。我曾經認為自己對這一切免疫,我曾經說過『現在我擺脫那一切』,但現在再一次發現海浪將我上下滾動,從頭到腳,將我的所有沖散,留下我收集、聚合、堆積,召喚我的力量,起身面對敵人。

「奇怪的是,我們這些可以承受如此多苦難的人,竟會將許多苦難加諸於人。那個人的臉真是奇怪,我幾乎不認識他,除了想到我們曾在駛往非洲船上登船的梯子上見過一次——有模糊印象的眼睛、臉頰、鼻孔——竟有力量施加這種侮辱。你觀看、吃飯、微笑、覺得無聊、被取悅、被激怒——那是我所知道的一切。但這陰影坐在我身邊一或兩個小時,這面具透著偷窺的兩隻眼睛,有著讓我退縮的力量,將我綁住,限在其他臉孔之間,將我關在一個炙熱房間中;讓我像一隻蛾,由一根蠟燭撲至另一根蠟燭。

「但等等。當他們在紗窗後加總著帳單,等一下。現在我辱罵著你,因為你的一擊讓我在果皮麵包屑肉屑中搖搖擺擺,我將會以單音節的字眼記下,如何在你的注視下迫使我開始感覺到這個、那個和其他的。鐘滴答響著;女人打著噴嚏;服務生過來——事物逐漸聚在一起,匯合成一,速度加快,結合。聽⋯一陣口哨聲、車輪快轉、門的鉸鏈

「讚美上天我可以獨處！現在我是單獨一人。那幾乎不認識的人已經離去,去趕火車,去搭計程車、去某個地方見某個我不認識的人。那張注視著我的臉孔已經離去。壓力解除。這裡有著空的咖啡杯。椅子被反轉,但沒有人坐在上面。有著空桌子,今晚不會再有人在這些桌上用餐。

「讓我現在唱出我的榮耀之歌。讚美上天我可以獨處。讓我單獨一人。讓我扯下拋去這存在的面紗,這因呼吸,夜與日,整個夜晚和整個白日改變的雲朵。當我坐在這裡時,我正改變著。我看過天空變化。我看過雲朵覆蓋星星,然後讓星星自由再現,然後又再度覆蓋星星。現在我不再看著它們的變化。現在沒有人看著我,而我不再改變。我因獨處讚美上天,那移除了眼光的壓力,身體的乞求和對於謊言和句子的所有需求。

「我充斥著句子的書,跌落在地板上。躺在桌下,當清潔女工黎明疲累地進來尋找紙屑、舊電車票,到處都是揉成球的筆記,我的書被遺棄和垃圾一起被掃起。用來形容月亮的是哪個句子?而形容愛情的句子呢?我們用哪些名字稱呼死亡?我不知道。我需要一點私密語言,例如情侶使用的語言,單音節的字眼,如同當小孩走進房間,發現母

親正在縫補時發出的聲音,然後揀起一段鮮豔羊毛線、一根羽毛或一塊光滑的印花棉布。我需要一聲哀嚎;大叫。當暴風雨橫越濕地,掃過躺在水溝中的我時,我不需要字詞。沒有任何事物是簡潔的。如果將腳放在地板上,沒有任何東西會出現。沒有那些共鳴和可愛的迴聲從我們胸中的各個神經發出,形成瘋狂的音樂、錯誤的句子。我不再寫下句子。

「沉默是更加美好;那咖啡杯,那桌子。我自己獨坐著是多麼的美好,像一隻孤獨的海鳥在危險關頭張開翅膀。讓我跟這寥寥幾樣東西永遠坐在這裡,咖啡杯、餐刀、叉子、東西本身,我就是我自己。請你不要過來暗示我,關門時間到了,然後離開。我願意拿出所有的錢,讓你不要來打擾我,讓我一直繼續坐在這,獨自靜默。

「但現在領班已經吃飽,他出現,皺著眉頭;他從口袋裡拿出圍巾,誇張地宣告準備離開。他們必須離開;必須拉上百葉窗,必須折疊桌巾,必須用溼拖把擦著桌子下的地板。

「詛咒你。雖然我已經受夠這一切,撒手不管,我必須努力站起來,找到屬於我的那件大衣;我必須將手塞入袖子裡,必須嚴密包裹自己以抵擋夜間寒氣,然後離開。我,我,我,雖然疲累耗盡,我的鼻子擦過事物的表面讓我極其疲累,甚至我這個變得

相當肥胖，不喜歡努力的年老男人，也必須離開，去趕最後一班火車。

「我再次看到眼前平常的街道。文明的華蓋已經燒盡。天空幽暗如擦亮的鯨魚骨。但天空中仍有一道燃燒的火光，不知是路燈還是黎明。有一種騷動——某處法國梧桐上的麻雀吱喳叫著。有一種天將破曉的感覺。我不會稱這為黎明。對一個站在街上暈眩地看著天空的年老男人而言，城市裡怎會有黎明？黎明是天際泛白；一種全新的開始。另一天；另一個星期五；另一個三月、一月或九月二十日。另一種全面的甦醒。星星退隱，已失去光芒。海浪間的波紋變深。田野上的薄薄霧氣增厚。一抹嫣紅聚在玫瑰花上，即使掛在臥室窗旁的蒼白玫瑰仍帶著嫣紅。一隻鳥啼叫。住在農舍的人點亮第一根蠟燭。是的，這是永恆的更新，那無止境的升起和落下，然後再次落下升起。

「在我內心中海浪也升起。它漲大；拱高它的背。我再次明白一種新的慾望，一種東西在我之下升起，像一匹驕傲的馬，騎者先刺它，再將它往後拉。當我們站在這延伸的人行道上握著手時，我們察覺到那往前行，對付我們的敵人是誰？是死亡。敵人是死亡。是死亡讓我騎著馬握著矛，讓我的頭髮像年輕人般往後飛舞，像帕希瓦的頭髮，當他在印度騎馬奔馳時。我將馬刺刺入我的馬。我將自己拋擲對抗著你，不被征服，決不退讓，噢，死亡！」

海浪在海岸上碎裂。

吳爾芙日記 II

像一顆成熟的梨子愈來愈重
（《海浪》日記選）

【一九二六年】

九月三十日星期四

我希望為這焦慮神祕的一面寫下些東西;這並非是關於一個人的自我,而是每個人都從宇宙中接收到某些東西。不論它是什麼,是它讓我在深沉悲傷、沮喪和無聊中,感覺害怕又興奮。我看到遙遠之處有魚鰭經過。我可以捕捉到什麼影像來表達我想說的呢?我想,真的沒有任何東西。有趣的是,在我所有的感覺和思考中,我從未想到過這件事。如果冷靜思考,正確地說,生命是最怪異的事情;其中有著現實的要素存在著。我在孩童時期就感覺到這件事——我記得,有一次無法跨過一個小水潭,因為我當時想著,多麼奇特啊——我是誰?諸如此類的。但藉寫作我無法達成任何事。我只想寫下一種心靈奇特的狀態。我冒險猜測這也許是另一本書背後的脈動。現在我的心靈完全空白,完全沒有任何關於書的想法。我希望仔細觀看想法如何產生。我希望追蹤我自己寫作的過程。

【一九二七年】

三月十四日星期一

費絲‧韓德森[46]來喝茶；她猛力強攻進行著對話，我想著是否可以描寫一個毫無吸引力的女人，身無分文、孤單一人，讓她成為一個人物。我開始想著要姿勢——她如何在多佛路上招了一輛汽車，然後開去多佛，穿過海峽。這讓我隱約想起，我可以寫一本狄福式的敘事當作娛樂。在十二點到一點之間，我突然想出一個完整的幻想故事叫做《杰士敏新娘》(The Jessamy Brides)[47]——為什麼？我想著。我已經快速想到其中的幾個場景。兩個女人，貧窮、孤獨站在一間房子的屋頂。在這裡可以看到任何東西（因為全都是幻想）倫敦塔橋、雲朵、飛機。還有老人在房間裡聽著。一切都亂七八糟轉動著。我將以寫信時最快的速度寫下這個故事；寫著蘭哥倫[48]的那些女士；寫著法蘭德嘉

---

[46] 費絲‧韓德森（Faith Henderson, 1889-1979），修伯‧韓德森之妻。

[47] 狄福（Daniel Defoe, 1661-1731）英國出名的諷刺作家，著有《魯賓遜漂流記》(Robinson Crusoe, 1719)等。

[48] 蘭哥倫（Llangollen），為位居威爾斯登比郡（Denbighshire）的小鎮。

太太；寫著經過的人們。我將不會嘗試去創造角色。我將使用沙孚式詩體。諷刺將是主要重點——諷刺和狂野。那些女士將看到康士坦丁堡。他們將夢想著黃金圓頂。我自己的詩也將被嘲諷。嘲弄一切。然後以這樣的⋯三個點結束。因為事實是，在這些必須一直仔細思考形式、嚴肅地以詩為實驗的書之後，我需要大膽的冒險。我想踢掉我的高跟鞋，然後開始。我希望包含一切在所有季節中，在我心裡閃過的無數小想法和小故事。我想這次的寫作將極為好玩；可以讓我在開始下一個非常嚴肅、神祕詩意的作品之前，讓我的頭腦休息。同時，在我可以開始寫《杰士敏新娘》之前，我必須寫一本關於虛構小說的書，我想在一月前將不會完成。我可以偶爾以實驗的方式快速寫下一、兩頁。然後想法可能會蒸發。不論如何，這是紀錄著這些事物如何以一種奇異、可怕、未曾預期的方式，如何突然將它們自己創造出來——在一個小時內一個故事接著一個故事。我以這種方式在霍加斯出版社看著火，創造了《雅各的房間》(*Jacob's Room*)；我以這樣的方式在這裡，以一個下午創造了《燈塔行》(*To the Lighthouse*)。

六月十八日星期六

因為一些原因，這本日記非常薄。都過半年只寫下這幾頁。也許是我上午的寫作過

於勤奮，所以無法寫日記。頭痛浪費了三個星期，我記得在羅德麥突然看見不同的景象同時在我眼前出現（例如，在六月的夜晚，村莊幾乎在海上，那些房子看起來像船；沼澤有火紅的泡沫），還有躺著享受無盡的舒適與安詳。我整天都在新花園的露台躺著。花園已經完工了。在維納斯雕像頸部的洞中棲息著點點藍。一個炎熱午後薇塔來了，我們和她走到河邊。品克（西班牙獵犬）現在下水追著雷納德丟的木棍游著。我閱讀——任何垃圾；墨里斯・拜林[49]和關於運動的回憶錄。慢慢地想法開始緩緩游出來；然後突然我陷入狂想（L.和使徒用餐的那晚），我說出《蛾》的故事，我想我將會很快地寫完，也許在那本延宕許久關於虛構小說的書的兩個章節之間寫完。現在我想在這裡將《蛾》的骨架快速勾勒出；那遊戲詩的想法；那一股持續水流的想法，不只是對於人的思維，還有關於船、夜晚的想法，等等。或者他們應該保持顏色明亮的蛾出現作為間隔。一個男人和一個女人坐在桌旁說著話。應該有些這類的對沉默？這應該是一個愛情故事；；她最終將讓那最後一隻大蛾進來。

49 墨里斯・拜林（Maurice Baring, 1874-1945），為英國重要的文學作家，著作有戲劇、詩、小說、翻譯和評論等等。

比；她可能說著或思考著地球的歲月、人類的死亡；然後蛾不斷地出現。也許那個男人可以完全模糊。法國：聽著海；夜晚；一個在窗下的花園。但這需要等待成熟。晚上當留聲機放著貝多芬晚期的奏鳴曲，我為《蛾》寫了點東西（窗子的絞鍊煩躁不安地搖晃著，彷彿我們在海邊）。

我們看薇塔領取霍桑登獎[50]。一齣可怕的表演，我想：並非只是台上的男士們——鄉紳，喝水，賓楊[51]——而是我們全部；我們這些愛說話的作家。我的用字！我們全部的人看起來無足輕重！我們如何能假裝我們是有趣的？我們的作品是重要的？整個寫作這個行業變得極其乏味。我不在乎有任何人會讀「我的寫作」或喜歡不喜歡「我的寫作」。也沒有人會在乎我的評論；這些作家的溫和、傳統擊倒了我。但也許其中有一道墨水比作家的外表所展現的更重要——他們的穿著極為正式，溫和而有禮。我感覺我們之中沒有一個心靈是完全成熟的。事實上，這是個極其無聊中產階級文學人士的聚會，而不是貴族的。

【一九二八年】

八月十二日星期六

現在我該繼續這個獨白，還是我該想像一個觀眾，一個促使我描述的觀眾？這個句子是針對我正在寫的那本小說——再一次，哦，再一次。這是一本我手寫我口的書。我潦草寫下我可以想到任何關於浪漫時期、狄更斯等等的句子，今晚必須快速翻閱珍‧奧斯丁的書，然後明天早上可以端出些東西。這些評論都被想寫一個故事的欲望所驅離。《蛾》蟄伏在我頭腦後方的某處。但昨天夜克萊夫[52]在查斯頓說沒有階級的區分。我們在巨大蜀葵散發的粉紅光下，用明亮的藍色茶杯喝著茶。我想我們全都被鄉下、田園生活給迷住了。這裡真的很可愛——讓我羨慕鄉村的平靜；樹木安穩豎立著——我的眼睛為何看到這些樹呢？事物的外表對我有很大的力量。即使現在，我必須看著山鳥迎著風振

50 霍桑登獎（Hawthornden），英國文學獎，為一九一九年由艾莉絲‧華倫德（Alice Warrender）所創辦，特別鼓勵年輕作家，不限文類，得獎者將獲一萬英鎊。
51 賓楊（Robert Laurence Binyon, 1869-1943）為英國劇作家、詩人和學者。
52 克萊夫‧貝爾（Clive Bell, 1881-1964），為維吉尼亞‧吳爾芙姊姊凡妮莎的丈夫，知名藝評家。

十一月七日星期三

……是的,但是《蛾》呢?這原本是一本抽象、神祕、無眼之書:一首遊戲詩。或許有著過於神祕、過於抽象的矯飾;凡妮莎、羅傑、鄧肯和依莎·山德斯[53]欣賞那樣;這是我無法妥協的一面;因此我最好獲得他們的同意。

再一次,一個評論者說我在風格上面臨危機:現在我的風格如此流暢平滑,像水般流過心靈。

那種疾病開始於《燈塔行》。第一部分流暢地出現——而我是如何寫了又寫!我現在是否應該檢查和整合?採用比較像《戴洛威夫人》和《雅各的房間》的風格嗎?

翅,高飛著,而我出於本能對自己說:「那個景像可以用哪個句子形容呢?」然後試圖讓這一切愈來愈生動,氣流的激烈、山鳥的翅膀顫動著切過氣流,彷彿空氣中充滿了高低山脊、漣漪和激流。它們上升下沉,上又下,彷彿這個練習激勵著它們,像游泳的人在湍急水中游著。但我眼睛所見如此生動的景象,而我筆下所能捕捉到的是多麼少,而這不只是我眼睛所見;還有我的某些神經纖維,或如扇子般的細胞膜所感覺到的一切。

我寧願想像最後的結果將會是讓其他書得以解放的書：有著許多不同的風格和主題：因為我想畢竟那是我的個性，我很少被說服相信任何事情的真相——不論是我說的話或是人們說的話——我永遠盲目地隨著本能跳上到一個懸崖——回應著現在出現的那個呼喊，如果我寫《蛾》，我必須將這些神祕感覺呈現出來。

十一月二十八日星期三

至於我的下一本書，我要按耐自己不要動筆，直到它在我心中出現：在我心中像一顆成熟的梨子般愈來愈重；垂掛著，膨脹著，直到要將它剪下，否則會掉落。《蛾》還縈繞著我，總是在午茶和晚餐間，雷納德用留聲機放音樂時，翩然而至。我寫下一兩頁，然後讓自己停止。事實上我必須面對一些困難。首先是名聲。《奧蘭朵》非常成功。我可以繼續像那樣——費盡力氣，字斟句酌地寫作。而大家說這本書是如此隨意、如此自然。我希望保持這些特質，如果我能不失去其他特質的話。但那種隨意、自然大部分是忽略其他特質的結果。它們來自於描寫外在；如果我深入挖掘，我是否一定得捨

53 依莎·山德斯（Ethel Sands, 1873-1962），英國藝術家，活躍於二十世紀初倫敦藝文圈。

棄這些？而我自己對內在和外在的位置是什麼呢？我認為某種的自在和快速寫作是好的；——是的：我甚至認為描寫外在是好的；將兩者混合應該是可能的。我想到的是，我現在想做的是吸收每個原子。我的意思是刪除一切贅字、了無生氣、膚淺：讓那個時刻完整；不論那個時刻包括了什麼。假設那個時刻是混合著想法；感官的感覺；海的聲音。贅字、了無生氣來自於納入不屬於那個時刻的事物；這可怕、寫實方式的敘事：從午餐開始持續到晚餐：這是錯誤、不真實、受限於傳統的方式。為什麼允許任何不是詩的文體成為文學呢？——我認為詩是飽滿的。我是否對小說家懷恨在心？是因為他們不做選擇嗎？詩人的成功在於簡化：幾乎將一切都刪去。我想把一切都放入；但要飽和。這是我想在《蛾》中所做的。它必須要包括無意義、事實、污穢：但要以透明呈現。我想我必須讀易卜生、莎士比亞和拉辛。我將寫些關於他們的段落；因為那是最佳的刺激，我的心靈成為它自己；然後我會密集而準確地閱讀；否則我會跳著讀；我是個懶惰的讀者。但不：我對於自己心靈無情的嚴肅感到驚訝和有些不安：我的心從未停止閱讀和寫作；讓我寫吉拉汀‧喬斯布利[54]、哈代和女性——一切都太過於專業，不再是夢幻的業餘者。

【一九二九年】

三月二十八日星期四

如同以往，我對於敘事感到無聊。我只想說今天下午如何在圖頓漢廣場路遇到凡妮莎，兩人都陷入深思中。她在星期三離開四個月。奇怪的是，生命並未讓我們愈行愈遠，而是將我們拉近。但當我手臂裡挽著茶壺、唱片和絲襪時，我同時想著一千件事情。當我們住在里奇蒙時，我稱這種日子是「濃烈的」。

也許我不應該繼續重複我一直以來對春天的說法。既然生命繼續著，也許我應該永遠尋找新的事物來寫。我應該發明一種細緻的敘事風格。我的頭腦裡永遠有許多新的想法在形成。其中一個，是我將在之後幾個月進入一個女子修道院；然後讓自己進入我的心靈中；不再是布倫茲伯利藝文圈的一員。我將面對一些事情。我想，這將會是一段冒險和攻擊的時光，而非寂寞和痛苦的時光。但孤獨對一本新書將會有益。當然，我會結交朋友。我會極為外向，我會買些好衣服，出外進入新的房子。我將用所有的時間來攻

54 吉拉汀‧喬斯布利（Geraldine Jewsbury, 1812-1880），為英國批評家和作者。

擊我心中這個多角的形狀。我想《蛾》（如果未來將用這個名字的話）將被敏銳地檢視。但我對它的架構還不滿意。這突然的多產也許只是流暢。在過去，我寫的書是將許多句子用斧頭砍伐、刪減才能讓水晶出現：而現在我的心靈是如此不耐煩，思緒快速，有時甚至是如此絕望。

五月二十八日星期二

現在關於這本書，《蛾》。我將如何開始？這本書是關於什麼？我感覺不到很大的脈動；沒有狂熱；只有困難的巨大壓力。那為什麼要寫它？為何要寫作？每天早上我寫一點點草稿，讓我自己高興。我並不是在說──而我是應該說出來的──這些草稿有任何相關性。我並未嘗試訴說一個故事。但也許這本書將如此完成。一個正在思考的心靈。也許可能是光之島──我試圖呈現的溪中之島；生命本身繼續著。蛾的思潮朝這個方向強力游著。中心有一盞燈和一個花瓶。花可以一直改變著。但每個場景之間，必須要比現在更為統一。也許可以稱為自傳。我如何在蛾的出現之間創造一圈或一個動作，讓蛾的出現一次比一次更加強烈？如果只有場景呢？必須要讓人感覺到這是開始、這是中間、那是高潮──當她打開窗，蛾飛進來時。我將會有兩個不同的水流──蛾獨自飛

六月二三日星期日

……無論如何，為了安慰我自己，我現在開始極為清楚地，或者至少努力著看到《蛾》的樣貌。我想應該如此開始：黎明；海灘上的貝殼；公雞和夜鶯的聲音（說不定）；然然所有的小孩坐在長桌旁——上課。開場。所有人物都應該在場。然後桌旁的哪個人可以在任何時候喚叫他們任何一個人的名；然後建立那個人的心情，說一個故事；例如關於狗或保母的故事，或一些小孩會做的探險；一切都將是很一千零一夜；如此持續，這應該是童年；但一定不是我的童年；池塘裡的船；小孩的感覺；不真實；物體比例是怪異的。然後必須選擇另一個人或人物。這不真實的世界必須全部圍繞著這個——鬼魂般的海浪。《蛾》必須進來；那一隻美麗的蛾。如果沒有從頭到尾一直聽到

海浪可以嗎?或者農場的噪音?一些奇怪不相干的噪音。她應該有一本書——一本正在讀著的書——另一本在寫著的書——以老舊的字體書寫。清晨的光線——但這不需要堅持;因為應該有著極大的自由脫離「現實」。但一切必須是相關的。

這一切當然是「真實」的生命;虛無只在這「真實生命」缺席時才出現。我在過去半小時中極為確定地證明這點。當我開始想著《蛾》時,心中一切變為綠色,生氣盎然。我也想著,一個人能進入其他人的心靈真好——

九月十日星期一

雷納德在查爾斯敦野餐,而我在這裡,極為「疲累」。但為什麼我會疲累?因為我從未獨處。這是我抱怨的開始。我的疲累來自於心理多於身體。寫短評和校對讓我身心緊張疲累;而我的《蛾》也在心中逐漸形成。但它形成得非常緩慢;我並不想寫下來。而是要花兩、三個星期思考——進入同樣的思潮,讓這潮流浸沒一切。也許早上在我的窗邊寫著幾句(在這有著怪異霧氣的傍晚,他們去了一些可愛的地方,也許是赫茲莫索[55];但當該離開的時候,我只想自己走入山丘。無可避免的,現在我覺得有些孤單、被遺棄和被騙)。每次我進入我的思潮,我就被拋出來。一開始是齊尼斯一家來訪;然

後是薇塔來；然後是安潔莉卡和伊芙；然後我們又去沃辛頓，然後我的頭開始劇痛——所以我在這裡，沒有寫作——這不重要，但是無法思考、感覺或看見任何東西——我將這獨處的下午像寶藏般緊握著——這一刻，雷納德出現在玻璃門；他們沒有去赫茲莫索或其他地方…；史波特和一個礦工來了，因此我沒有錯過任何事——每個人都喜歡以自我為中心。

一本書的這些預感——靈魂在創造時狀態——真是非常怪異、令人難以理解……我現在四十七歲了：是的；我的體力當然更加衰弱。從我的眼睛開始。去年，我可以不戴眼鏡看書；可以在地鐵裡拿著報紙看；漸漸地，我發現在床上需要戴眼鏡；而現在我不戴眼鏡無法看書（除非以很怪異的角度拿著）。我的新眼鏡比舊的度數高許多，當我拿下眼鏡時，有一下子完全看不見。還有哪方面衰弱呢？我的聽力、思考能力完全沒問題：我想走路也跟以前完全一樣。但生命不會有改變嗎？也許會有困難或危險的時候？很明顯的，我們可以藉著運用常識面對這種時候而渡過——這是一種自然的過程；我可以躺在這裡讀著書；我的心智能力以後還是相同的；就某方面來說我不必擔心——

55 赫茲莫索（Hurstmonceux），為英格蘭東薩塞克斯郡（East Sussex）的城堡。

我已經寫了些有趣的書，我可以賺錢，我負擔得起渡假——哦，不；我沒有什麼好煩惱的；這些生命中奇特的間隔——是在藝術上最有成果的——我從中得到滋養——想到我在霍加斯的瘋狂——和那些小病——例如在我寫《燈塔行》之前的小病。現在我已經在床上六星期，這可以讓《蛾》成為傑作。但這不會是那本書的名字。我突然想起，蛾不會在白天飛。因此不會有一根點燃的蠟燭。那本書的形狀要求我思考——我是有時間這麼做。在此停筆。

九月二十五日星期三

昨天早上我寫了另一《海浪》或《蛾》的開場，但這將不是書名；有幾個問題要立刻解決。誰在思考？我是在思考者之外嗎？我需要一個方式，但不是取巧的方式。

十月十一日星期五

而在此我偏移寫作的想法，避免去寫《海浪》或《蛾》，不管它叫什麼。以為我已經學會如何快速寫作；但並非如此。奇怪的是，我寫作時並未感到享受或快樂：這是因為集中精神。我並未讓它跑遠；而是將它濃縮。我一生中從來沒有攻擊過一個如此模糊卻

複雜的設計;每次當我想到一點時,我必須思考這點與其他眾多想法的關係。雖然我可以輕易地繼續下去,但我總是停下來考慮整體效果。特別是我的設計中是否有嚴重的錯誤?我對於這種在房間裡挑出東西,而它們提醒我想到的其他事物的方式,並不滿意。我不能將越來越接近原先想法和容納更多想法的一切給神聖化。也許是因為十月的這些日子對我來說有點壓力,被寂靜圍繞著。我最後的這個字「寂靜」是什麼意思,我並非全然清楚,因為我並沒有不「見」人——凡妮莎和羅傑、傑弗家、查爾斯・巴克斯頓[56],我應該要見大衛爵士,即將見艾略特一家人——哦還有薇塔。不,這並非身體上寂掙;是一種內在的孤寂——如果要分析的話,應該相當有趣。舉個例子,今天下午我在貝德福街,那條全是民宿的筆直街道上走著——我在當時對自己說著話,像這類的事。我如何受苦。沒有人知道我受著苦,走在這條街上,我充滿憤怒,如同我在托比死後獨自一人;獨自與某種東西奮戰著。當時我要跟惡魔奮戰,現在我沒有對象——但我在寫作——而且我內時,一切如此寂靜——我並沒有頭載一個快速轉動的輪子——這點是我最喜愛的。是的,在羅德麥的最後一們是非常成功的——未來將會改變

56 查爾斯・巴克斯頓(Charles Buxton, 1823-1871),英國啤酒製造家和慈善家。

晚,雷納德違背他的意願來接我,齊尼斯家來過。梅納要放棄《國家》,修伯[57]也是,所以毫無疑問我們也將放棄。現在是秋天;燈開著,凡妮莎現在在費茲羅街——一個巨大有霧的房間,有著燃燒的瓦斯,地板上有著未分類的盤子和玻璃杯——出版社正蓬勃發展著——這種名人的事業成長地相當緩慢——我比任何時候都更為富有——我今天買了一對耳環——而這一切,在機器中的某處有著未被占滿之空間和寂靜。整體而言,我不會太介意;因為我喜歡四處亂逛,被我所稱的現實所激勵。如果我從未感覺到這些特殊、無所不在的壓力——不安、安詳、快樂或不舒服的壓力——我應該隨波逐流選擇順從。現在需要奮戰;當我早起時,我對自己說戰鬥、戰鬥。如果我可以捕捉這種感覺,我會這麼做;那種真實世界在歌唱的感覺,而同時我被所居住世界中的孤單與寂靜所驅使;我有那種必須開始一次冒險的感覺,很奇特的,我現在感覺我是自由的,關於金錢等等,我可以自由地作任何事。我去拿了戲票《母權》(The Matriarch),看到有一張低價短期旅遊的宣傳單掛著,我立刻想著,明天我可以去史特拉福的阿福摩市集——有何不可呢?或者去愛爾蘭、愛丁堡度過一個週末。我敢說我不會如此做。但任何事情都是可能的。這奇特的馬,生命,是真實的。這是否傳達了我想說的呢?但畢竟我並未真正的將手放在空無上。這很奇怪,現在當我想到它時——我想念克萊夫。

十一月三十日星期六

在一整個早晨的工作結束時,我不懷好意地寫下這一頁。我開始寫《海浪》的第二部分——我不知道。我不知道。我感覺我只是在累積一本書的筆記——不論我未來是否會面對將它寫出來的苦工,只有上帝知道。也許在羅德麥我的新房間中,從一個較高的視野,我能夠將它完成。讀著《燈塔行》並未讓《海浪》的寫作容易些……

羅德麥——禮盒日

我發現兩個星期的獨處讓我極為平靜,這是我幾乎不可能擁有的。我們無情地拒絕訪客。我們說這一次我們要獨處;而這真的似乎是可能的。然後安妮對我非常有同情心。我的麵包烤得很好。一切都非常全神貫注、簡單、快速、有效率——除了我對《海浪》不確定的胡亂嘗試。經過努力書寫後,我寫了兩頁毫無意義的胡說八道;每個句子我都以各種不同的方式寫出;做出妥協;錯誤的嘗試;各種可能性;直到我的寫作本像一個瘋子的夢境。然後重新閱讀時,我信任了某種靈感;用鉛筆寫下有意義的句子。而

[57] 修伯・韓德森(Hubert Henderson, 1890-1952),英國政治家。

【一九三〇年】

一月十二日星期日

這是星期日。而我才剛剛大喊：「我現在無法想其他任何事情。」感謝我的堅持和用功，現在我幾乎無法停止地寫著《海浪》。這在一星期前我開始寫著幽靈派對時，突然強烈出現：現在我感覺到我可以快速前進，經過六個月的辛苦工作，然後完成；但我完全不確定它將如何達成任何形式。有許多必須要捨棄：重要的是必須快速寫作，不要打斷那種心境——如果可能的話，沒有假日，中間不休息，直到這本書完成。然後休息。然後寫第二稿。

我仍然不滿意。我覺得還缺少某些東西。我不會犧牲任何點。我緊逼著中心。我不在乎是否整本書都布滿寫作的痕跡。這本書有個主題。現在我傾向於嘗試猛烈攻擊——對於倫敦——對於說話——我無情地聳著肩闖出路——然後，如果這還沒有結果——反正我已經檢驗了種種可能性。但我希望我可以更享受它。這跟寫《燈塔行》和《奧蘭朵》時不同，我並沒有整天想著它。

一月二十六日星期日

……我緊緊地陷於那本書中——我的意思是黏著它,像一隻蒼蠅黏在膠紙上。有時候我失去控制;但繼續著;然後藉由粗暴的方式——像穿越金雀花叢——我再度感覺到,我終於將雙手置於重要的東西上。也許我現在可以相當直接說出一件事;並且長篇大論;不需要一直劃下一道線讓我的書形成正確形狀。但如何將這本書兜在一起、如何讓它適當呈現——緊密結合成為一體——我不知道;我也還無法推測結尾——也許是個極長的對話——大海——我不知道。但我想,當我感覺到這突然的直接種背景——大海——無所感知的自然——我不知道。但我認為是必要的;可以連接,同時也作為一時,這必然是正確的:無論如何,目前除了重複之外,沒有其他的小說形式現身。

二月十六日星期日

……(我一直設想著《海浪》裡漢普頓廣場的場景——上帝,我真的懷疑我是否能完成這本書!目前為止,它還是有許多片段垃圾。)如我現在所說的,在這漫長的中期間,我在大腦裡游著泳,寫作是為了讓自己穩定,而非寫出正確的陳述——我感覺到春天的開始;而薇塔的生命如此豐富、充滿變化;所有的門正在開啟;我相信那隻蛾在我

三月十七日星期一

對一個作家來說，一本書的考驗是，它是否創造一個空間，讓你可以很自然地說出你想說的。如同今天早上，我可以說出蘿達說的話。這證明這本書是有生命的：因為它並未破壞我原來想說的，而是允許我將我想說的放進書中，沒有任何壓迫或改變。

心中振動著翅膀。然後我開始創造我的故事，不管任何故事；想法在我心中快速產生；在我能控制我的心或我的筆之前。現在這個階段，企圖寫作是沒有用的。我想要躺下、睡覺，但感覺羞愧。一天雷納德帶著感冒，生著病去出版社辦公。我還在這裡浪費時間，尚未穿戴整齊，而艾利明天就要來了。但如同我剛說的，我的心在閒散中工作著。什麼事都不做，通常是我收穫最多的方式。

三月二十八日星期五

是的，但這本書是個相當怪異的工作。有一天我極度興奮地說出比。」；當時，我正坐著檢視整本書，然後和雷納德吵架（跟伊莎·史密斯[58]有關），然後離開它去散步，我感覺到形式的壓力——華麗、偉大——或許我從未如此真切地感受

四月九日星期三

現我想到（關於《海浪》）可以用幾個筆寫出一個人個性的主要特色。這麼該大膽地完成，幾乎像諷刺漫畫。昨天我進入了最後一個章節。就像這本書的每一個部分，它合適地融入和開始。我從來無法逃離它；而是被拉回來。我希望這能夠讓它成形；我必須小心我的句子。我放棄《奧蘭朵》和《燈塔行》（的寫作方式），而被極度困難的形到這些。但我將不會在極度興奮中快速完成。我持續寫著；然後發現這是我所有作品中最複雜、最困難的。如何結束？我不知道。用一個極長的討論來拯救，在其中每個生命都有自己的聲音——一個馬賽克。困難在於一切都到了高壓點。我尚未完全掌握那個說話的聲音。但我想其中有些東西；我提議繼續艱難費力地寫下去，然後重寫，大聲將它讀出來，像讀著詩一般。它經得起擴大。我認為它將會是壓縮的——不論我如何創造它，這本書有一個龐大、有潛力的主題——也許是《奧蘭朵》所沒有的。不管任何狀況，我已經有所防備。

58 伊莎・史密斯（Ethel Smyth, 1858-1944），作曲家。

式檢驗著——如同《雅各的房間》。我想這是目前最新的發展——當然，它可能在某些地方失去準頭。我想我很謹守原始的概念。我害怕的是第二稿會改得極多，我也許會整個改掉。這本書注定非常不完美。但我想它可能會讓我的離像以天空為背景畫立。

四月二十三日星期三

這在《海浪》的歷史上是個重要的早晨，因為我想我剛轉過一個角落，然後看到正前方是最後一圈。我想我讓伯納邁入最後一步。他現在開始可以往前直走，然後站在門旁邊：然後出現最後一張海浪的畫面。我們現在在羅德麥，我想我會多待一、兩天（如果我敢如此做的話），讓思潮不被打斷，然後完成它。哦，上帝，然後寫一篇文章——然後回去繼續這可怕的重新寫作、塑形。這仍然會有些樂趣。

四月二十九日星期二

我剛剛用同一個鋼筆尖的墨水，完成了《海浪》最後一個句子。我想我應該記錄下這點，當作自己的參考。是的，這是我所知心靈最大的伸展——特別是最後幾頁——我想這幾頁不會像過去的寫作那樣失敗。我想我在美學上嚴格維持原有的計畫。如此嚴格

五月一日星期四

我完全破壞了今天早上。是的，這是真的。《泰晤士報》送來一本書，彷彿上天告訴他們我有空；然後我有空的感覺很強烈，我匆忙搭上地鐵，去告訴范杜倫我可以寫史考特。現在正在看史考特，或是休提供的編輯所作的，我不會寫，也沒辦法寫。我煩躁地試圖讀它，然後寫信到理奇蒙，告訴他們，我沒辦法寫——我浪費了五月美好、有著下午——當我在南漢普敦路走著時，我自己想著：「我給了你們一本新書。」

不，是關於一個畫室中的畫布閃亮著——但那可以等待。）

倦——我很快樂地感覺到，我頭腦後方有許多不同、尚未成形的暗示——鄧肯的一生——

其他的東西——因為在第一次放鬆後，我將會對於寫赫茲利特出版的文章和評論感到厭

夏天——或三星期——在寫完《燈塔行》之後。（這提醒了我——我必須趕快提供心靈輕的東西——否則它會再次變得飢餓和可憐——如果可能的話，一些充滿想像力、份量

寫出一本容易和流暢的書；但這是要描繪我曾經有過的幻象——那個在羅德麥不快樂的

將需要重新架構，是的，不只是重新塑造而已。我大可以

地遵守，讓我都必須恭喜自己。但我從未寫過一本有如此多空洞和縫補痕跡的書——這

藍金色天空的第一天——我的腦袋裡只有垃圾堆——我無法閱讀、無法寫作、無法思考。當然，事實是我想回去寫《海浪》。是的，那是事實。它和我其他所有的書完全不同，不同之處在於，我開始寫《海浪》的第二稿，或說再次以熱情構思，我已經以我寫出的部分為基礎，開始直接寫了。我開始明白，當時我心中在想著什麼；我開始刪除大塊、不相干的段落，然後幫句子清除贅字、琢磨，讓好句子變得閃亮。一個海浪接著另一個。沒有房間。然後繼續下去。但我們星期日要去得文郡和康瓦耳郡旅行，那表示要休息一個星期——然後也許讓我極度挑剔的頭腦工作一個月，當做運動。該用什麼開始呢？或許一個故事——不，現在不能有另一個故事……

八月二十日星期三

我想《海浪》正在自己分解成一連串戲劇性的獨白（我現在正在第一百頁）。重要的是讓這些獨白以相同性質、以海浪的節奏流暢前進，進進出出。這些獨白是否能被連續閱讀呢？這點我完全不知道。我想這是到目前為止，我能給予自己最偉大的機會——因此我假設這可能也將是我最大的失敗。但是我對自己寫這本書感到尊敬——是的——即使它展現我與生俱來的錯誤。

十二月十二日星期五

這是我允許自己在與《海浪》最後一個浪潮奮戰前，可以休息的最後一天。我休息了一個星期——也是說我寫了三篇小東西——花了一個早上購物，還有一個早上——今天早上，整理我的新書桌和辦一些瑣事——但我想我可以重新呼吸了，必須再離開三個，也許四個星期。然後，如我所想的，我將一次連續地寫完《海浪》的間奏——好讓間奏一氣呵成——然後，天啊——有些部分必須重寫——然後校對——然後送給梅寶——然後校對打字稿——然後給雷納德。雷納德也許會在三月底拿到。然後放著——也許在六月印刷。

十二月二十二日星期一

我昨晚在聽一首貝多芬四重奏時，想到要將所有插入的片段融合，成為伯納的最後獨白，然後以「哦！孤獨」的字眼來結束：讓他納入所有的場景，不再被打斷。這也呈現這本書的主題極為努力在主導著：不是海浪，而是人物的個性；還有抵抗；但我不確定這本書在藝術上的效果——因為在比例上也許（過大），最後也許需要海浪來打斷，才能作一個結束。

十二月三十日星期二

這本書所要的應該是統一——但我認為這是相當好的。（我面對爐火，自言自語談論《海浪》）。假設我可以將所有的場景都更加緊湊地順一次呢？——主要是要跟隨著節奏。好避免那些切割；好讓血液像湍流一樣，從頭至尾奔馳——我不想要中斷帶來的浪費；我想避開章節；那真的是我在這本書的成就，如果有任何成就的話；一個飽滿、未切割的完整故事；場景、心情、人物的改變，都完全不浪費的筆墨而完成。現在如果我可以用熱力和流暢來寫成它，這就是它所要的。我的血液開始發熱（華氏九十九度）。但是當路威家和齊恩家過來喝茶，我還是加入了他們——同時我跨騎在馬鞍上，讓整個世界成形——這次的寫作讓我得以占有一席之地。

【一九三一年】

一月七日星期三

我的腦袋沒有任何早春的活力：這兩個星期以來，我看不到和緩的圓丘——沒有田野和樹籬——太多被火把照亮的房子和被照亮的紙頁、筆和墨水——詛咒我的感冒。這

裡非常安靜——一點聲音都沒有,只有瓦斯的嘶嘶聲。哦,但羅德麥是多麼寒冷。我像一隻小麻雀般凍僵。而我的確寫出一些有氣無力的句子。比起《海浪》,我更有興趣去寫其他幾本書。為什麼,即使在現在這最後的階段,我還遇到一、兩顆石頭——無法伶牙俐齒,無法確定——我也許可以用這種方式寫伯納的獨白,可以分段,往深處挖掘,讓散文有著律動——是的,我發誓——因為散文從來沒有律動過——從輕笑、模糊不清,聲音到熱烈的狂想。每天早上都有新的東西倒入我的壺中——一些從來沒有出現過的東西。高處的風無法流動,因為我總是在刪減、縫補。我想到幾個寫單篇文章的點子:一篇寫高斯[59]——評論家,讓他成為說話的人:一個坐在有扶手椅子上的評論者;一篇寫文學;一篇寫女王。

現在這是真的:《海浪》在如此大的壓力下寫出來,我無法在下午茶和晚餐之間拿起它,然後讀著;每天我大約只能寫一個小時,從早上十點到十一點半。打字是最困難的部分。如果未來我所有八萬字的小書要花兩年時間來寫的話,上天協助我!但我將往前衝,像一艘獨桅帆船傾著側邊,以一種更加快速、輕盈的冒險前進——也許是另一本

[59] 高斯(Edmund Gosse, 1849-1928),英國作家、評論家。

《奧蘭朵》。

一月二十六日星期一

讚美上天，我可以在四十九歲的第一天如此真誠地說，我擺脫了對《打開門》(Opening the Door)的迷戀，回到了《海浪》：在這一刻，我看到了整本書的整體，現在我大約可以在三星期之內完成它。這樣會到了二月十六日；然後在寫完高斯或另一篇文章之後，我將快速地寫完《打開門》的草稿，然後在四月一日前完成（復活節是四月三日）。然後，我希望我們去義大利旅行：大概在五月一日回來，然後完成《海浪》，好讓MS在六月印刷，在九月出版。這些是可能的日期。昨天，在羅德麥我們看到一隻鵲，聽到春天第一聲鳥叫：那叫聲強烈呈現自我，像人類一般。炎熱的太陽：經過坎本(Caburn)；到赫力的家，看到三個男人從一輛藍色車子跳下來，沒戴帽子在田野上賽跑著。一架銀藍色飛機停在田野中央，明顯地沒有破損，停在樹林和母牛之間。今早報上說，那飛機往地上衝撞。但我們繼續生活著，讓我想起希臘文集中那個墓誌銘：當我沉沒，其他的船隻繼續航行。

二月二日星期一

我想我即將完成《海浪》。應該會在星期六完成。

這只是一個作者的筆記：我從來沒有在一本書上如此絞盡腦汁，閱讀其他書或寫別的文章。一旦早上結束，我只能沉重地倒下。當這個星期結束時，真讓人放下重擔，我有一種感覺，這個長久以來讓我緊張的勞動結束了：那個景象結束了。我想我完成了我想做的事：當然我將計畫做了相當多的改變，但我的感覺是我堅持說出我想說的，不論是藉由誘騙或是取巧。我想誘餌這個想法太好了，也許從讀者的觀點來看，這將是個失敗的作品。但不管了——這是個勇敢的嘗試，一個經過奮鬥得來的東西。然後不必打仗的自由再度出現——可以無所事事和不必太在乎發生什麼事的快樂；然後我可以再開始閱讀，全心地閱讀——我已經四個月沒有這麼做了。我花了十八個月寫這本書：而我想要到秋天才能出版。

二月四日星期三

對我們兩人來說，浪費了一天。L每天早上十點十五分必須去法庭，他的審判團還持續徵召，但每次都緩期到隔天的十點十五分；今天早上我該處理《海浪》中的重要一

擊——我想讓伯納在兩天內說出「哦——死亡」——但是被艾莉破壞了，她應該在九點半整抵達，但直到十一點才到。現在十二點半，我們坐著談論月經和職業女性，在通常的聽診器儀式之後，無用地尋找造成我發燒的原因。如果我們想花掉七個金尼，我們可以捉一隻蟲——但我們不想。因此我吃著罐頭和——日常的細節。

《海浪》最後的憤怒是多麼奇特和強烈！我應該在聖誕節就完成它的。

二月七日星期六

在這剩下的幾分鐘裡，我必須記錄《海浪》的結束，感謝上天。我在十五分鐘前寫下「哦！死亡」這些字，在我快速地處理最後十頁，有時張力十足，有時極度興奮，似乎只能在自己的聲音之後跌跌撞撞追趕，或者幾乎追著某種我害怕的說話者（如同我之前瘋狂時），我想起那些往前飛的聲音。無論如何，完成了——我坐在這裡的十五分鐘期間，心情是一種光榮、平靜的狀態，流下一些淚，想著多比，想著我是否該在第一頁寫著「朱利安‧托比‧史帝芬，一八八一年至一九〇六年」。我完成了；我在最後當然感覺到不只利和放鬆的感覺對身體的影響真大！不論好或壞，不論我寫出的東西多麼匆促、多麼片段；但是完成，而是完滿地完成，說出我想說的，

我的意思是說我在一片汪洋中捕到了那個鰭,那個當我在《燈塔行》快要結束時,從羅德麥窗戶往外看到,出現在沼澤上的那個鰭。

在最後的階段吸引我的是,我想像力的自由和大膽,將所有我所準備的意象、象徵加以運用然後拋開。我相信這是使用它們的正確方式——並非使用一整套、前後一貫的意象,如同我開始時所嘗試的,而是純粹當作意象來使用,永遠不把意象明白說出;只是點出。因此我希望讓大海、小鳥、黎明和花園的聲音,以一種潛意識的方式持續出現,在地面下做著它們的工作。

五月十三日

除非我有時候拿起筆寫幾個句子,否則我會像大家說的,忘記如何使用我的筆。我現在正從頭開始打字,完成三百三十二頁,極度緊密的《海浪》。我每天打七或八頁;但我看不到其他方式可以做所有的校對,可以保持活潑輕快、結合、擴大,並完成其他最後的過程。這像是拿一隻溼畫筆掃過整個畫布。

這樣一來希望在六月十六日或大約那個時間整個完成。這需要些解決的方法。

七月十四日星期二

……我想說的是,我剛剛校對完漢普頓廣場的那一幕(這是最後的校對,拜託上帝!)

但我想《海浪》的寫作始末如下:

一九二九年九月十日開始,認真地寫。

一九三〇年四月十日完成第一稿。

一九三〇年五月一日開始寫第二稿。

一九三一年二月七日完成第二稿。

一九三一年五月一日開始校對第二稿,一九三一年六月二十二日完成。

一九三一年六月二五日開始校對打字稿。

一九三一年七月十八日應該完成(我希望)。

然後只剩下清樣。

吳爾芙遺言

給雷納德・吳爾芙

我很確定我將再度發瘋：我覺得我們沒辦法熬過這又一次的艱難期。而這一次我不會復原了。我開始聽見那些聲音，而我沒辦法專心。所以我打算做會是最完滿的事。你已經給了我最大的幸福。你已經盡了所有人所能做的了。我覺得我們倆再幸福不過若不是這可怕的病發作。我沒辦法再跟它搏鬥了，我知道我在毀了你的生命，沒有我你會過得好好的。而我知道你會。

你看我連這封信都沒辦法寫好。我讀不下去。我只想對你說我一生的幸福全是你賜予我的。你始終對我這麼有耐心而且不可思議的好。我想對你說——每個人都知道。要是有誰能救得了我那個人始終都是你。我已一了百了除了你對我的好。我沒辦法再毀了你一生。我不覺得這世上有哪兩個人會比我們更幸福的了。

V.

母親茱莉亞與兩歲的維吉尼亞。一八八四年攝。

史蒂芬家族全員合影。由左至右依序為：父親萊斯里、弟弟埃卓恩、母親茱莉亞、哥哥托比、同母異父姊姊史黛拉‧達克沃斯、姊姊凡妮莎、維吉尼亞。一八九二年攝。

年長維吉尼亞兩歲的哥哥托比。一九〇二年至一九〇六年間攝。

維吉尼亞與丈夫雷納德・吳爾芙合影。一九一二年攝。

《海浪》發表後隔年,一九三二年,維吉尼亞於自宅 Monk's House 留影。

GREAT! 68　海浪

THE WAVES
Complex Chinese translation copyright © 2025
by Rye Field Publications, a division of Cité Publishing Ltd.
ALL RIGHTS RESERVED
版權所有・翻印必究

作　　　者	維吉尼亞・吳爾芙（Virginia Woolf）
譯　　　者	黃慧敏
封 面 設 計	王瓊瑤
排　　　版	張彩梅
責 任 編 輯	林則良（初版）、徐　凡（二版）
總 經 理	巫維珍
編 輯 總 監	劉麗真
事業群總經理	謝至平
發 行 人	何飛鵬
出　　　版	麥田出版
	地址：115020台北市南港區昆陽街16號4樓
	電話：(02)2500-0888　傳真：(02)2500-1951
發　　　行	英屬蓋曼群島商家庭傳媒股份有限公司城邦分公司
	地址：115020台北市南港區昆陽街16號8樓
	網址：www.cite.com.tw
	客服專線：(02)2500-7718 ｜ 2500-7719
	24小時傳真專線：(02)-2500-1990 ｜ 2500-1991
	服務時間：週一至週五 09:30-12:00 ｜ 13:30-17:00
	劃撥帳號：19863813　戶名：書虫股份有限公司
	讀者服務信箱：service@readingclub.com.tw
香港發行所	城邦（香港）出版集團有限公司
	地址：香港九龍土瓜灣土瓜灣道86號順聯工業大廈6樓A室
	電話：+852-2508-6231　傳真：+852-2578-9337
馬新發行所	城邦（馬新）出版集團【Cite(M) Sdn Bhd】
	地址：41, Jalan Radin Anum, Bandar Baru Seri Petaling, 57000 Kuala Lumpur, Malaysia.
	電話：+603-9056-3833　傳真：+603-9057-6622
	電郵：services@cite.my
麥田部落格	http://ryefield.pixnet.net
印　　　刷	前進彩藝有限公司
初 版 一 刷	2025年3月
定　　　價	480元
I　S　B　N	978-626-310-816-5
電子書ISBN	978-626-310-815-8（EPUB）

國家圖書館出版品預行編目資料

海浪／維吉尼亞・吳爾芙（Virginia Woolf）著；黃慧敏譯. - - 二版. - - 臺北市：麥田出版：英屬蓋曼群島商家庭傳媒股份有限公司城邦分公司發行, 2025.03
　面；　公分. - -（Great!；68）
譯自：The Waves
ISBN 978-626-310-816-5（平裝）

873.57　　　　　　　　　　　　　113018926

城邦讀書花園
www.cite.com.tw

Printed in Taiwan.
本書若有缺頁、破損、裝訂錯誤，請寄回更換。